단편 소설

深里

이종희 소설

힘옴

차 례

가면극 01

    어떻게 살면 살수록 힘이 들고 난이도는 왜 이리 높아지는지, 죽자니 청춘이요 그냥 참고 살자니 굴욕이다. 정혁은 삼십 구 년 전에 찢어지게 가난한 집 삼남 일녀 중 불량 콘돔으로 툭 불거진 막내였다. 엄마는 나중에 정혁이 사소한 말썽을 피우면 손바닥에 정을 두지 않았다.

    "이놈의 색끼! 그날 밤 그 인간이 쳐들어오지 않았어도 너 같은 놈 꼴은 안 봐도 될 텐데."

    엄마의 야단과 무릎 관절염 탓으로 내쏟는 지청구는 그대로 저주였다. 형제간 치열한 경쟁을 조장하는 아버지는 누구 편도 아니어서 집안은 힘센 놈 위주의 승자독식 구도였다. 먹을 게 있음 그게 순식간에 사라지기 전 전투적으로 먹어야 하고 맞지 않으려면 눈치가 남달라야 했다. 그런 과거 습성이 생존의 바탕이 됐다. 정혁은 굳이 토요일에, 월요일에 해도 충분한 일을 오줌까지 참아가며 책상머리에 앉아 있는 자신이 한심하다고 생각은 했다. 정시에 퇴근하면 좋기야 한데 이상하게 퇴근하려고 하면 느닷없이 잘린 동료에게 하듯 누군가 핸드폰 메시지로 내일 출근하지 말라는 명령이 하달될 거 같은 강박으로 자리를 뜰 수 없었다. 마치 공부는 하지 않으며 도서관 문이 닫힐 때까지 남아 있는 한심한 습관은 그대로 관행이 됐다.

    하루건너 꾸는 꿈에 이 이사가 나오면 종일 재수가 없었다. 오늘이 바로 그런 날이었다. 정혁은 다 쓴 기안에 토씨와 조사를 숨은 그림 찾듯 째려보고 또 노려봤다. 토요일 늦은 오후여서 그만 퇴근할 생각으로 기안을 가방에 넣고 책상 정리를 했다. 기다렸다는 듯이 노크 소리가 들렸다. 사장은 낮에 실컷 놀고 새벽과 늦은 밤을 골라 순찰하는 못된 버릇이 있었다. 그 점을 노린 늦은 업무여서 덮어놓고 열리는 문을 향해 머리부터 공손히 조아렸다. 어두컴컴한 복도에 서 있는 실루엣은 기억 저장소 안에 있는 관심 인물이 아니다. 사내는 문상이라도 하고 온 차림으로 검정 양복에 검은 타이를 매고 창백한 웃음을 머금고 있었다. 해골에 가죽을 입힌 깡마른 얼굴에 지구 중력만으로 어깨가 굽어진 기이한 체형이었다.

"계실 줄 알았습니다. 박정혁 씨지요?"

직책이 아닌 실명을 거론했으므로 정혁은 허기진 주인을 본 토끼처럼 불안했다. 사내는 자신의 명함을 꺼내 씩씩하게 건넸다. 삼신 생명 영업부장. 사내는 허락받지 않고 무례하게 자기 집 안방에 들어가는 태도로 성큼 다가와 정혁 앞에 섰다.

"토요일은 법적으로 쉬시는 날 아닙니까? 휴일까지 반납하시고 일을 하시다니 참 부지런하십니다."

이 이사가 있으면 한 소리 들을 타입이었다. 상대가 하수임을 후천적으로 파악한 다음 안도의 숨을 내쉬었다. 쓸데없는 걱정에 휩싸인 사람들 대부분 그렇듯 약한 자에게만 다혈질인 탓으로 많은 말이 체증에 걸려 순서대로 나오질 않았다. 정혁은 사내가 준 명함을 재확인했다.

"뭐야! 당신 누구야?"

상대가 누군지 모르고 한 반말은 아니었다. 정혁이 머뭇거리자 사내는 상대의 눈을 천진난만하게 쳐다보며 말했다.

"저는 생명 보험 회사 직원입니다. 하지만,"

사내는 다시 자신의 정체와 목적을 한꺼번에 밝혔다. 정혁은 높은 놈에게 하도 당해 이런 유의 사람을 다루는 법을 잘 알고 있었다. 이 이사가 정혁을 조련하듯, 언성을 더 높이고 사내 어깨를 툭 밀었다.

"아무도 없어요. 다 퇴근했단 말이오."

"박정혁 씨는 아직 살아있습니다."

아직 살아있다니. 그럼 내가 언제 죽었단 말인가. 정혁은 다시 사내를 자신보다 낮은 하위계급으로 단정했다.

"내가 죽든 살든, 당신이 무슨 상관이오? 얼른 나가요. 가뜩이나 신경질 나는데."

슬쩍 밀었는데 사내는 썩은 짚단처럼 멀찍이 나가떨어졌다. 사내는 비정상적으로 마른 것뿐만 아니라 병약했다. 헐렁한 옷에 얼굴은 단무지 색이었다. 사내는 정혁의 거친 행동을 저지하려 본론을 서둘러 꺼냈다.

"진정하십시오. 하긴 토요일 오후 늦게까지 격무에 시달리니 피곤하시지요, 저는 정혁 씨와 가족을 도우려고 찾아왔습니다. 그것이 제 업무이기도 하고요."

"날 도와요? 무슨 방법으로."

"생명 보험에 드시지요."

아, 이런 무식한 놈. 적어도 내 나이 정도로 보이는데 지금까지 어떻게 살아남았을까? 가소로운 놈. 웃음이 입술을 비집고 나오려는 것을 억지로 막았다. 정혁은 자신의 처지를 잊고 사내가 불쌍해 보였다.

"그런데 내 이름은 어떻게 알았소? 개인정보 누설 아닌가?"

"윗분이 알려 주셨습니다. 그리고 이 사실은 개인정보 누출과 역사적으로 상관이 없습니다. 저 이외 아무도 모르니까."

대화의 기본은 적절한 어휘 선택인데, 역사적으로 상관이 없다니. 이 사내는 앞으로 이 도시에 언제까지 살아남을 수 있을까? 사내에게 다시 한번 동정이 일었으나 현재 형편으로는 불의 사고를 당한다고 하더라도 보험에 들 여유가 없었다.

"웃기는 짜장이군. 얼른 나가시오."

사내를 가볍게 들어냈다. 사내가 다급히 무슨 말인가를 늘어놓았으나 뒤

6   단편소설 深里

돌아보지 않고 사무실 문을 닫았다.

기한이 사 개월이나 남아 있는 공장 직원용 파카 공급 기안을 일요일 꼬박 국어사전과 씨름했다. 아내는 이런 정혁이 자랑스럽고 가장 의무에 다하려는 열의를 높게 평가했다. 아내는 남편의 한 달에 한 번뿐이면서 순식간에 끝내 마음에 상처를 내는 섹스를 그냥 덮어두기로 했다. 정규직에다 과장인 것만 해도 황송한 시대이다. 만약 남편이 사십 전, 회사에서 잘린다면 우리 애들은 어떻게 될까? 현재도 밑돌 빼서 윗돌을 고여도 통장 잔고는 늘 아슬아슬했다. 아내는 정혁 옆에 바투 붙어 어깨를 주물렀다. 이런 모습을 보는 어린 딸과 아들은 일요일마저 방구석에 처박혀 머리털을 쥐어뜯고 있는 아빠가 TV에 나오는 다른 아빠와 여러모로 다른 것에 불만이 가득했다.

월요일. 타고 나기를 쌍방울뿐인 놈이 그러하듯 정혁은 늘 부지런하였다. 남보다 십 분이 아닌 한 시간 먼저 출근하는 것을 처세의 한 방편으로 믿었다. 실례로, 어느 날인가 일찍 나온 그를 발견한 사장은 조찬 회의에서 정혁의 이름을 들먹였고 그것이 간당간당한 모가지를 이어 붙였다. 학연이나 인맥에 기댈 수 없는 그가 살아남을 수 있는 유일한 습관이었다. 이상하게도 오늘은 노상 기다려야 하는 버스가 바로 왔고 길마저 막히지 않는 통에, 남들이 출근을 서두르는 시간에 정혁은 자판기 커피를 두 잔째 뽑아 들고 자리에 앉았다.

전화벨이 울렸다. 이 시간에 누구일까? 정혁은 습관적으로 바짝 긴장했다. 정중하게 받으려고 목청을 가다듬었다. 사장이라면 다시 한번 눈도장을 찍을 기회였다.

"예, 총무부 박 팀장입니다."

"접니다."

아, 시파. 이런 식의 전화질에 정혁은 불만을 품고 있었다. 정보 투명성이 이번 정부 과제인 시대에 소속을 밝히지 않고 무조건 목소리 하나만 기억하라는 강요는 무형의 폭력이지 않은가? 화를 누르고 있자 상대의 설명이 따라왔다.

"저, 지난 토요일 오후 사무실에서 만나 뵀었지요."

사내 해골이 또렷이 떠올랐다.

"그런데요."

"정혁 씨는 꼭 생명 보험에 들어야 합니다."

"미친놈 아냐. 너나 들고 뒈져 인마."

정혁은 수화기를 던지듯 내려놓았다. 전화벨이 다시 울렸다. 어젯밤 꿈에 이 부장과 이 이사가 쌍으로 나왔다. 오늘은 정말 조심해야 한다.

"저는 저승사자입니다."

"이제 보니 미친놈이군."

전화기는 호전적으로 울어댔다. 벨은 도박 빚을 추징하는 악덕 사채업자처럼 정혁이 얼마든지 끊더라도 그 횟수만큼 울릴 의지가 있어 보여 사납고 오만했다. 정혁은 포기하고 수화기를 마이크 잡듯이 고쳐 쥔 다음에 목청의 데시벨을 최대로 올렸다.

"야, 이 개새꺄! 너 죽고 싶어!"

"진정하십시오. 그리고 내 말을 믿어 주십시오. 저는 저승사자 맞습니다."

"네가 저승사자라면 난 염라대왕이야 새꺄. 이따위 전화질 한 번만 더 하면 모가질 비틀어 버릴 거야."

"잘못 아셨습니다. 당신은 내 상관인 염라대왕이 아니라 일개 하찮은 인간입니다. 당신은 밤색 양복을 입었고, 붉은 체크 무늬 넥타이를 매려다 아내 강요로 하늘색 넥타이를 맸습니다. 타이를 산 지 일 년이 넘었지만 촌스럽다는 강박으로 겨우 두 번째 매는 것이지요. 아주 잘 어울립니다. 그리고 아침식사는 고등어구이를 먹어 양치질을 두 번이나 했습니다. 또 여느 때처럼 같은 시각 집을 나섰지만 도착한 시간은 정확히 삼십 이 분 더 빨랐습니다. 그

8

건 저의 의도로 그리된 것입니다. 그렇듯 세상에 우연의 일치는 존재하지 않습니다. 우연이란 필연을 가장한 음모일 뿐입니다."

정혁은 당황했다. 그는 내가 한 일을 다 알고 있다며 떠벌리고 있었다. 게다가 우리 사무실에 CCTV를 설치해 놓고 들여다본 듯 말하고 있다. 귀신만이 아는 일상사를 나열하자 겁이 나기 시작했다.

"그걸 어떻게 알았습니까?"

암소만큼 순해진 말투가 본인이 느끼기에도 다소 비굴했다. 사내 어조는 평이했다. 사내는 눌변이었으나 말에 호소력이 있었다.

"나는 저승사자라니까요. 그러니 다 알고 있을 수밖에요. 인류가 팔십 억인 시대의 저승사자는 밤에만 일하지 않습니다. 백 년 전과 비교하면 인구가 네 배로 불어 이 교대를 하지요. 거기에다 갈수록 착한 사람이 줄어드니 정혁 씨 회사 사장처럼 주기적으로 구조조정을 하지 않아도 업무량은 자살 충동을 일으킬 정도로 늘었습니다. 뭐, 이미 죽었으니 소용없는 일이지만 말입니다. 해해해."

"저승사자라고요. 그런데 명함에는,"

"순진하시긴. 명함에 실제 담당 업무를 적을 수 없지요. 인간세계에 혼란을 가중시킬 우려가 있기도 하고, 우리는 독재정부처럼 비밀주의를 지향하고 있거든요. 해해해."

저승사자는 또 경박하게 웃었다. 불안은 가라앉지 않았다.

"그런데 저승사자가 제게 무슨 볼일이 있나요?"

"전화로는 좀 그렇죠. 오늘 저녁 만나시죠. 스케줄이 빡빡해 늦출 수가 없군요. 가뜩이나 대원이 모자라는데 미세먼지와 수십 년 동안 알게 모르게 처먹은 방부제로 대기자가 엄청나게 늘어섰습니다. 병원은 그런 사람만 모아 돈벌이 수단으로 생명 유지 장치를 마구 달아 우리 업무에 지장을 주고 있죠. 의료기술이 발전해 안 죽는 것이 아니라 못 죽는 회장 놈이나 권력층이 많죠. 말을 못 해 그렇지 세상에 그런 고문 없습니다. 정혁 씨는 부자가 아니어서 다행인 줄 아세요. 그럼 내가 박정혁 씨 퇴근 시간에 맞춰 커피숍으로 가겠습니다. 오늘부터 칼퇴근하시는 게 도움이 될 겁니다. 남은 시간을 유용하게 쓰십시오."

홀린 듯 수화기를 내려놓았다. 사내가 나의 모든 것을 알고 있는 것도 그렇지만 전화를 끊기 전 여운을 둔 말에 몹시 불안해졌다. 예전처럼 한두 시간 늦게 퇴근하지 말고 정확한 시간에 집으로 가라는 구체적인 말은 태연하게 무기 형량을 때리는 사악한 판사의 판결보다 섬뜩했다. 남은 시간이라니. 무서워 앞니가 덜덜 떨렸다. 침착하자. 침착해야 한다. 정혁은 자기 암시를 걸었다. 신의 존재조차 부정되는 시대에 저승사자가 웬 말인가. 꿈인가! 허벅지를 꼬집자 전해져 오는 통증으로 현실이 펄펄 뛰었다. 의문과 확신은 먹물처럼 번졌다. 정혁은 과로로 인한 망상이라 믿었다. 아니 보이스 피싱 비슷한 신종사기일 거라고 억지로 믿었다.

일이 손에 잡히지 않았고, 실수가 잦았다. 또 조사 지적질로 이 부장과 이 이사로부터 별소리를 다 들어야 했다. 대전 출신인 나를 촌놈 취급하는 부장의 빈정거림에 울화가 치밀었다.

정혁은 잠시 쉬는 시간에 동료에게 물었다.

"어이, 김 대리 저승사자를 본 적 있어?"

"저승사자라뇨?"

"아냐, 그냥 물어봤어. 한 번 웃어 볼라고."

지상 최고 얌체라는 별명이 붙은 최 과장이 끼어들었다.

"저승사자는 왜? 염라대왕 배알하게?"

"아니 그게 아니라. 당신은 저승사자 존재를 믿느냔 말이지. 어제 우리 어머니가 저승사자를 봤다고 해서."

"뭐라? 박정혁 씨 엄마? 삼 년 전에 돌아가시지 않았어? 그런데 엄마가 저승에 있지 않고 저승사자를 봤다고."

말이 헛나왔다. 이놈은 빈틈을 놓치는 법이 없다. 최 과장이 체머리를 흔들며 제자리로 돌아갔다.

정혁은 최 과장이 별것도 아닌 사소한 말에 각을 세우는 것에 끝을 봐야한다고 생각은 했었다. 그런 생각과 달리 비굴한 웃음을 띠며 보험회사 직원을 떠올렸다. 저승사자 건은 분명 논리적으로 이가 맞지 않았다. 신이 존재하지 않으면 저승사자도 없는 것이다. 존재한다고 하더라도 세상을 요 모양요 꼴로 내팽개치는 신이라면 나와 아무 상관이 없지 않은가? 이 일은 내가만만해 보여 일어난 촌극일 뿐이다. 체세포로 개를 복제하는 시대다. 수천개 바늘이 머릿속을 헤집고 다녔다.

정혁은 퇴근 시간을 한참 넘기고도 자리를 뜨지 못했다. 사내가 지쳐 돌아갔을 줄 알고 늦은 퇴근을 했다. 질긴 사내는 예의 검은 양복을 입고 커피숍을 점거하듯 한가운데 앉아 정혁을 반갑게 맞이했다. 사내 시선에 멱살을 잡힌 채 커피숍까지 끌려온 기운을 이해할 수 없었다.

"늦게 오실 줄 알았습니다."

또 그럴 줄 알았다는 말에 가슴이 철렁 내려앉았고 출렁이는 배에 서 있는것처럼 흔들렸다. 이게 정말 저승사자인가.

"정말 당신은 저승사자입니까?"

"예. 그렇습니다."

"그런데 왜 저를 만나려고 하십니까?"

"생명 보험에 들게 하려고요."

아하, 그렇군. 나름 희한한 영업 전략을 갖고 나를 놀리고 있는 거야. 지금까지 마음고생을 한 어리석음을 꾸짖으며 성을 벌컥 냈다.

"이런 순 날강도 아냐! 뭐 생명 보험? 이걸!"

정혁의 치켜든 주먹을 보고도 사내는 말투나 표정을 바꾸지 않고 오히려 그럴 줄 알았다며 더욱 자신 있는 태도로 말했다.

"잘못 보셨습니다. 저는 날강도가 아닙니다. 정혁 씨를 도우러 온 저승사자 맞습니다. 당신은 올해 십일월 이십육일 밤 사인은 심장마비로 죽습니다. 정확하게 구십육일 남았습니다. 남은 가족에게 고래 힘줄 같은 돈을 만들어 주시든지 아니면 예전 김순이가 무식하게 가슴만 크다는 이유로 여러 번 찡 가먹기를 했음에도 무책임하게 도망쳤던 것처럼 그냥 떠나시든지 선택은 본인이 하십시오. 순이를 떠난 걸 결혼 후 바로 후회하셨다고 윗선에서 알려주셨습니다만."

뭐라고? 결혼 전 잠시 알고 지냈던 여자를? 망치로 맞아도 이렇게 띵하지는 않을 것이다. 아무것도 보이지 않았고 아무 소리도 들리지 않았다. 우주를 떠돌다 어떤 생명체도 살지 않는 고독한 행성에 홀로 불시착한 외계인처럼 외롭고 무서웠다. 그는 앞으로 일어날 일에 대한 해결책을 말하고 있다. 지난 잘못은 그렇다 치고, 먼 훗날에 죽는 것이 아니라 고작 구십 육 일 후에, 겨우 갓 마흔을 넘겼는데 죽는다니 이게 무슨 날벼락인가. 의사 진단이라면 흔한 오진일 수도 있고, 눈부신 의학 발전에 기대볼 수 있으나 저승사자 말이니 항소를 기대해 볼 수 없는 번복 불가능한 확정판결 아닌가. 사람이 언제 죽을지 안다면야 그야말로 생명 보험이 최선의 대책이긴 했다. 뭔가 이상했다. 기미를 알아챈 저승사자가 벙긋이 웃으며 말했다.

"저의 조직에서는 이승의 보험 제도가 인간계 폐단이 너무 커서 망하게 하기로 작정했습니다. 보험회사는 공인된 거대 사기 집단이지요. 보험 수혜자가 건강하고 오래 살수록 보험회사는 박정혁 씨가 상상할 수 없을 만큼 엄청난 돈을 벌지요. 이런 불공정 행위를 저승에서 묵과할 수 없었습니다. 그래서 착한 사람에게만 언제 죽을지 알려드리는 것입니다. 일종의 한정 상품이지요. 십 년 안에 모든 보험회사는 의료보험을 제외하고 모조리 망하게 될 것입니다. 또 뭐가 궁금하십니까? 당신 과거를 맞추는 일은 아주 쉬운 일입니다."

머릿속에서 무언가를 펼치듯 눈을 지그시 감고 저승사자는 말을 이었다.

"당신 부인은 왼쪽 등에 흉터가 있지요. 이유는 모르시는 게 좋습니다. 정혁 씨는 부인과 그저 아는 지인의 장례식장에 가듯이 결혼을 하였고 한심한 첫날 밤을 맞이했다가 경악했지요. 눈치 없는 아내가 정혁 씨 마음을 돌린답시고 무리한 기술을 선보였기 때문입니다. 정혁 씨는 아내의 전 삶을 추정이 아니라 측정을 했을 겁니다. 간혹 술을 마시면 부인의 과거를 캐묻는 버릇을 둘째를 낳을 때까지 고치질 못했습니다. 부인은 과거의 남자들을 진작 잊고 있었는데 자칫 정혁 씨 추궁에 질려 이혼당할 뻔했습니다. 부인은 지금 정혁 씨를 아들만큼 사랑하고 있습니다. 요즘 보기 드문 풍조지요. 더 해야 할까요."

"아니요. 인정하겠습니다. 당신은 저승사자임이 틀림없어요. 그런데,"

"그런데 굳이 나냐고요? 시스템은 그걸 만든 신도 자세히는 모릅니다. 대충 꺾어 말씀드리자면 저는 별정직 저승사자입니다. 죽은 영혼을 저승까지 안내하는 일반 사자보다 두 등급이 높습니다. 착한 일을 조금 한 사람에게 특례를 베풀어 생을 정리하는 기회와 자칫 불행으로 이어질 가족 복지를 담당하고 있지요. 아무에게나 돌아가는 혜택이 아닙니다. 정치꾼이나 못된 부자들은 아주 오랫동안 죽습니다. 정혁 씨는 다른 인간에 비해 멍청할지 몰라도 악하지 못한 심성을 갖고 있습니다. 물론 이승에서야 치명적인 단점이지만 저승에는 최고위층이 되는 예외 기준이자 자질이지요. 나를 정혁 씨에게 보낸 건 저승 정부의 선처죠. 만약 정혁 씨가 그냥 이대로 죽는다고 생각해보십시오. 지금 애들은 노무현 시대와 달라도 아주 다르죠. 애완견처럼 버릇이 없고 야생에 버티질 못합니다. 당신 아내야 나름 타고난 밑천이 있으니 아귀로 변신하겠지만 이제 초등학생인 자녀가 냉혹한 현실을 감당할 수 있을까요? 정혁 씨 형제? 어림없는 소리입니다. 인지하고 있는 사실이지만 당신 둘째 형은 문제 자체죠. 더 궁금하신 점 있습니까?"

둘째 형까지? 사실이었다. 둘째 형은 어렸을 적부터 선천적인 골칫덩어리였다. 부모 속을 썩인 것은 자식의 타고난 속성이라 치더라도 나에게 준 피해를 꼽아보면 손가락과 발가락으로 부족했다. 그 외 둘째 형이 갖은 애원과 협박으로 뜯어간 돈의 합은 우리가 아직도 소형 아파트에 살 수밖에 없는 이유가 된다. 형은 엄마를 의심하게 하는 존재였다.

정혁은 저승사자가 베푸는 특혜를 받고도 억울했다. 예전에 없던 삶의 의지가 불타올랐다. 아, 전에는 마지못해 살았는데 말이다. 사정해 보기로 했다. 받겠다는 눈치를 보이면 대출을 받아서라도 뇌물을 쓸 작정을 했다.

"조금만 더 연장해 주세요. 저는 고작 마흔입니다. 평균 수명 반도 채우질 못했습니다. 어떻게 한 십 년만 안 되겠습니까."

사내는 고개를 절레절레 저었다. 그건 단호한 거부의 뜻으로 보였다.

"안 됩니다. 첫째, 형평 원칙에 벗어납니다. 둘째, 당신을 데리고 가는 것은 당신이 지은 죄 때문이 아니라 하늘이 정한 수명이 거기까지 이기에 그렇습니다. 아시다시피 죽는 건 나이순이 아니지 않습니까!"

"사십이, 죽을 나이로는 너무 억울하잖아요?"

"아쉽지요. 하지만 정혁 씨는 오히려 염라대왕께 감사드려야 합니다."

"아니, 이 판국에 무슨 감사까지 드려야 합니까?"

"요즘 빈부 양극화가 하늘과 땅 차이죠. 폭동이든 혁명이든 둘 중 하나가 일어나지 않으면 말라 죽기 일보 직전입니다. 지옥에 사는 것과 별반 차이가 없는 데도 우리는 우리를 적으로 삼지요. 혁명은 물 건너갔습니다. 그래서 사람들은 기후재난이나 전쟁이 일어나건 말건 신경 쓰지 않는 겁니다."

"죄를 지으면 지옥에 갑니까?"

"물론이죠. 저도 여기 와서 놀랐어요. 많은 사람이 지옥이란 단어를 애용하면서 상상의 구역으로 받아들이더군요. 오늘은 그만 일어서야겠습니다. 또 한 분의 고객을 만나야 하거든요. 인간 처지에서 보면 어서 죽었으면 하는 괴물이 수없이 많은데, 너무 많아 저승의 결정은 차라리 옥을 골라내는 게 더 쉬워, 이런 법이 제정되었다고 생각하시면 위로가 될지 모릅니다. 다음 주 수요일 저녁 이 시간 여기서 뵙겠습니다."

정혁은 사내가 가고 한참을 일어서지 못했다. 자신에게 남은 시간이 고작 삼 개월이라는 사실이 근육을 무력하게 만들었다. 아무리 생각해도 억울했다. 저승 정부 법률은 잘못됐다. 정치 모리배의 무자비한 정책은 시민의 자살을 유도하고, 사장은 모든 악의 진원지이며 소국의 왕을 자처하질 않는가. 이러한 괴물에 의해 가난은 아예 낙인이 찍혀 있다. 법을 초월한 악인은 천수를 누리도록 내버려 두고 배추벌레 같은 나를 데려가려는 신은, 항상 재벌 편에 서서 무죄를 판결하는 권력형 판사와 다를 바 없지 않은가. 이승이나 저승이나 다 짜고 치는 고스톱이다.

늘 수동적인 정혁은 그렇듯이 저승 권력에 대들지 않기로 했다. 시간이 촉박하므로 반드시 해야 할 일을 손꼽았다. 이른바 하고 싶지 않았던 버킷 리스트였다. 언젠가부터 비명을 질러대는 방문 고치기, 마누라와 여행, 안방 도배가 떠올랐고, 나머지는 생각나는 대로 심사하기로 했다.

아내 영순은 퇴근한 남편의 김빠진 표정에서 붉은 신호등이 켜진 것을 보았다. 그럴수록 어설픈 위로보다 질책과 의도적인 무관심이 더 먹혔다. 비로소 남편은 성실과 남다른 능력으로 자리를 굳히는 중이었다. 갖가지 명목으로 겁박하는 경제위기는 남편뿐만 아니라 그의 아내조차 굴종을 강요했다. 존재 자체가 기적인 시대이다. 나이 사십에 실직은 단순히 직업 없음이 아니라 우울증 원인이며 모든 불행의 실마리인 것이다. 영순은 말을 신비로운 안개처럼 깔았다.

"또 위염이 도졌나요? 그러게 약을 꾸준히 먹으랬잖아."

정혁은 말없이 옷을 벗어 소파 위에 놓았다. 정혁의 눈이 아이를 찾았다. 영순은 스트레스에 특효인 아들을 데리고 와 남편 무릎에 앉혔다. 정혁이 아들에게 물었다.

"슬기야 넌 커서 뭐 될래?"

"일 일 구 구조대원!"

냅다 아이 뺨을 때렸다. 정혁은 느닷없이 맞은 따귀에 아프기보단 놀라 우는 아이를 밀치고 방으로 들어갔다. 원래 슬기는 커서 119 구조대원이 되기로 작정한 아이였다. 그건 남편이 암묵적으로 동의한 일이고 앞으로 학원을 몇 개 더 보내면 바뀔 희망 사항이었다. 아, 그래, 더 어긋나기 전에 기름칠 할 때가 됐어. 정혁은 저녁 식사를 거른 채 천정을 보고 누웠다. 영순은 목욕하고 기초화장을 정성스레 했다. 이 방법은 지금까지 정혁의 어떤 번민이나 슬픔을 녹여내곤 했다.

"무슨 일이 있군요. 내게 말해주지 않을래요."

아내 영순이 슬며시 잡은 짧은 성기에 아무 반응이 오질 않았다. 정혁은 여전히 시선을 천정에 두고 말했다.

"당신은 천국과 지옥을 믿어?"

"그럼요!"

"저승사자는."

"이이는? 전설의 고향 전속 조역을 말하는 거예요?"

정혁이 벌떡 일어나 악을 썼다.

"뭐라고, 천국과 지옥은 믿으면서 어떻게 저승사자는 믿지 않을 수 있지. 나 아까 저승사자를 만나고 왔어. 나한테 남은 시간이 삼 개월이래."

"병원 갔다 왔어요? 의사가 암이래요?"

놀란 아내 눈을 보며 어처구니없었다. 아내와 대화는 항상 이런 식이다. 교감은 성과 자식 교육에만 통했고 그 외 같은 언어를 쓸 뿐이지 서로 들여다보질 못했다.

정혁은 다음날부터 완전히 바뀌었다. 새사람이 되었다고 말하기에는 뭔가

16   단편소설 深里

넘치는 변신이었다. 밀치는 대로 밀리지 않았고, 바람 방향에 맞서 비아그라 도움 없이 꼿꼿이 섰다. 먼저 수신제가부터 했다. 아내는 환경오염을 줄이기 위해 먹을 만큼만 요리하고 음식물 쓰레기를 십 분의 일로 줄여야 했다. 종일 컴퓨터 게임만 하는 아이 엉덩이에 불을 붙였고 망치로 아예 게임기를 부숴버렸다.

이 부장에게 술도 마시지 않은 상태에서 대들었고, 이 이사가 조사와 맞춤법을 나무라자 '중요한 건 기안이 경제 논리에 적합하냐지 문자속은 아닙니다. 그렇게 문법이 중요하면 초등학교 선생질이나 할 일이지 무슨 노인정 촌로처럼 쓸데없는 걸 따집니까? 위기 상황 대책 회의에 한마디도 못 하면서 쓰잘머리 없는 일로 시간 낭비하지 마세요. 엄밀히 따지면 이건 업무방해입니다. 아시겠어요?' 이 이사는 목덜미를 잡으며 아무 말을 못 했다. 그것뿐만 아니었다. 개갈 안 나는 최 과장 빈정거림에 주먹을 사용했고 청소 아줌마에게 진심으로 감사의 고개를 숙였다. 부하 직원들은 이런 정혁을 하루아침에 변신한 정의로운 과장으로 찬양했다. 정혁의 돌변에 갖은 추측이 난무했다. 로또에 당첨됐군. 아니면 과도한 업무로 돌았던지.

수요일, 저승사자는 생명 보험 계약서를 가지고 커피숍에 나왔다. 그는 바삐 말을 꺼냈다.

"시간이 없으니 용건은 간단히 하는 게 좋겠지요. 여기와 저기에 사인을 하시지요. 수혜액은 삼억 원입니다. 정혁 씨는 한 백억으로 하고 싶으시겠지만 그건 권하고 싶지 않군요. 과도한 재물은 도처에 우글거리는 하이에나를 부르죠. 그렇게 되면 제 노력은 도로아미타불에 그치겠지요. 인간세계에서 선이 악을 이긴다는 정석은 일종의 기망입니다. 결과만 놓고 보면 승리는 항상 악이 수혜자이지요. 사망 보험금 수령액은 두 아이 교육과 생활을 고려한 액수입니다."

삼억? 세상 물정을 모르는 놈 같으니라고. 과외비가 생활비를 추월한 지가 언젠데, 중간 대가리에 앉아 시대가 망측하게 변하고 있는 건 모르는군. 하긴 언제 죽었는지 모르겠으나 귀신이 뭘 알겠으며 말해 뭐하겠는가! 정혁은 묵묵히 저승사자가 표시해 놓은 서류에 사인했다. 한숨을 몰아쉬며 한마디 했다. 이제 할 말은 한다.

"어차피 누구나 한번은 죽습니다만, 억울하다는 생각은 여전합니다. 이 세상에 저 말고 나쁜 인간이 얼마나 많습니까? 대부분 정치꾼과 관직을 돈으로 산 탐관오리들은 악을 조장하고 세상을 병들게 해왔습니다. 그런데 그 끝은 언제나 엄청난 부와 송덕비로 다음 모리배에 전승되지요. 게다가 재벌과 그 자식들은 항상 특별해 그들 눈에 서민은 사람이 아닙니다. 염치는 눈곱만큼도 없지요. 왜 그들은 놔두는 겁니까?"

정혁은 눈물을 줄줄 흘리며 울먹이는 소리로 저승사자에게 말했다. 주변을 전혀 의식하지 않고 큰 소리로 말해 괜히 주워들은 사람들이 다문 입을 열지 못했고 연 입은 다물지 못했다. 세상에, 저승사자가 있어?

"하늘 법은 공정합니다. 저는 구천 지옥에 떨어진 역사의 많은 야수가 지금도 살이 찢기는 고통에 허덕이는 것을 아까도 보고 왔습니다. 어제도 김일성이와 이승만이 맷돌에 갈리고 있더군요. 암 말기 통증은 약과입니다. 그들의 형벌은 정혁 씨가 일곱 번 태어나고 죽을 때까지 쉬지 않고 계속될 것입니다. 얼마나 통쾌한지 체할 때마다 지옥에 가서 그들을 구경합니다. 지옥엔 윤회의 섭리가 작동하지 않거든요. 그래서 다들 인생이 짧다고 하는 겁니다."

사내는 엄지와 검지 간격으로 삶의 길이를 강조했다. 사내는 펑펑 우는 정혁의 눈물을 닦아주고 어깨를 다독였다.

"정혁 씨는 자신의 죽음을 조금도 슬퍼할 이유가 없습니다. 이 시대 종말은 정혁 씨가 생각하는 것보단 빨리 도래할 것입니다. 누구나 예상하는 핵전쟁은 아닙니다. 세상 사람들이 이미 무시하고 있는 문제들에 의해 스스로 목을 조를 것입니다. 환경오염, 그로 인한 자연재해, 원인 모를 질병과 화석화된 무관심 그리고 무저갱의 탐욕 이런 것들이 골고루 섞여 지루한 고통을 안길 것입니다. 시작은 미세먼지입니다. 바로 이런 상황을 정혁 씨가 모면하는 것입니다."

"그건 또 언제입니까?"

저승사자가 주위를 둘러보며 검지를 입술에 대었다.

"천기누설이라 정확한 날짜를 말할 수 없지만 대략 한 세대도 남지 않았습니다. 물론 권력을 쥔 자나 부자들은 한두 달 정도 더 살겠지요. 하지만 그것 역시 고문이 아닐까요? 아무쪼록 얼마 남지 않은 이승의 시간을 뜻깊게 보내시길 바랍니다."

정혁은 흐르는 눈물을 닦았다. 사내가 다가와 귓가에 속삭였다.

"운명 시 고통은 없을 겁니다. 돈 많은 자의 임종 때 특징은, 지금까지 단 한 놈도 곱게 죽지 못했다는 겁니다. 자식들이 상속과 세금, 숨겨놓은 비자금을 파내기 위해 최신 의료 장비를 사용해 죽을 만하면 계속 깨우지요. 얼마나 성질나겠어요. 의식이 없으면 고통이 없는 줄 알지만, 영혼의 고통은 안 당해보지 않으면 절대 모릅니다. 영혼 안 아파 보셨지요? 다행입니다. 그럼 삼 개월 후 이십육일에 뵙겠습니다."

그렇다면 주어진 현실을 과감히 인정하기로 했다. 그래, 니체가 뭘 알겠는가? 신은 살아있다! 정혁은 너무 바빠 아내와의 약속 대부분을 지킬 수 없었다. 여행은 다음 생에나 가능했다.

삼 개월 하루하루가 투쟁이었다. 척결되지 않은 회사 불의와 부조리에 대항해 싸우는 정혁에게 많은 압력이 있었지만, 담대히 물리쳤다. 약한 자를 돕고 악한 자를 물리치는 건 슈퍼맨과 비슷했으나 날지 못한다는 분명한 차이가 정혁을 2% 부족한 사람으로 보이게 했다. 과장에서 차장으로 특별 승진시킨 사장은 이미 정혁을 멀리했고 부장과 이사는 정혁의 어수룩한 허점들을 비밀 장부에 기록해 곧 있을 감원 대상 명부에 올려놓았다. 한여름 복(伏)을 위한 개처럼 온순한 동료들조차 슬금슬금 피했다. 정의롭긴 한데 뭔가 께름칙했다. 그는 묵묵히 자기 일을 했다. 그의 극렬한 저항 운동은 남은 삼 개월 안에 세상의 모든 악을 뿌리 뽑겠다는 각오로 때와 장소를 가리지 않았다. 그리고 정혁은 가장으로 면모를 확실히 다졌다. 얼굴과 몸매를 가꾸기에 몰두해 남편을 의처증 초기 증세로 만든 아내는 인문학과 교양 쌓기에 치중하였고 아이들은 마약보다 끊기 힘든 컴퓨터 게임에서 완전히 멀어졌다. 귀여운 아들은 예절과 공중도덕의 중요성에 대해 집중 지도를 받았다. 언성이 높아지고 매가 튀었다. 여기에 다소의 거부 반응과 이혼 위협이 따랐지만, 불굴의 의지는 꺾이지 않았다. 만약 저승사자가 오 개월 전에 미리 알려주었어도 계획했던 것의 반은 해결했을 것이다. 정혁은 저승사자가 정한 기한이 아니라도 요즘 사십 대가 겪는 과로사 위험성을 안고 있었다.

십일월 이십육일 밤 아홉 시, 정혁은 회사에 있었다. 산재보험을 생각하니 일하다 회사에서 임종을 맞아 2세 편의를 도모하고 싶었다. 그리고 보니 죽을 날짜는 알고 있었지만 죽는 시간은 몰랐다. 어차피 세 시간 남았다. 초조함은 없고 장렬함만 남았다.

죽을 때가 다가오자 모든 사람이 임종 순간에 그러하듯 자신을 돌아보게 됐다. 아, 돌이켜보면 생은 얼마나 허망한가. 만약 신이 인류에게 언제 어느 때 죽을지 알려주면, 전쟁과 기아는 사라지고 그것만으로 병원의 생명 연장 장치 없이 평균 수명은 제대로 늘어날 것이다. 게다가 우리끼리의 시기와 권모술수는 거품처럼 사라질 것이다. 이번에 죽으면 이 기획안을 염라대왕에게 내야겠군.

자정이 지났으므로 십일월 이십육일이 후딱 지나갔다. 저승사자는 오지 않았다. 정혁은 시간 약속을 어긴, 어째 성실하되 똑똑해 보이지 않은 저승사자를 욕하며 집으로 돌아왔다. 할 일이 떠올랐지만, 곧 죽을 마당에 무슨 의미가 있으랴. 헛되고 헛되도다. 정혁은 지연된 임종에 대한 긴장과 기대로 새벽 다섯 시까지 한숨도 못 잤다. 아내가 급히 깨우는 소란에 눈을 뜨자 시침은 8을 가리키고 있었다. 이번이 지각이라면 직장 생활 이래 처음이었다. 하루가 연장된 셈이었다. 정혁은 아내 영순에게 물었다.

"나 아직 죽지 않았어?"

"네?"

"오늘 며칠이지?"

"이십칠일이에요. 그런데 오늘 출근 안 해도 돼요?"

"그래, 아니, 가야지."

늦은 출근이었지만 정혁은 서두르지 않았다. 뭐, 좀 늦으면 어때. 아내가 가방을 들고 문 앞으로 따라왔다. 옆집에 문이 열리고 저승사자가 나타났다. 그럼 그렇지 저 띨띨한 저승사자가 집을 잘못 찾았군. 정혁이 멋쩍게 손을 흔들었다. 저승사자는 벙긋이 웃으며 같이 손을 흔들었고 바쁜 걸음으로 정혁을 스쳐 지나갔다. 아내 영순이 정혁의 귀에 대고 속삭였다.

"언제 인사를 나누었나 보죠. 저기 미화 아빠는 보험회사 세일즈맨 이래요. 우수 인증 설계사이고 그쪽에서 꽤 유명하나 봐요. 연봉도 억대가 넘는다고 하더군요. 그런데 사람이 좀 어디 아파 보이죠?"

수십 마리 개미 떼가 말라죽은 지렁이를 향해 몰려드는 환상이 보였다. 요란한 뱃고동 소리도 들려왔다. 다리가 후둘 거려 걸을 수가 없었는데 사내는 아무렇지도 않게 춤추듯 걸으며 아파트를 앞서 빠져나가고 있었다. 굳어버린 정혁의 입과 다리는 좀체 풀리지 않았다. 이 부장과 이 이사의 환영이 무섭게 달려들었다. 정혁은 자신에 씌워진 탈을 벗기 위해 얼굴을 문질렀지만, 탈은 원래 피부로 착 달라붙어 떼어지지 않았다. 정혁이 천연덕스럽게 펑펑 울자 옆집 여자가 문을 열고 고개를 빼꼼히 디밀었고 창피한 아내가 정혁의 옆구리를 깊고 세게 두 번 꼬집었다.

그림자 도시

그림자가 사라졌다. 어찌 된 일일까.

순간 빛이 들어오지 않는 심해, 엄청난 수압에 눌려 있는 적멸 안으로 옮겨졌다. 본능에 가까운 느낌으로는 뭔가 잘못됐음을 아는데 그 앎이 생판 처음이라서 뭐가 뭔지 모르겠다. 너 이제 큰일 났다고 누가 옆에서 말했는데, 둘러보니 아무도 없었다.

지금 상황을 뭐라해야 적확할까? 골목에서 나오다 느닷없이 귀싸대기를 맞은 것 같지는 않고, 숙취 다음 날 죽을 것 같은 속 쓰림과 갈증으로 식탁에 놓인 아내의 의례적인 음식을 북엇국인지 알고 마셨는데 그게 세제 풀어놓은 물이었던 황당한 느낌말이다.

이상하다. 사람들은 자기 그림자가 사라졌는데 묵묵히 주어진 흐름에 합류하고 있다. 오히려 그들은 이런 현상이 아무렇지 않았고 놀라 자빠진 나를 위험인물 취급을 했다. 대체 이게 무슨 일이며? 누가 문제인가?

머리가 띵하다. 시간이 흘러 흙탕물이 가라앉아도 생각은 흐리멍덩했다. 나만 그런 건가, 그림자가 없어졌다고 무슨 금전적 손해를 크게 입은 것은 아니지만, 일단 경찰에 신고해야 하지 않을까? 물론 우리 같은 천민이야 한 번 잃은 것을 되찾긴 희박하다만, 그림자가 사라진 원인 정도는 알아야 하는 거 아닐까?

이게 대체 어떻게 된 일인가? 생각에 엄청난 공백이 생겼나 보다. 여기 고시원에 대략 오십여 일을 자의 반 타의 반 처박혀 있었다고 해서 이런 변괴가 생기다니. 그사이 내가 모르는 자연재해가 일어났단 말인가?

그런 거 같지는 않다. 사람들은 여전히 개미와 똑같은 일상으로 괜히 바쁘게 오가고 있다. 계절은 바뀌지 않았다. 뜯어낸 달력을 보면 가을은 한 달 정도 남았다.

누가 내게, 나 없는 동안 벌어진 변괴를 설명해주었으면 좋겠는데 남은 인연은 모두 끊겨 버렸다. 이 세상에 뿅 하고 태어나게 했던 주범인 아버지와 어머니는 가난하고 불행한 이들의 판에 박힌 일상으로 이십 년 전 일만하다 죽었고, 십 칠 년간 결혼을 근근이 이어가던 아내와 두 달 전 이혼했으니 이런 괴변이 원인과 의도가 있다 하더라도 알려줄 사람은 아무도 없었다. 친구들과 지인은 생기는 대로 적이어서 물어보고 싶지 않았다.

이 허무맹랑한 도시에 나만 간당간당한 삶을 사는 것이 아니니 이 꼴로나마 사는 걸 다행으로 여기고 사는 중에 심술궂은 아내가 이혼을 청구했다. 정서적으로는 삼일 밤낮을 내내 잃고 끝내 집으로 돌아갈 차비마저 탈탈 털려버린 도박꾼의 동틀 무렵 심정이 이러지 않았을까?

도대체, 왜? 나는 벌고 아내는 악착같이 모았다. 부창부수, 완벽한 거짓 궁합, 현란한 짝짜꿍이었다. 아내는 몰라도 나는 그렇게 믿었다. 아내의 굳은 의지로 모아진 독립자금은 내 집이 완성되기 전에 불운의 지뢰를 밟았다. 누가 아파도 아팠다. 실수는 사고로 이어졌다. 통장을 탈탈 털어도 모자란 삶은 불행의 손짓으로 후진을 명령했다. 이미 시간과 체력을 대가로 치렀는데 제자리는커녕 뒷걸음질이라니. 그런 우연을 가장한 필연을 몇 번 겪고 보니 이 꼴이었다. 다들 모르고 있지만, 도시 내 옴처럼 퍼져있는 고시원의 삶은 저승과 이승의 사이에 있다는 중음(中陰)의 세계였다. 살아 있는 척하는 사람들이 어떤 기류에 쏠려 모여 있는 곳이었다. 더는 끝이 아니다. 떨어질 곳은 얼마든지 있었다.

당신은 고시를 빙자한 고시원에서 무중력 상태로 잠만 자본 적이 있는가? 죽었니? 살았니? 물어대듯 사흘에 한 번 두들기는 고시원 총무의 주기적인 점검과 사납게 덤벼드는 배고픔이 아니었다면 죽음과 같은 잠에 빠지고 싶었다.

무슨 일이 있었던가, 기억이 뒤엉킨다. 아, 이혼, 있었던 일을 없던 일로 하고 그냥 이대로 살자고 했는데, 아내가 펄펄 뛰었다. 똥 싼 주제에 끊임없이 이혼을 요구했다. 얼굴을 돌리면 앞에 있었고 귀를 막으면 강제로 헤집고 들어와 귀청을 울렸다. 저항할 수 없었고, 저항하지 못했다. 끝내 백기를 들었다. 이혼하고 법원에서 곧장 이곳으로 와 십 칠 년 직장 생활을 하며 미루어 두었던 잠 빚을 꺼내 몽땅 계산했다. 몸 스스로 반응한 작용이어서 깨고 일어남을 자의적으로 못했다. 속수무책의 잠은 불가항력이었다.

한 걸음 더 뒤로 가보자. 이혼 전날까지 죽어라, 일만 했다. 잠자는 시간을 최소한이 아닌 한계에 몰아붙이지 못하면 장모 병원비를 무마시키는 건 물론 유일하게 복제한 아들의 미래를 기약할 수 없었다.

요즘 추세인 두 당 삼만 불 시대에 달성해야 할 그 금액은 모든 가장의 손금에 짙게 패인 운명선과 강박증 같은 것이었다. 아내와 아들은 신이 내린 고지서와 같았으며, 다행히 몸은 그들 요구대로 움직여 주었다. 반면, 아내와 아들은 사막이자 오아시스였다. 아내는 내 공로를 치하하기는커녕 식탁에서 하느님께 기도와 감사 헌금을 드렸다. 아니, 일은 내가 하고 등골이 휘는데 땡전 한 푼 도움을 주지 않는 귀먹고 눈먼 신에 기도는 왜 하는지 모르겠다. 하지만 간신히 살 만큼 월급을 주는 사장이나 내게 전혀 감사하지 않는 아내에게 불만을 내세울 수는 없었다. 도시의 웬만한 여자들은 성을 주 무기로 하는 시대에 살고 있고 나무꾼과 선녀에 등장하는 아줌마도 기회를 포착하면 언제든 날아가려는 의지가 있으니 말이다.

복종만 하며 살다 보면 생각의 기능이 퇴화하기 마련이다. 생각을 오래 하면 혓바닥에 가시가 돋는다. 그렇게 엉킨 가닥을 고르며 앙금이 남은 잠결로 공원 벤치에 멍하니 앉아 있다가 발밑을 보니 그림자가 없는 것이다. 착각인 줄 알고, 몸에 기생하기 시작한 따개비를 떨치려 깡충깡충 뛰었다. 잠이 깬 게 맞는지 의심스러웠다. 눈을 비비고 없어진 그림자를 대 여섯 번이나 찾아보았다. 호주머니에 점심 한 끼를 해결할 딱 오천 원이 있었는데 그걸 잃어버린 황당한 느낌이었다. 항상 얻어터지고 놀림을 당하며 생긴 후천적 의심병이 도진 것은 아니다. 내 그림자가 없다.

처음에는 그림자가 사라진 현상이 신기했다. 그러다 맥없는 시간이 가면서 불안의 조수가 점점 목에 차오르기 시작했다. 정액에 심각한 알러지가 생긴 창녀처럼 다가오는 사내들이 두려웠다. 강박이 몸 구석구석에 돋아났다.

나만 미친 지 알았다. 주위를 둘러보니 일없이 공원을 배회하는 사람들 모두에게 그림자가 없었다. 지역 특수성을 고려해서 여기만 이런 현상이 생기는 줄 알고 얼른 거리로 나섰다.

혹시나 해서 거리로 나오니 마스크를 쓴 사람이 문어처럼 흐느적거리며 돌아다녔다. 사람들은 오랫동안 마스크를 착용해온 습관이 일반화되어 하등의 불편을 느끼지 않았다. 아니 마스크를 벗으면 포르노에 처음 출현한 것처럼 수치스러워했고, 고기를 실컷 먹고 난 뒤 그 불판에 밥을 볶아먹지 않은 것처럼 허전해했다. 난 아니다. 나는 매연에 숨통이 컥컥 막혀도 마스크를 써 본 적이 없다. 무슨 저항정신이 생겨나 그런 것은 아니다. 그저 하는 일에 방해가 됐다.

많은 사람에게 물었다. 대체 마스크는 왜 쓰고 다니는 겁니까? 그들은 그렇게 물어보는 나를 정신병자 취급을 했다. 당신은 미세먼지의 해로움을 모른단 말입니까? 세계에 폐 질환 환자가 중국에만 30%가 몰려 있다고 하지 않습니까? 각종 폐 질환은 물론이고 세상의 모든 암의 주범인 미세먼지의 정체를 안다면 그따위 질문을 못 할 겁니다. 제기랄, 혹시 우리가 마스크를 자발적으로 쓰는 것에 음모론으로 몰고 가는 건 아닙니까? 80억의 숫자를 반으로 줄이려는 빌 게이츠와 결탁한 산업 자본의 인종청소 음모를 마스크 쓰기와 연결 짓는 거 말입니다. 쯔쯧, 당신 같은 쓰레기 때문에 지구가 이 지경으로 멍들고 있는 겁니다.

나는 수긍하지 않았다. 내가 하는 일의 대부분은 온몸의 근육을 이용해야 하는 숙련된 노동이었고, 마스크를 쓰면 둔해짐과 동시에 쉽게 피곤해졌다. 그런 연유로 일에 태만해지면 누구 말대로 칠십에 죽는 게 아니라 근무 태만으로 찍혀 직업 없음은 타의에 의한 요절이나 마찬가지였다. 그렇다고 내 형편을 그들에게 일일이 말해줄 수는 없었다. 내가 육체노동자임을 아는 순간 타인에게 옴니암니 멸시당했던 경험이 종종 있었기 때문이다.

마스크를 쓰지 않으면 발기가 안 된다고 믿는 주의자에게 마스크 착용은 당연한 생존방식일지 모른다. 내가 불쾌한 표정을 짓자 그중 한 놈이 언성을 높였다.

거리에 나온 사람 중 안 쓴 사람이 몇이나 됩니까? 할아버지, 할머니, 아줌마, 아저씨를 보세요. 하다못해 백일 된 아기도 마스크를 맞춰 쓰고 있죠. 저기 길거리 청소부도 마스크를 쓰고 있잖아?

말끄트머리를 반말로 해 기분이 나빴다. 청소하는 분이야 먼지가 나니 마스크를 써야겠지. 내가 하고 있었던 일은 산소 요구량이 많아 사장 친척 몇몇 놈을 빼고 마스크를 쓰지 않는다. 나는 이런 변명을 하지 않았다.

어쨌든 미세먼지로 한국과 그 이웃인 중국에 망조가 들렸다고, 정치꾼이 떠들썩한 비리를 저지를 때마다 언론이 떠들어서 모리배의 비리는 모르는 척해도 미세먼지에 대한 폐해는 잘 알고 있었다. 미세먼지라? 원인에 대처하지 않고 마스크 따위로 숨으려는 무리에서 세기말 징조를 읽었다. 그런 와중에 그림자가 사라진 것이다.

그런데 목욕을 할 때도 마스크를 벗지 않는 그들은 나와 달리 자신의 그림자가 사라진 것에 대해서는 천연덕스럽게 모르는 척하는 것이다. 나는 미치게 궁금한데, 그들은 왜?

후천적으로 생각하는 기능이 덜떨어진 나는 거의 미칠 지경이었고 머릿속 뇌가 겉도는 게 분명히 느껴졌다. 아, 생각! 생각! 엉켜있다.

하여간 미세먼지와 그림자가 사라진 사실은 일맥상통하는 일은 아니었고, 직장을 잃은 내게 시급함으로 따지자면 그림자가 사라진 징조가 먼저였다. 오기가 생겼다. 머리는 지구가 도는 반대 방향으로 계속 돌았다. 그림자가 없어졌으니 무슨 일이 일어나도 일어나야 하지 않을까? 내게 남은 그것마저 사라졌는데 말이다. 확실한 결론은 아니지만, 희망마저 없어졌다고 생각했다. 생각은 계속 꼬리를 물었다.

그런데 말이다. 나 같은 형편에는 아예 희망이 없는 게 있는 거보다 낫지 않을까? 마지못해 살면서 괜히 희망의 불씨를 살려 놓는다면 그 타오르는 불길을 무슨 수로 막는단 말인가. 옳다. 막장에 사는 사람에게 희망을 품으라는 건 공매를 맞을 일이다. 하여간 나는 말세가 임박했다고 단정했다.

그럼 말세가 왔으니, 사는 게 힘든 나와 같은 이에게는 기쁜 소식이 아닐까? 대부분 사람은 전혀 기뻐하지 않았다. 구더기처럼 살 바에야 허물을 벗어 던지고 노골적으로 사는 게 더 나을 터인데 말이다. 곧 죽을 개가 몽둥이를 두려워하겠냐 만은, 사람들은 그런 삶이라도 이어가려고 눈에 핏발을 세웠다. 오히려 사람들은 공기 좋은 성북동에 사는 부자들은 예외로 치고, 이 도시에 탐욕이 쏟아낸 미세먼지를 고성능 진공청소기의 위력으로 깡그리 빨아 들이마시더라도 살아야겠다는 의지가 펄펄 끓었다. 그 각오가 아가리를 가린 마스크에 역력히 나타났다. 직업이 있는 그들에게 사라진 그림자는 나와 달리 선결 순위에 밀려나 있었다.

아무리 탐욕과 욕망이 지배하는 시대라 하더라도 우리에게 철석같이 붙어 살았던 그림자가 사라졌는데 최소한 찾아보려는 노력쯤은 해야 하는 거 아닌가. 방사능처럼 퍼지는 미세먼지야 국방비만큼 처리비용이 드니 힘닿는 문제가 아니지만, 사라진 그림자에 대해서는 막사는 사람끼리 그걸 주제로 삼아 심심풀이라도 토론해 볼거리가 아닌가. 나 혼자 영혼 일부와 함께 사라진 그림자를 화두로 삼은 신입 사미승과 똑같이 번뇌가 왔다갔다 했다.

거리에 많은 사람이 쓸데없이 돌아다니는 걸 살폈다. 그들에게 그림자가 없었다. 다른 발견으로는, 사람을 제외한 사물과 거리의 개나 비둘기 하다못해 쥐새끼마저 제각기 그림자를 드리우고 있다.

사람 그림자만 없어졌다는 현상에 기억상실에서 막 깨어난 것처럼 뒤늦은 비명을 꾸역꾸역 토해냈다. 내가 지른 한 옥타브 높은 비명으로 까무러치게 놀란 아가씨가 도미노식으로 유리창 깨지는 고음을 내질렀고 행인 몇이 강박적인 동작으로 흩어졌다가 호기심으로 슬금슬금 다가왔다. 그림자가 없는 괴물이 주위에 쌓였다.

그들 발자국에 그림자가 끌리지 않았다. 그들은 자신이 좀비인 줄 모르는 좀비였다. 저항하는 먹잇감에 무심한 표정의 포식자 얼굴을 한 행인 1, 2, 3이 다가오자 본능적으로 입이 닫혔다. 가슴에 잔잔하지만 무시하기에 조금 걱정이 되는 흉통이 생겼다. 젊고 착하게 생기긴 했는데 종교적 신념으로 단호해 보이는 참견하는데 흠허물이 없는 남자가 다가와 걱정스럽게 물었다.

"어디 아프세요. 경찰을 불러드릴까요?"

경찰이라니? 아니, 아프면 병원에 데리고 가야지 빌어먹을 경찰은 왜 부른단 말인가. 도시에 검은 곰팡이처럼 퍼져있는 방관자들은 상대적으로 비싸고 버릇없는 의사보다 꺼림칙하긴 해도 값이 헐한 경찰을 선호했다. 거리에서 발작을 일으키거나 가벼운 돌풍에 추풍낙엽처럼 떨어지는 간판에 행인의 대가리가 깨지면 동료이자 적인 다른 행인이 어디선가 나타나 경찰을 불렀다. 경찰은 부자나 가난한 이에게 서로 다른 의미의 공용제다.

정의로우나 다소 미욱한 젊은이가 경찰을 부르겠다는 민주 시민의 의식을 이해는 했다. 하지만 모르는 소리다. 여자라고 다 같은 포유류인가 권력의 시녀에게 하찮은 민간인은 메주 뜨는 아랫목을 짊어진 노파에 불과하다. 송출 카메라가 면전에서 휘젓지 않는 한 포옹을 기대하지 않는 게 정신 건강에 좋을지 모른다. 하지만 부자에 대한 선망은 마치 상사병을 앓는 마당쇠가 별당 아씨를 흠모하듯이 번개가 치고 비바람이 치는 한밤중일지라도 불러주기만 갈망하는 것이다. 이것이 경찰행정력의 정체성이다. 그들은 너나 내가 부른다면 속으로 신세 한탄부터 하는 것이다. 내가 이러려고 경찰이 됐나?

나는 연극배우가 절망을 연기할 적에 짓는 표정으로 사내에게 말했다.

도대체 이게 어떻게 된 일입니까? 내 그림자뿐 아니라 세상 사람의 그림자가 몽땅 사라졌습니다. 저기 보세요, 나무에 그림자가 있고 저 노인이 짚은 지팡이에 그림자가 있는데 왜 우리만 그림자가 없는 겁니까? 남자가, 아, 이런 우라질, 한심하다는 표정과 퍽 다행한 안심을 절묘하게 지으며 징그러운 웃음을 포함해 물었다.

"아니! 그래서 경기를 일으킨 겁니까? 그게 언제 적 일인데 판 깨진 다음에 놀라는 건 무슨 개 같은 경우입니까? 혹시 정신병원에 갇혔다가 의료보험 문제로 강제 퇴원하신 거 아니에요?"

의료보험 기간 만료로 혜택을 못 받는 미친놈은 감옥에 가둬 놓아야 한다는 신념이 확실한 남자가 의문을 제기했다. 나는 분명히 고개를 저어 강한 부정의 표시를 확실하게 했다. 도시에서 생존하려면 뜨뜻미지근한 태도는 곤란하다.

"그럼 왜 그래요? 그림자가 없어진 게 뭐 그리 대단한 일이라고. 하여간 먹고 사느라 바빠 확실한 날짜는 아무도 모르죠. 그냥 의견이 분분해요. 설혹 그 현상에 의문을 갖는다면 그건 좌빨이에요. 쓸데없는 데 신경 쓰지 마세요. 다 잊고 살 거든요. 알았어요? 말세에 그딴 거 따지는 사람이 어디 있냐구요. 자, 행인들을 보세요. 댁과 나만 용감하게 마스크를 착용하지 않잖아요. 다들 미세먼지로 세상이 곧 멸망할 거를 무의식적으로 다 알고 있지만, 습관적인 무지로 강하게 부정하고 있는 거지요. 이게 다 사탄의 짓입니다.

아직은 아닙니다. 한 삼 년 정도 남았다고요."

넌 알고 있다고? 아는 놈의 태도가 아니다. 오히려 이런 인간 때문에 진실이 감춰지고 있다.

그림자 따위야 없어져도, 세계 전체 폐기종 환자 수가 중국에 삼 분의 일이나 몰려 있게 한 그 미세먼지가 전국에 등천해도 나만 불편하지 않으면 모든 게 정상인 것이다. 미세먼지 폐해는 국민 소득 3만 불 시대 때부터 예견됐던 것이었으므로 국가 구성원은 마스크를 쓰는 거로 다 용서했다.

하지만, 솔직히 말해 미세먼지 문제는 인류의 팔자나 숙명 같은 거로 받아들여야 한다. 역사를 검토해봐도 우리는 멸망을 위한 진보적인 노력을 해왔으니까. 따뜻하게 보내기 위해 처음에는 숲을, 중간에는 석탄으로 숨을 못 쉬게 했고, 다음에는 석유와 우라늄으로 종말을 향하지 않았던가. 그래도 말이다. 그림자의 행방불명에 대해선 인류 초유의 사건이니 고민하지 않으면 안 되는 거 아닌가? 나만 그런가?

사람들은 자신의 그림자가 없어진 현상에 손톱만큼의 의문을 표시하지 않았고 잘 싸기 위해 잘 먹어야 하는 먹방 시대에 무슨 객쩍은 유언비어냐고 되물었다. 당신은 삼만 불을 버냐고! 씨발, 현실이 빚인데, 그냥저냥 먹고 살기는커녕 침몰 중인 배에 타서 밑구멍으로 쳐들어오는 빚의 구멍을 메울 수가 없어 시한부 인생을 사는 나에게 팔자 좋은 그림자 타령이나 하는 '너는 누구냐?'라고 묻고 있다. 나는 말이야, 폐암의 직격탄이라는 미세먼지 따위는 무섭지 않아. 오히려 '빚이 식구당 만 불이라고!'라는 사람들은 그림자 따위에 주눅 든 나를 괘씸한 눈으로 쳐다봤다.

사람의 눈빛이 두려워 거주지로 허망하게 돌아왔다. 상의할 대상도 없고 갈 데라곤 교도소 독방 비슷한 고시원밖에 없었다. 고시원 터줏대감인 307호 방문을 두드렸다. 아이러니하게도 이곳은 소음에 민감한 사람만 산다. 반면 창밖으로 왁자하게 들리는 행인의 비명과 클랙슨, 경찰차 경광등 불빛과 무방비 상태의 사이렌에 둔감한 종족이 사는 곳. 문은 두 번 두드리고 세 번째 같은 동작을 하기 전 빠끔히 열렸다.

"왜?"

잠깐 이야기 좀 하자. 가슴이 답답해서 그래. 옥상으로 올라갈까? 나이를 물어보진 못했지만 307호 방 씨는 나보다 최소한 열 살은 적은데 덮어놓고 내게 반말을 했다. 그의 버르장머리나 가정교육을 탓해선 안 된다. 도시는 물리적 폭력이 경로사상 논리보다 우위에 서는 곳이다.

방 씨는 이곳 주민 중 나를 포함해 유일하게 사람으로 보이는 사람이었다. 방 씨는 식사를 제 때에 했고, 담배나 술은 격하게 거리를 두었으며 행여 이곳 주민 중 누구라도 주정을 하면 젊고 늙음에 관계없이 정의의 발길질로 훈육을 담당했다. 방 씨는 비가와도 무슨 일이든 했다. 태풍에 폭우가 쏟아져 도시가 물에 잠겨 반지하에 서식하는 사람이 익사해도 쉬지 않았다. 그는 돈에 마약쟁이처럼 환장한 유일한 정상인이다. 그런 방 씨는 일이 끝나도 몸을 단련시킨다며 옥상에 올라가 전신을 학대했다. 옥상은 그의 수련장이었으므로 함부로 담배꽁초를 버리면 적게는 가벼운 욕을 먹거나 그날 컨디션에 따라 조상 삼대 이력을 추적한 지청구를 듣게 된다.

방 씨가 표정을 읽고 한 번 봐준다는 몸짓으로 따라왔다.

나는 옥상에서 수면유도제로 사둔 강소주를 마시고 방 씨는 술 대신 베트남산 쥐포를 먹었다. 심각하게 물었다. 당신 그림자 없어진 거 언제 알았어? 방 씨가 허탈하게 웃으며 누구나 나에게 했던 방식 그대로 무슨 개소리냐고 악을 썼다. 먼저 진정시켜야 했다. 그림자가 사라진 사실에 혐의를 씌운 것이 아니었다. 그는 단순무식하고 성질이 급해 위험군으로 분류된 이곳의 울 중 갑이다. 게다가 취했다고 단정하면 맞을 수도 있다. 아, 잠깐. 나는 몰랐거든! 방 씨가 한번 째려본 다음에 진정성이 느껴졌는지 일어섰다가 앉았다.

"누군 알았나? 근데 어느 날 벽돌을 지고 오층을 오르는데 그림자가 안 보이더군. 나도 당신처럼 신기하기도 하고 황당하기도 하데! 그래서 사람들에게 그림자가 어디 갔느냐고 물었다 개무시 당했지. 확, 야마가 뻗쳐 돌려차기 하려다 잘 참았지. 방종태! 인간 됐지. 그놈들 말대로 하루 벌어 이틀 겨우 살면서 그림자 따위가 무슨 상관이냐고. 오뉴월 밖에서 노가다 한 시간만 뛰어봐. 시멘트 먼지로 목과 콧구멍이 얼얼하고 나중에 뇌까지 딩딩해. 남들은 다 삼만 불씩 버는데 난 도대체 뭐 하는 몸이냐고? 씨발, 이 판국에 당신 같은 한심한 놈한테 이딴 말을 들어야 하냐고?"

말을 하며 조절되지 않는 분노로 수위에 차오르는 발길질 조짐이 보이기 전 도망쳤다. 눈치 빠르면 절에서 새우젓을 먹지만 도시에서는 맛을 매도 덜 맞을 수 있다. 나를 제외한 고시원 주민들은 그 전략이 없었다.

뛰쳐나오니 외롭고 서러웠다. 거리의 사람들은 마스크를 쓴 채 즐겁게 떠들고 웃었다. 나는 시내 골목에 은밀하게 감춰져 있어 가난한 바퀴벌레만 아는 가장 싼 음식점을 찾아 빈속을 채웠다. 하여간 공복감은 감춰졌는데 어딘가 빈 곳이 채워지지 않았다.

서울 공기에 쓴맛이 났다. 대체 그림자는 어디로 사라진 것일까? 오히려 마스크로 입을 막은 사람들은 그림자가 없어져 홀가분해 보였다. 옷차림으로 구별이 되는, 돈이 많거나 번듯한 직장을 가진 사람들은 즐거워 미치겠다는 눈빛이었다. 자세히 보면, 진짜 즐거워하는 이는 소수였다. 나머지 대부분은 바람에 슬쩍 스치기만 해도 끓는 물에 손을 데쳐 비명을 지르는 복합 통증 증후군 환자로 보였다.

죽고 싶거나 까닭 없이 죽고 싶어 하는 가면을 쓴 얼굴들이 거리를 쏘다녔다. 이건 모두 빽빽한 미세먼지 농도가 급증하며 생긴 신드롬이었지 결코 사라진 그림자 탓은 아니라는 주장을 표정에 달고 있었다. 결국, 쳇바퀴 돌 듯 고시원으로 돌아왔다. 연세 고시원 306호. 나에게 마지막 남은 교두보였다.

위가 비면 따라서 생각의 기능마저 느려지는, 그림자가 없는 인생들의 뇌는 초창기 컴퓨터처럼 느리고 답답했다. 그들은 배로 생각하고 성기로 반응했다. 그들의 처량한 손과 발은 돈과 권력을 쥔 자와 쓸모를 기획하는 자들에 의해 조정 당했다. 그저 생산 동력원이었고 원시 생물로 퇴화한 사람의 가치는 족보 있는 개보다 비공식적으로 낮았다.

이곳 고시원까지 밀려 나와 잠만 잔 탓인지 방향 감각을 잃었다. 몸 이곳저곳을 점검해보니 닳아진 곳이 한두 군데가 아니었다. 송곳니는 시큰거리고 발톱은 빠졌다. 최소한의 방어 장비는 낡아 기능을 못 했다. 그런데 몸은 태평했다. 남들은 이혼하면 자살 성향을 띤다는 데, 삶의 의지가 새록새록 솟아나는 건 아니지만 그렇게까지 죽고 싶지 않았다. 내 입만 건사하면 되는 상황이 여유로움을 주었다. 대신 투지는 없어졌다. 하긴 부양해야 할 아들과 상대적 가치가 하락하고 있는 아내도 없는 마당에 투지는 살려서 뭘 할 것인가. 버릇만 들이면 하루에 한 끼로도 살 수는 있다.

생각의 방향은 아무 데나 쑤시고 다녔다. 사람들 모두 미쳤다면 미친 사람이 정상이고 못 미치거나 안 미친 사람이 비정상이다. 단 한 명의 사람도 사라진 그림자에 대해 신경을 쓰거나 그 누구도 불편을 호소하지 않는다. 그럼 된 것이다. 아니야, 그림자마저 없는 삶이 제대로 된 생일까? 고시원 306호에 처박혀 살면서 꼴에 무슨 그림자 타령이란 말인가. 머릿속에 벼룩 백 마리가 돌아다녔다. 바닥을 두드려 항복을 표시했다.

잠시 후 누군가 내 거처의 방문을 같은 세기로 두들겼다. 아, 깜빡했다. 307호였다. 그의 거친 말이 좁은 공간을 쩌렁쩌렁 울렸다. 그의 고함으로 후줄근한 소음이 멈췄다.

"뭐야? 왜? 드디어 미친 거야?"

이유를 묻지 않는 그의 태도에 밥을 먹어서 그런지 대담해져 헛웃음이 나왔다. 세상의 음모도 모르고 신의 비정함을 눈치 못 채는 한심한 새끼. 버틸수만 있으면 세상이 지랄하던 사흘 후에 멸망하더라도 바닷속 말미잘 촉수

같이 태평한 놈. 미치진 않았는데 미치고 싶다. 넌 그림자가 없어졌는데 걱정도 안 되냐?

"그게 무슨 상관이냐고. 그림자가 있건 없건 세상은 잘 돌아가고 있잖아. 버스비가 오른 것도 아니고. 그러면 됐지. 이 미친 인간아. 한 번만 더 소란을 피우면 죽여 버릴 거야? 난 내일 새벽 네 시에 일어나야 한다고, 알았어? 이 미친 새끼야?"

307호 남자의 화를 돋울 생각은 없었다. 그는 세상 한구석에 찌그러져 살면서 틈만 나면 주눅 든 사람들에게 주먹을 휘두르고 싶어 안달이 난 자이다. 방 씨는 배로 기는 애벌레로서 완벽한 삶을 사는 일반인 을과 나에게는 위험 인물이었지만 그를 부리는 자에게는 보기 드문 정상적인 사고를 하는 막노동꾼이었다. 그를 충분히 이해한다. 그는 한 시절의 나였고 늘 탈옥을 꿈꾸는 갇힌 놈이다. 너도 사람들에게 옴니암니 무시당하는 것에 화가 나 있겠지. 이게 다 못 배우고 아비로부터 한푼도 물려받지 못한 자의 운명이라 믿겠지. 하지만 이따위로 살 수밖에 없는 같은 종족을 이해하지 못하는 어리석음부터 손봐야 하지 않을까? 넌 애초 부자들의 밑씻개이고, 관절이 뻑뻑해질 무렵에는 보이지 않는 인간이 되는 거야. 그리고 넌 태어나기를 잉여였다고,

흥, 젊음에 대한 광신적인 믿음. 무한한 시간이 남아 있을 거라는 어리석은 감각에다가 튼튼하고 음식물 쓰레기마저 소화할 수 있는 우수한 장을 타고난 이상 얼마든지 버틸 수 있다는 각오가 돼 있겠지. 몸 관리도 잘하고 있잖아. 아니, 네가 조금만 영악하다면 목표를 낮게 잡아 그들로부터 부림을 당하는 끝 순번에 가 있을 거라는 피고인의 감이라는 게 있잖아. 하지만 너의 애매한 신념은 버릇없는 자존심으로 뭉쳐있어 이내 구겨질 것이다. 악담이 아닌 경험자의 충고다. 조금만 더 있어봐라. 날씨 따라 몸이 고장 신호를 보내는 날, 빈털터리로 전락해 있을 것이고, 그런 자신을 어느 날 발견할 거다. 이렇게 지껄이겠지. 대체 어디서부터 꼬였을까? 얘야, 세상 계획에 넌 포

함되어 있지 않단다. 달밤에 체조하고 단백질원에 편집증을 앓는 그에게 이렇게 말해주고 싶었다. 어쨌거나 그나마 정상적인 사람은 방 씨뿐이었다. 그와 대화하고 싶었다. 조금만 이야기할 수 있을까? 307호 방 씨가 강력하게 소리쳤다.

"싫어. 이 씹색꺄! 난 지금 당장 자야 해. 내 인생은 하루만 공쳐도 모든 계획이 어긋나게 되어 있어. 그러니까 제발 꺼져줘! 두 번 말하기 피곤하니까 한 번만 더 소란을 피우면 묵사발로 만들 거야. 알았어?"

방 씨는 고시원 분위기를 훈련소로 만들어 놓았다.

307호는 그 와중에 문을 살짝 닫았다. 그가 자면 나도, 고시원 전체가 자야 했다. 불편한 이웃에 맞춰진 생활 리듬이 익숙해지지 않았다. 반면 한 달 단위로 대부분 얼굴이 바뀌는 고시원 주민들은 당연한 것으로 받아들였다.

눈을 감으면 귀가 열린다. 여는 기능이 없는 엽서 크기 쪽창으로 각종 소음이 비집고 들어왔다. 307호 방 상태도 이곳과 별반 다르지 않을 것이다. 화가 났다. 소음에 차별을 두는 방 씨는 태생부터 나쁜 놈인지 모른다. 못난 을 중에 갑이 있으며 토끼에게 서열이 있듯이 일터에서 완전 을인 방 씨가 여기서는 왕토끼인 거다.

눈을 감자 해결되지 못한 문제들이 펼쳐진다. 아, 한때 내 전부이자 미래이자 희망이었던 아들이 어느 시점부터 사나워지기 시작했다. 일단 떠오르는 게 문교부 정책이나 선생의 공무원다운 타성을 탓하고 싶긴 하다. 원인을 따지면 심각한 문제는 해결되지 않았다. 그저 덮거나 수용하고 때론 무심하게 대처하는 게 현명했다. 가정교육이 80%라는데 내가 누굴 탓하겠는가.

몇 번째 단추부터 잘못 끼워졌을까. 초등학교까지는 괜찮았다고 생각했는데 요즘 곰곰이 생각해보니 그것마저 의심스럽다. 아들은 그 당시도 게임이라면 눈이 벌겠다. 가까이 가보니 진행이 심각해 손댈 곳이 막막했다. 만약 아들이 차였다면 사채를 내서라도 새것으로 교환하고 싶을 정도였다. 개가 꿈이 뭐랬지. 구체적으로 물리학자였지. 그런데 아들의 원대한 계획은 입시를 앞두고 지레 허물어졌다. 그 심정을 안다. 하지만 어쩌란 말이냐. 백 명 중 한 놈만 골라내고 문서 없는 노예 만들기의 교육 행정은 내 세대부터 있었던 일종의 추려내기인걸. 내가 아무리 일류대 입학이 인생의 전부가 아니라고 지껄여도 아들 앞에선 아버지가 수치였으니 말이 아니다. '그저 세상 눈치 보며 평범하게 살자'라는 구호가 내 입버릇 아니던가. 그게 어때서?

그 시기에 맞춰 아내와 나 사이에 불신이 싹트기 시작했다. 이 모든 불행을 내가 초래했다고 아내는 도끼눈으로 지적했다. 테이프를 더 감아보자.

아들은 노상 게임 속에서만 유저로 겉모습을 유지했다. 밤과 낮을 뒤섞어 사는 아들에게 아내는 방어력이 낮았다. 사소한 충고도 아들의 분노 장애를 유발했고 아내는 우울증에 빠졌다. 아들은 뒷바라지도 해주지 못하면서 왜 날 낳았냐고 만만한 아내를 저주했고, 네가 이 꼴이 될지 어떻게 알겠냐고, 아내는 현재 불행의 단초가 됐던 그 날 피임할 틈을 주지 않고 쳐들어온 나를 진지하게 원망했다. 세상에, 애초 불행이 너의 탄생이었다면 그건 신의 영역이 아니었던가. 나도 내 부모를 원망해야 하고 그 부모는 케케묵은 부모를 죽이고 싶고 그러다 보면 임진년 선조 대왕이 철천지 원수다.

아내는 한 시절 삶의 이유였던 아들의 일탈로 인해, 아들의 엽기적인 생활 방식과 자신을 향한 증오를 거름망 없이 뿜어대는 요즘 청소년의 그렇고 그런 망동으로 인해 내가 보기엔 식체인데, 드디어 우울증에 걸렸다고 확신했다. 그리고 내가 아닌 다른 사내에 의해 치유됐다.

나는 분명 착각했다. 질풍노도 시기에는 다 그런 거 아닌가? 아들의 행동을 굳이 병으로 친다면, 엄밀히 말해 그건 그저 자신의 연속될 불행이므로 스스로 깨우쳐 헤어나올 일이다. 나는 아들이 내가 그랬듯이 젊어 고생은 사서 한다는 속담으로 자연 면역될 거라고 믿었다. 그런데 전래의 해피엔딩과 컴퓨터 게임의 결말은 달랐다. 될 대로 되라는 식으로 생활신조를 바꾼 아내는 나와 아들을 철저히 무시했고 아들은 괘념치 않고 더욱 빛나갔다. 나는 함께 있어도 그들 눈에 보이지 않았다. 우리의 불행은 공판 없이 확정됐다.

아내와 아들은 철저한 타인이 돼서 겉돌았다. 아들의 주식은 따로 차려줄 필요가 없는 라면과 기름에 튀겨 소독된 치킨이었다. 혹시 아들의 거친 행동에 원인이 있다면 라면과 치킨 그리고 콜라에 뭔가 들어 있지 않았을까 하는 의심이 들 정도였다. 아들은 배가 채워지면 바로 가상현실로 건너갔다. 게임 속 용은 잔인하고 무도했지만, 아들 상대가 아니었다. 용은 아들이 휘두르는 불칼에 여지없이 도륙됐다. 이런 아들을 누가 감히 건드릴 수 있단 말인가? 그 가상 공간에 아들을 돕는 전사가 몇 있었다. 흘러내릴 것처럼 위태로운 가슴을 가진 여전사가 아들 옆에서 함께 불칼을 휘두르며 도왔다. 그것도 내가 하지 못했던 위로와 사랑을 속삭였다. 아들은 가상공간에서 자신을 업그레이드시킬 수 있던 기회가 익명의 공격수 기습으로 날아가면 대신 집기를 파손했다. 쌓인 쓰레기와 망가진 집기들은 아들의 심리 상태였다. 아내는 이런 아들을 위험인물로 간주했으므로 그저, "아, 지겨워."하며 탄식했다. 삶은 계속 아슬아슬해 졌다.

아내는 습관이 돼서 능란하게 소리를 질렀고 아들은 현실과 가상의 공간을 분간하지 못했으므로 언제나 용감하게 맞부딪쳐 싸웠다. 더는 스위트 홈이 아니었다. 여기가 바닥일까? 아니다.

상황을 재인식하고 아내와 아들을 같은 자리에 모으려고 노력할 즈음 적시에 권고사직을 받았다. 회사와 난 아무 잘못이 없다. 연산군 시대부터 경제가 어렵고 자본의 생리가 그렇다는데 무슨 해명이 통할 것인가. 이렇게 해서 스위트 홈은 시나브로 함락됐다. 복기가 끼어들 여지가 없었다.

아침에 눈이 떠지자 불현듯 방전된 뇌에 불이 켜졌다. 그림자가 사라진 것과 종말의 연관성을 찾은 것은 아니지만 뭔가 있을 거라는 확신이 들었다. 그럼 사기꾼이든 어느 미친 종교인이 이런 호기를 놓치겠느냐 하는 의문이 뒤이어 따라왔다. 왜 그들은 그림자가 사라진 사실을 종의 멸망과 관련짓지 않았을까? 그러자 이어서 다른 생각이 들었다. 나는 손바닥으로 무릎을 쳤다. 선지자가 알고 있는 진실을 어떻게 미친놈이 파악하겠는가. 인류는 돈에만 관심이 있을 뿐이다.

신이 부도덕한 소돔 성을 파멸시키기 직전에 나타난 징조가 있지 않던가. 파라오 친구인 모세와 그 일행의 탈출로 인력난이 생길까 봐 애굽을 떠나지 못하게 하자 나타난 여러 가지 재앙 말이다. 피의 비, 메뚜기 떼, 불행 중 다행으로 장자만 돌연사하는, 자연스러워 보이지만 신기한 일들 말이다. 사라진 그림자가 그 시작인 것이다.

이 지구에 계산 머리가 없는 80억 입이 살고 있고, 대한민국에만 북조선을 제외하고 오천만이 들끓고 있다. 그들 가운데 복권 당첨률보다 높은 천만분의 일 확률이라 하더라도 의인 다섯은 있을 것이다. 문제는 그 의인의 수가 열 배 이상이 있더라도 이 판국에 무엇을 할 수 있단 말인가? 판세는 더는 어쩌지 못할 정도로 썩어 문드러진 것이다. 신에게 맞선 사람들에게 가이아는 수천 번 읍소하며 그만하라고 매달렸다. 하지만 사람들은 신의 면전에서 말리는 가이아를 윤간했으므로 용서는 물 건너갔다. 곧 인류 역사는 종지부를 찍을 것이다. 이런 다 끝난 상황에 신은 나에게만 유예기간을 알려 주었다. 웃기지 않은가? 용서하지 않을 것이고 방공호도 없는데 차라리 모르는 게 속 편하지 않을까. 신의 속셈은 헤아릴 수 없다. 게다가, 그림자가 없어졌음을 알고도 모르는 척하는 권력의 외면은 뻔뻔함을 벗어났다. 아니, 나만 아니면 되는 불행은 항상 남에게만 벌어지는 일이어야 했고, 내일 당장 무너진다 해도 내가 책임질 일은 아니다. 우리는 이 모든 재앙에 신이 저러다 말 것으로 믿었다.

나의 퇴직, 그러므로 쓸모없음의 확인과 더불어 아내의 바람과 아들의 넋 없음이 우스워졌다. 그림자가 사라져 모든 의미가 같잖아졌는데 중요한 게 무엇이 있는가. 사람들은 지금 집단 환상에 빠져 코앞의 어두운 미래를 짐작하지 못한다. 내가 인정해야 할 사실은 그림자 실종뿐 아니라 사람들의 우둔함이다.

알면서 고치지 못하는 병이 불치이다. 집행 날 만 모를 뿐이다. 태어난 지 얼마 안 된 아기들이 안 됐지만, 가난한 이들의 속주머니를 뒤져 빼앗은 천문학적인 금은보화를 써보지도 못하고 벌벌 떨며 죽어갈 탐관오리를 생각하면 깨소금 맛이다.

아침이었으나 출근을 거부당했으므로 이불속이 전 아내보다 푸근했다. 사실 배고프다. 그 정도는 참아야 한다.

몸 움직임을 최소한으로 하고 하루에 한 끼만 먹으며 버티기에 들어갔다. 두 끼를 건너뛰고 거리로 나와 활보하는 사람을 여유롭게 구경했다. 사람들은 여전히 두꺼운 마스크로 얼굴 반을 가리고 걷고 있다.

그들에게 그림자가 없다.

그해 바다   03

 도시 전체를 삶아버릴 의도가 확실한 8월이 오면, 오뉴월 한에 쫓겨 집구석에서 나오지 못한다. 35℃를 넘고 불쾌지수가 최고점을 찍었다며 기상 예보관이 열을 낸다. 이럴 때면 납량특집 영화가 대낮에 벌어진다. 주차하다 신경질이 난 새파랗게 젊은 놈이 늙은이를 마구 때려죽이고, 헤어진 애인 집에 쳐들어가 막무가내로 흉기를 휘두르는 사건이 빈번해도, 그 정도 사건쯤은 국회의원의 사흘 건너 하루 벌어지는 비리를 보는 것처럼 둔감해진다.

 매년, 이 혹서 계절이 춥다. 나는 정서적으로 도저한 더위를 느끼지 못한다. 괜한 사람을 죽이고 싶어지는 더위를 못 느끼니 누구는 좋겠다고 말할지 몰라도, 나에게는 여름 내내 고문이다. 30년이 지난 지금도 남쪽 바다에 가본 적이 없다. 먹고 살아야 할 일만 없으면 이 계절은 부적에 움츠러든 귀신이 되어 어두운 방구석에 처박혀 떨며 후회하고 싶었다. 아무리 오는 세월을 말려도 여름은 고질병으로 쳐들어왔고, 이 계절이 사그라질 때까지 흉통을 부여잡고 지내야 했다.

 여름이 없는 나라로 도망치고 싶었다. 병적인 두려움으로 떠는 내게 아내는 그 이유를 물었지만 차마 고백할 수 없었다. 악마의 계절이 시작되면 겁에 질려서 지레 오줌을 지리는 개새끼처럼 꼬리를 말고 밤마다 애타는 비명을 질렀다. 한때 웃고 떠들며 밤새 술을 마셨던 친구와 여자들이 있었다. 그들의 가장자리를 돌며 위악적인 웃음을 지었던, 우리가 만든 괴물이 수은주가 30℃에 오르면 반드시 나타났다.

단편소설 深里

세상은 엉망이었다. 지금도 마찬가지지만, 때는, 살벌한 사회 분위기와 민중의 철없음이 어우러졌던 팔십년대가 막 열렸던 시대였다. 지금도 상상을 불허하는 두목이 그의 부하에 의해 가볍게 살해되고, 우유부단하고 정권욕에 눈이 먼 민주인사들이 오월의 봄이라 외쳤던 짧은 시간을 여지없이 박살낸 후 찬란한 전 씨 시대가 열리던 해, 우리는 거리를 나서던 학우들과 별개 인종으로 나뉘어 그저 술 마시고 춤추는 곳에서 무료함을 달래고 있었다. 광주에서 억울한 민중 수천 명이 학살됐다는 처절한 풍문은 먼 나라의 꿈결이었고, 관심을 두는 순간 모든 것이 무너져 내릴 것이라는 두려움으로 애써 모른 척했다. 광주 5월에 울고 분노하는 학우들을 피해 다니며, 대학생이란 모름지기 쌍쌍이 어울려 춤추고 마시고 노는 게 자유라 믿었다. 자유? 정의? 진리? 나라가 이 모양 이 꼴인데 그따위 것이 있을 턱이 없었다. 힘과 권력이 피의 잔치를 벌이는 곳에선 거스르지 않는 노선을 택해야 한다. 철이 들어서도 안 되는 일이었다. 아버지는 자신이 겪은 세월과 놓친 기회의 이유로 학벌을 꼽았다. 아버지는 말했다. 대학만 들어가라. 출발은 가볍고 빠르다.
　전 씨가 3S, 즉 스크린 스포츠 섹스를 이 나라 국민에게 적극적으로 장려하던 시절이었다. 우리는 그 무리 정책을 얌전하게 찬양했고, 조상 대대로 굶주리기만 했던 아버지들은 적극적으로 동조했다. 이른바 망령이든 태평성대였고, 지금과 마찬가지로 모두가 공범이었다.

　요즘도 어떤 대학이든 직업 양성소로 전락하여 입학하자마자 스펙을 늘리거나 학점을 받기 위한 고등학교 연장에 불과하지만, 그 당시 대학은 졸업하기만 하면 사계절이 봄날인 직장을 얻을 수 있었기에, 유달리 열심히 공부할 필요가 없었다. 게다가, 휴일이 아니어도 놀 시간은 무진장 널려 있었다. 그래도 제대로 뽕을 빼려면 학기말 시험이 끝나는 유월 말이 최상이었다.
　내게 대학은 힘든 준령을 넘다 갑자기 나타난 별세계였다. 한쪽에서는 옥

골선풍의 선비들이 시를 지으며 인생은 주마간산이라며 즐겁게 한탄했고, 다른 한구석에서는 노상 두드리고 마시는 놀자판에 초대된 기분이었다. 고딩 학교의 천편일률적인 성냥갑 외양과는 달리 멋대가리 없이 세워진 건물은 없었고, 건축작품이 그대로 들어와 박힌 듯한 교정은 웅장하고 단호했다. 게다가 온통 잔디와 나무로 뒤덮인 캠퍼스는 푸르고 부티나는 정원이었다. 어떻게 보면 관망의 세계에 발을 디딘 셈이었다. 자유이자 방종에 가까운 학교 분위기와 만만한 놈만 보면 무조건 대걸레 자루를 휘두르는 선생이 없어 한동안 불안하기조차 했다.

나와 같은 기회로 들어온 놈 중에 다른 형질의 집단도 있었다. 분내를 풍기며 캠퍼스를 빙빙 도는 여대생의 음기에 눈이 휘둥그레 하면서도 권력의 야욕을 눈치챈 자들은 독기를 내뿜었다. 구호로는 가난한 자의 불평등과 사회 정의를 울부짖으면서 기성 정치에 기대는, 언젠가 변절하고 마는 별종들과 그들에 빌붙은 순수 세력에게 대학은 출발점이었고 우리에게는 최종 도착지였다. 같은 우리에 갇혀 있으면서 말로는 동문이고 학우였으나 동류항이 아니고서는 서로 영역에 한 발자국도 들여놓지 않았다.

항상 시작만 위대했다. 민주주의는 피를 먹고 자란다며 울부짖던 그들의 끝을 보라. 색깔은 달랐지만 가난한 사람들의 요구를 발판 삼아 고지를 탈환하자 진보나 보수로 나뉘어 탐욕의 정점에 선 건 매일반이었다. 개새끼들. 하지만 나중에 당할 일이었고 우리는 끼리끼리 몰려다녔다. 공부가 무엇이고 군부독재가 또 무엇이던가? 가소로운 일이었다.

입학한 대학에 청운을 품거나 선택한 과에 미래 목표가 있는 것도 아니었다. 그저 점수에 휘둘려 간신히 불시착했을 뿐이다. 나한테 유일한 목표가 있다면 청춘의 한 시기를 자위행위를 하며 이를 갈았던, 여대생의 청순가련한 아리따운 그 속의 것이었다. 예전 그년들을 상상의 동물인 선녀나 착한 요괴쯤으로 그렸다. 그 순진한 발상은 일 년이 못 돼 본색을 드러냈다. 물론

다 그렇지는 않았지만, 청량리 똥치나 다를 게 없는 것들이 수두룩했다.

이런 바탕에 대학 생활은 소박했다. 공부도 아니고 데모도 아니다. 그저 하루를 재밌게 보내기만 하면 그만이었다. 이학년이 되면서 여자에 대한 선택폭이 넓어졌고 간신히 건졌다고 믿었던 미경이와 관계도 무덤덤해졌다. 대학 이학년이 되던 해에 깨끗한 여자와 딱지를 뗐다. 나는 왜 신이 이브를 그토록 미워했는지 이유를 알아냈다. 여자는 낙원을 갖고 있었다.

여자 몸이 주는 기쁨과 공허를 알면서 아버지에게 다른 감정이 생겼다. 아버지는 단순한 혈연관계에서 계산적인 돈줄로 바뀌었다. 아버지 금고 안에 감춰진 돈을 꺼내는 데는 기술과 별다른 노력이 필요하지 않았다. 그저 앞에서 근심 어린 표정을 지으면 지갑은 지옥에 사는 여자의 가랑이처럼 벌어졌다. 대학에 들어가면서부터 부자간 말투가 달라진 것도 당연했다.

"군자금이 필요합니다. 용도는 묻지 않으셨으면 합니다. 아버님 아들답게 착하게 행동할 겁니다. 이 어지러운 시국에 제가 데모하겠습니까? 아직은 때가 아니라고 생각하고 있습니다. 그저 우수한 성적으로 졸업해 훌륭한 산업역군이 되겠다는 일념은 변함이 없습니다. 저의 최종 목표는 부모님을 세계 일주시켜 드리는 것입니다, 아버님."

당장은 허무맹랑한 선언이었지만, 그래도 기특해 군말 없이 지갑에서 새하얀 수표를 꺼냈다. 늘 하던 대로 받지 않고 기다리면 세종대왕이 몇 장 더 얹혔다. 나는 고개를 최대한 숙여 두 손으로 받아 아버지를 만족시켰다. 아버지의 섬섬옥수가 내 어깨를 감싸 안으면 모든 과정이 마무리됐다. 그 돈이 어디서 어떻게 나오는지 궁금하지 않았다. 아버지는 고작 5급 세무 공무원일 뿐이었다. 아버지는 내가 공무원이 되길 희망했다. 아버지가 탐관오리로 건재하는 한 돈줄은 마르지 않을 것이다.

그해 여름, 바다로 향했다. 당시 공장에 다니는 여성 월급이 사만 원이라 들었다. 내 손에 쥔 돈은 무려 그녀들의 약 사 개월 치 삶이었다.

서울역 광장. 망원경으로 보면 무료한 일상이 드러나 보이나 현미경으로 보면 노골적인 불행과 비참이 온종일 끓고 있는 염라(閻羅)의 출입구다. 그 기세에 눌린 사람들이 느린 걸음으로 다녔고, 떠나지 못하면서도 떠날 것처럼 보이는 홈리스가 몽유병 환자처럼 역 주위를 빙빙 돌고 있었다. 그들은 일사병을 앓으면서도 지난 겨울의 악몽을 떨치지 못해 두꺼운 외투를 벗지 못했다. 내 눈은 그들을 피해 다녔다. 나를 비롯한 무리는 가장 눈에 띄는 곳에 앉아 더위에 아랑곳하지 않고 웃고 떠들었다. 배고픈 이 옆에서는 고기를 굽지 않는 법인데, 우리가 과연 그걸 몰랐을까?

나를 발견한 창식이와 그의 섹스 토이인 영미가 엉너리를 치며 반겼다. 전화로 충분한 설명을 들었으나 가야 할 섬 이름이 자꾸 겉돌아 외워지질 않았다. 목포항에서도 두 시간 이상을 가야 도착하는 섬 이름은 처마도였다. 창식이 다짜고짜 손을 내밀었고 회비로 십만 원을 걷었다.

이것도 여행이라면 여행일진데, 다들 벗고 지낼 작정인지 짐이 단출했다. 아무리 섬이지만, 하이힐은 뭐든 단순하게 생각하고 치기로 가득 찬 만용일 터이다. 이들이 이 여행에서 잔뜩 기대하는 것은 무엇일까? 복잡하게 생각하지 말자. 닥치는 대로 즐기다 오면 되는 것이다.

9박 10일 머물 예정으로 여덟 명이 각출한 돈은 가난한 달동네 전세 보증금인, 무려 칠십 오만 원이었다. 창식이가 이 돈이면 우리 모두 호텔에서 쭉 머물더라도 남을 거라고 암내를 맡은 소 웃음으로 말했다. 그런 가운데 나는 어제저녁만 해도 몸 상태가 최상이었는데, 아침부터 갑자기 어질머리가 생겼다. 그렇다고 놀기를 포기할 만큼 최악은 아니었다. 그리고 이 증후는 앞으로 우리 일정에 불길한 예감을 품게 했다.

기차 안에서 모임을 주관한 창식의 설명이 있었다. 여러분은 대부분 진흙탕에서 태어나 서울이라는 도시를 한 번도 빠져나온 적이 없어 이 나라 바다가 얼마나 아름다운지 모를 것이다. 우리 앞으로 이번 한 번만 진탕 논 후 마

음잡고 도서관 좀 가자. 내가 작년 가족 여행 중 우리가 허심탄회하게 놀기
에 기막힌 장소를 발견했다. 벌거벗고 다녀도 볼 사람이 없고 소문날 일도
없다. 지랄발광을 한들 나무랄 인간이 없고, 실제 둘이 있다 하나가 죽어도
모를 완벽한 곳이다. 그 섬 이름은 처마도인데 그곳에서 돈 가치는 서울보다
열 배는 늘어난다. 동네 어슬렁거리는 인간에게 천 원짜리 몇 장만 쥐여주
면 펄펄 뛰는 생선회를 마음껏 먹을 수 있다. 끝없이 바다가 펼쳐져 있어 말
로만 들었던 갈매기를 직접 듣고 볼 수 있다. 오히려 파리 떼처럼 많아 한 시
간도 못 돼 귀찮다. 바다 색깔은 하늘과 구분이 어려울 정도이고 기암괴석으
로 뭉쳐진 섬들은 신의 감탄으로 만들어져 있다. 그곳에서 신이 세상을 창조
한 기간인 이레 동안 우리는 오직 마시고 춤추고 노래한다. 그런 다음 목포
로 돌아와 관광호텔에서 이틀을 머무르며 여행 피로를 말끔히 씻어낸 후 더
럽고 치사한 서울로 돌아온다. 섬에서 정해진 일정은 따로 잡지 않았다. 그
리고 다들 알아서 산아 제한용 콘돔은 한 박스씩 챙겼겠지?

와자한 함성이 거슬릴 정도로, 나는 정말 신내림을 거부한 무녀처럼 몸이
안 좋았다. 미경을 보기만 해도 불쑥 솟았던 아랫도리가 아무 반응이 없었
다. 들뜬 분위기에 휩쓸린 미경이 내 허벅지를 슬슬 문질렀지만 귀찮았다.
벌써 무리의 손에 캔 맥주가 하나씩 쥐어져 있었다.

몇 번을 자다 깨기를 반복하다 보니 서울에서 목포로 옮겨져 있었다. 오후
네 시였다. 정신은 오만하게 맑아졌고 몸은 회복 중이었다. 몇몇은 벌써 제
정신이 아니었다. 대로 한 가운데를 갈지자로 걸으며 무엄한 웃음을 함부로
뿌리고 다녔다. 이 무리는 왜 실없이 헤실거리며 웃을까? 목포항, 목포가 웃
기는가?

그리고 바다가 보였다. 항구. 크기만 하고 맞고 사는데 익숙한, 순한 짐승
이 매여 있듯 웅크리고 있는 덩치 큰 배들 사이로 창식이가 가리킨 한쪽 귀
퉁이에서 흰색 마도로스 모자의 사내를 발견했다. 선장 행세를 하기에는 배

가 초라했지만, 선장이라 부르지 않으면 불이익을 줄 것처럼 복잡해 보이는 인상이었다. 옆에는 납작한 두상을 가진 사내가 불안한 듯 연신 눈동자를 두리번거리며 서 있었다. 선장은 사내에게 짐이라고 할 것도 없는 소지품과 술을 배로 옮기라고 과장되게 명령했다. 나이는 짐작할 수 없었으나 사십 전으로 보였다. 장가도 못 간 멍청이라고 우리가 바로 옆에 서 있었는데도 면전에 대고 선장이 그렇게 불렀다. 사내 표정은 햇볕에 모질게 그을려 원래 피부색을 짐작할 수 없었으나 왠지 만만해 보였다. 반면, 선장이 그를 하등 동물로 취급하는 순간 막 대해도 된다는 허락을 받은 듯했다. 배가 바다로 향하자마자 광수는 그가 옆에 있는데도 보란 듯이 바다를 향해 오줌을 갈겼고 여자들은 터무니없는 웃음을 우르르 쏟아냈다. 사내는 도시 여자란 연체동물을 처음 본 듯이 신기해했다. 지금에 와서 하는 말이지만, 가슴이 독보적으로 크고 오직 벗기기 위한 용도의 짧은 치마를 입은 여대생과 거리를 활보하면 우리도 트로피를 쥔 뿌듯함을 느꼈다는 고백을 해야겠다.

배를 타고 한 시간쯤 나가자 완벽한 수평선이 나타났다. 바다와 하늘의 경계를 가로지르는 엷은 푸른색 선을 넘자마자 세상은 갑자기 조용해졌다. 마치 이승에서 저승으로 가는 레테의 강을 건너는 듯하고, 소리가 적멸하고 질량으로는 가늠할 수 없는 무게가 덜컥 내려앉은 듯 엄청난 인력이 다가왔다. 순간, 세상은 이쪽과 저쪽으로 나뉘었다. 한쪽은 재앙에 가까운 정치 모리배 횡포와 그에 맞선 민중의 함성이 들끓었고, 다른 한쪽은 저승에 도착한 착각을 일으킬 정도로 깊은 적요가 지배했다. 마치 절해의 성벽에 올라 끝없는 지평선을 지켜보다 마주한 미지의 두려움과 동질의 느낌이었다. 이내 다가온 섬에는 다른 종의 사람들이 있었다. 절망과 욕망이 들끓는 세상과 전혀 상관없는 사람들이 적의와 무료함에 파묻혀 있었다. 사내는 거기서 온 자였다. 창식은 선장에게 뱃삯으로 만원을 건넸다.

우리는 명확한 통계에 길들여진 무리였다. 꽃과 경치를 바라보다 아무렇지 않게 구겨버려도 일말의 가책을 느끼지 못하는 자연의 금치산자였다. 돈에 대해서는 사랑과 우정 심지어 혈연조차 저버릴 정도로 따졌으나 농부의 땀과 어부의 거친 삶에 관해서는 관심조차 없었다.

핏빛 노을이 어둠을 삼키고, 어둠이 진을 친 오후 여덟 시 우리는 섬에 닿았다. 처마 섬. 무슨 뜻일까. 깊은 주름의 때가 박혀 있는 노인네에게 내력을 물으니, 신경질이 잔뜩 묻은 답이 오긴 왔는데 진한 사투리여서 도무지 알아들을 수가 없었다. 미경이 옆구리를 꼬집으며 시답지 않은 질문은 하지 말라고 했다. 검은 사내는 표정 없이 모든 짐을 손수레에 싣고 앞서 걸었다.

밤하늘에는 사진첩에서나 보았던 헤아릴 수 없는 별들이 감흥 없이 박혀 있었다. 도시에 드문드문 걸린 불쌍한 별이 아니었다. 그렇다면 우리는 그전에 깜짝 놀랄 만큼 아름다운 석양을 봤어야 하질 않을까? 나를 포함한 누구도 그 광경을 떠올리지 못했다. 여자 중 누군가 저 별 좀 봐! 라고 말하자 하늘을 올려다봤다. 다들 입을 다물었다. 서울에 저렇게 우글거리는 별이 있을 리 없었지만, 지금 우리 관심은 별 따위가 아니었다. 이 바다에 놓인 풍광은 우리 앎의 세계에 들어있지 않았다.

첫 밤은 각자 알아서 했다. 다들 열기에 가까운 취기와 장소 이동에 따른 피곤이 거치적거렸다. 먹을 사람은 먹고 나머지는 복부 지방을 믿고 굶은 채 밤을 보냈다. 다음 날이 밝자마자 섬은 환락을 기다리며 소란스러웠다. 다들 대단한 체력이다. 하지만 우리는 착각했다. 아무리 청춘이라도 힘은 남아돌지 않는다. 어리석으면 바닥에서 벗어 날 힘을 남용하기 마련이다.

우리 숙소는 이 광활한 바다에 통증처럼 모여 있는 바위섬에서도 몇 채 없는 집을 등지고 자리 잡았다. 동떨어진 이 집만 유독 지붕이 초가였고, 개축하지 않은 부분에 태풍의 흔적이 덕지덕지 붙어 있었다. 지어진 위치도 항상 반대로만 행동해 속이 터져 죽은 엄마의 유언을 이번만 곧이곧대로 집행한 불효자 청개구리 엄마 무덤같이 취약한 위치였다. 경치는 그만일지 모르나 자연재해에는 고약한 선임 앞에 선 쫄병처럼 위태로워 보였다. 그러나 상관없었다. 우리에게 바다가 가깝다는 지형은 흠이 아니었다. 어쨌든 그곳은 검은 사내와 억센 노동으로 몸피가 잔뜩 줄어든 노모와 함께 사는 곳이라 했고, 노파는 우리가 머물 동안 잠시 마을로 옮겨졌다. 집은 낡은 옷을 깨끗이 빨아 입은 늙은 중의 몸피처럼 보였다.

검은 사내는 한 시간에 한 번씩 나타나 쓰레기를 묻거나 필요한 것을 알아서 갖춰 놓았다. 수영하고 돌아오면 흩어진 물건들이 어느새 깔끔하게 정돈되었다. 에너지를 쏟아낸 탓에 부엌을 살피자 검은 그림자가 다가와 옆에 섰다.

"필요한 거 없지라? 석유곤로는 지름을 꽉 채워 놓았고, 안쪽 항아리에 물이 있소. 아침은 어떻게 하실 라요? 밥은 다 대학상들이 하신다고 선장님이 말하시등만요. 워낙 궁색한 살림이라 학상들이 워치케 할지 걱정되능만요. 혹시 몰라서 라면은 사다 놓았는디 오십 원은 줘야 한당께요. 여긴 뱃삯이 있어놈께 뭍보다 째까 비싸요!"

검은 사내가 말을 하긴 했다. 처음 건넨 말치곤 마냥 순진한 사람으로 판단되는 표현은 아니었다. 하긴 전쟁과 학살을 치른 나라에서 순진한 바보가 어디 있겠는가. 다만 말투는 표정보다 수더분했고, 괜히 머슴처럼 여겨지는 저자세 사투리였다. 거친 손이 께름칙해 알아서 한다고 했으나 우리는 아무것도 할 수 없었다. 쌀과 반찬은 사내의 도움을 받아 준비는 되어 있다. 그렇다고 닭고기가 먹고 싶은데 생닭을 던져주면 어쩌란 말이냐. 그가 상상하는 여인과 우리가 지내왔던 여자는 속(屬)이 달랐다. 먹을 줄은 알아도 먹을 걸 요리하는 예쁜 인형은 없다. 그걸 아는 광수가 투덜거렸다.

"아까 그 새끼 좀 불러와. 무슨 대책이 있어야 할 거 아냐?"

어제저녁부터 아무것도 먹지 않은 몇이 사나워졌다. 아니 지금 상황이 모두 사내 책임이라는 투였다. 반말하지 말라고 눈짓을 했지만, 쪽수만 믿는 일행의 반발은 더욱 커졌다. 창식이 가운데서 중재를 했다. 사내에게 두 당천 원씩 줄 테니 밥을 해서 갖다 바치라는 것이다. 창식의 말이 끝남과 동시에 문밖에서 사내 말이 들려왔다.

"알았시유!"

우리는 머쓱해졌다. 먹는 게 해결되자 우리는 원하는 것을 갖기 위해 분주해졌다. 더우면 입은 채로 바다에 뛰어들었고 틈만 나면 섹스를 했다. 둘러앉아 노래를 부르다 보면 한 쌍이 숲속에서 튀어나와 교성을 지르며 곧장 바다로 쳐들어갔다. 술은 얼마든지 있었고 검은 사내가 빈 접시를 채워 놓았다. 그리곤 두 번째 밤에 제대로 된 복병을 만났다.

섬 모기는 서울 어두운 곳에서 삥이나 뜯는, 넘어가 줄 만한 물것이 아니었다. 환경의 처절함에 단련된 흡혈 곤충은 죽음을 무릅쓰고 덤벼들었다. 살충제는 준비 품목에 들어있지 않았고, 게다가 아예 이 섬 주민은 모기를 적으로 여기지 않아 그런 벌레를 없애는 독극물이 있는지조차 모르고 있었다. 한 명당 대 여섯 마리 모기를 잡았으나 어림없었다. 우리는 섹스의 풍요에 불구하고 다들 신경이 곤두섰다. 다시 광수가 투덜거렸다.

"씨발, 모기 땜에 집중할 수가 없잖아. 그 새끼 좀 불러와. 무슨 대책이 있어야 할 거 아냐?"

맥주로 한껏 부푼 일행들이 사나워졌다. 사내는 아무 소리 없이 장작을 바닷가에 쌓아 놓고 군데군데 모깃불을 피웠다. 쑥 향이 거슬렸지만, 전신에 번지는 간지러움보다는 나았다. 사내는 그날 밤 이후로 모깃불을 피우느라 새벽녘이면 두 눈이 벌겋게 충혈되었다. 우리는 그의 노고를 당연하다고 생각했다.

빛만 사라졌을 뿐인데, 파도 소리는 여전하고 함부로 박힌 별들이 시작에서 끝까지 흩어져 있어 죽었는지 살았는지 꼬집어봐야 했다. 여기선 초승달조차 그저 조금 더 큰 별에 지나지 않았다. 음 소거된 세상에 온 듯 아무 소리도 들리지 않았다. 다만 취기와 욕정이 록 음악처럼 빠르게 마계(魔界)를 지배했다. 다들 기타를 튕기고 노래를 불러 사방에서 옥죄이는 적막과 어둠에서 벗어나려 발광했다. 검은 그림자는 우리 주위를 돌며 마른 쑥을 던져 놓았다. 우리 안위는 그의 힘듦으로 유지됐다. 그가 다가왔다 사라지는 것을 알 수 있었지만, 어둠의 한 부분으로 돌렸다. 심지어 여자들이 해변에서 대놓고 오줌을 싸도 검은 사내를 신경 쓰지 않았다. 그는 우리에게 움직이는 정물의 일부였다.

태양이 정수리에 떠서 둘러보니 다들 용케 방이라고 들어와 자고 있었다. 가까스로 일어나 팔다리를 만졌다. 몇몇은 자고 나머지는 소진되지 않은 욕정에 못 이겨 이미 바다로 나갔다. 이 섬의 새벽과 저물기 전 석양 그리고 바다의 아름다움 따위는 철저히 무시했다. 그 점은 오래전부터 응어리진 바위와 모진 기후와 태풍에 시달려 비틀린 소나무처럼 존재했던 섬사람들도 마찬가지였다.

간혹 바닷가에서 마주치는 섬사람들은 우리를 보기만 하면 더러운 짐승을 마주한 것처럼 우회했다. 술은 고작 사흘 만에 고갈됐다. 물론 그곳에도 뱃놈들이 마시는 술은 있었다. 실은 한 모금도 넘길 수 없었다. 됫병에 담긴 막소주는 우리가 마지못해 마시던 도시 소주와 그 맛이 달랐다. 광수는 투덜이 전문이었다. 그놈이 다시 검은 사내를 들먹였다. 헤엄을 치든 배를 타고 가든 술을 사 오라고 했다. 이곳에서도 돈의 가치는 있었지만, 술집이나 고깃집이 따로 있는 것도 아니어서 평가절하됐다. 이대로 가면 경비 절반이 남을 터였다. 우리는 돈으로 명령을 내릴 수 있었다.

검은 사내는 습관적으로 한 시간에 한 번씩 다가왔고 표정은 날이 갈수록 점점 어두워졌다. 창식이 사야 할 품목을 적은 메모와 강렬한 유혹이 될 미끼를 포함해 사내가 평생 만져보지 못했던 이십만 원을 건넸다. 사내는 우리 주머니에서 끝없이 나오는 돈이 신기한 듯 입을 다물지 못했다. 입안에 물컹거리는 생선회는 질렸다. 고기와 술이 무진장 필요했다. 건넨 품목 속에는 예비용으로 더 많은 콘돔과 이 섬의 모든 모기를 몽땅 도륙할 살충제가 들어있었다. 사내가 사올 리스트를 살피자, 나머지는 당신이 다 가져! 라고 호석이 반말로 명령했다. 사내가 말없이 돌아섰다. 그는 다음날 늦은 오후까지 보이지 않았다. 가고 오기가 먼 길이었다.

사내가 우리 곁에 없자 생활은 못 견디게 불편했다. 우리가 밟고 있는 섬은 사람 살 곳이 아니었다. 더위를 식히는 바람과 시퍼런 바다조차 의미 없었다. 그가 없는 섬에서 우리는 처음으로 섹스도 하지 않았고, 비지땀을 흘리며 방 안에 갇혀 있었다. 모기는 난적(亂賊)이었다. 더위가 무성했다.

자다 깨면 절망에 가까운 질펀한 수평선을 바라보았다. 누군가 한숨을 내쉬며 지루하다고 했다. 사람들이 다 빠져나가고 빈자리만 남았을 서울로 돌아가자고 했다. 나는 다시 까무룩 잠이 들었고 미경이 가슴인 줄 알고 지애 젖을 만지며 잤다. 호석의 손이 닿자 그녀가 귀찮다는 듯이 짜증을 냈고 옆에 누운 미경을 끌어안았다. 미경의 가슴은 땀으로 흥건했다.

어둠이 섬 깊숙이 들어온 후 사내가 손수레에 짐을 가득 싣고 왔다. 우리는 환호성을 질렀다. 한 번 더 부둣가로 가야 한다고 말하는 사내에게 창식이 자연스럽게 반말을 했다. 수고했다! 새삼스럽지만, 우리는 열 살 이상 많은 그에게 의도된 반말을 건넸고 그는 돈으로 수긍했다.

"먼저 모깃불 좀 피워. 그리고 고기를 굽게 준비해 줘. 맥주는 한 박스만 내려놓고 나머지는 차갑게 해."

사내는 묵묵히 움직였다. 긴 낮잠으로 말똥말똥해진 우리에게 밤은 천국이었다. 몸에 보급된 지방과 단백질이 엄청난 폭발력을 주었다. 몇몇은 다시 악을 쓰며 노래를 불렀고 번갈아 가며 해변에 누가 있든 없든 상관없이 그 짓에 몰입했다. 모기 공습이 무뎌진 만큼 과녁에 대한 집착은 선명했다. 창식이 다가와 물었다.

"너 몇 번째냐? 나 하루에 서너 번씩 했다. 아, 이 짓도 지겹구나. 영미, 이 쌍년 몸이 지긋지긋하다."

그리곤 벌렁 자빠졌다. 실은 나도 그랬다. 술과 습관성 섹스에 마취는커녕 되레 짜증만 늘어났다. 대체 왜 화가 나는 걸까? 그런데 이곳에서는 그 짓 말고 놀 게 없었다. 우리 휴가는 아직 반도 흐르지 않았다. 바다 한가운데 있는 섬이 왜 조상들의 대표적인 유형지인지 알 것 같았다. 사람들은 모두 체념하듯 살았고 아이들은 횟배를 앓아 기운이 없었다. 바쁠 게 없어 보이는데 사람들은 권태에 몰려 늘 무언가 하고 있었다. 날이 저물면 다들 지쳐 쓰러지는 석양을 향해 숨을 몰아 내쉬었다.

사내 표정은 갈수록 묘하게 일그러졌다. 나 이외에 아무도 눈치채지 못했으나 나 또한 그런 염소 같은 인종이 무슨 짓을 하겠느냐 하는 가벼운 판단을 했다. 사내가 어제 한 행동을 오늘도 하고 있고 내일도 변함없이 할 거라는 생각은 나만 한 게 아니었다. 사내는 음식물 쓰레기를 신경질적으로 바다에 버렸고 그 쓰레기에 덤벼든 갈매기를 빈 눈으로 바라보았다. 광수가 그에게 다가가 무슨 말인가를 하고 나자 화색이 돌았다. 모두를 모으고 외치듯 말했다. 아, 그 전에 광수와 말하는 도중 사내가 짓는 음흉한 미소에서 무언가를 발견했어야 했다.

"여기서 조금만 가면 거북섬이 있는데 은빛 모래가 기똥차대. 무인도여서 아무도 없고."

사람이 있다고 하고 싶은 짓을 안 한 것은 아니었다. 하지만 밤껍질 피부를 한 원주민이 신경 쓰이긴 했다. 모두의 눈이 한곳에 모였고 장소 이동에 신이 난 아이처럼 괜한 함성을 질렀다.

광수가 사내에게 제안한 것은 섬 인간들이 가끔 소라게와 똑같이 모로 다가오는 시선에 짜증이 나니 더 깊고 찬란한 곳이 없냐고 물었다. 우리는 곧 이 지겨운 섬을 벗어나 서울로 갈 것이고 남는 것은 모두 네가 다 가지라고 했다. 사내는 뭔가 생각하는 척하다가 여기서 삼십 분쯤 가면 무인도가 있고 암초가 많아 젊은이를 제외하고는 두려워 오지 않는 곳이라 했다. 그곳에는 여인의 속살처럼 고운 모래가 지천이라고 했다. 다들 합창을 했다.

"제발 우리를 그곳에 데려다줘!"

다음 날, 저질 영화 한 장면을 상상하게 하는, 마지막 향연을 치른 후 화염의 유혹에 견디지 못하고 더한 불구덩이에 날아드는 불나방처럼 거북섬으로 가기로 했다. 조용한 밤이 지나갔다. 우리는 우리의 음습한 대화를 슬며시 엿듣는 물고기 눈을 한 사내를 무시했다.

검은 사내는 술과 먹을 것을 먼저 옮겨다 놓고 우리를 배에 실었다. 배의 동력은 사람이 젓는 노(櫓)여서 느릿느릿 나아갔다. 드디어 우리는 스스로 요구하는 완벽한 섬에 갇혔다. 누구랄 거 없이 바다에 던져졌고 마지막 날이라는 흥분에 남은 힘을 낭비하기로 작정했다. 섬에 내리자마자 맥주를 서로의 아가리에 부어가며 섹스를 했다. 검은 사내는 보이지 않았다. 모기가 없는 섬은 파라다이스였다. 그런데 왜 모기가 없을까?

바닷물 온도는 목욕물처럼 맞춤했다. 내리쬐는 햇볕은 여자들 교성으로 힘을 잃었다. 그리고 시간이 무작정 흘렀다. 모두 지치자 맥주는 미지근해졌고 속을 뒤집었다. 구운 고기는 햇볕에 말라비틀어졌다. 점점 짜증이 났고 광수가 중얼거렸다.

"이상해? 왜 그 새끼가 안 오는 거지?"

그 말이 떨어지기 무섭게 바다가 조여왔다. 밀물이 잔뜩 밀려와 자리가 좁혀졌다. 조금 전만 해도 해변은 달리기할 만큼 광활했다. 그 해변이 순식간에 사라진 것이다. 바닷물이 발목을 쳤다. 그러고 보니 이곳에는 나무조차 없었다. 일행의 비명이 소스라치듯 들렸다. 시계를 보니 고작 두 시였고 우리는 사태 심각성을 비로소 깨달았다.

"바닷물이 몰려온다."

누가 물이 아닌 바다가, 대륙을 향해 노르망디 상륙작전을 방불케 하는 바다가 새까맣게 몰려온다고 활자를 하나씩 집어낼 정도로 악을 썼다. 아우성이 너울 파도가 되어 밀어닥쳤다. 첫 번째 경고였다.

"어떻게 좀 해봐? 그 아저씨 어디 갔지?"

수영으로 다가갈 거리가 아니었다. 아니 간다고 하더라도 남은 일행에 무슨 일이 반드시 생겨날 것이다. 앞으로? 라고 생각했지만, 구체적으로 따지자 초조해졌다. 제대로 수영할 줄 아는 놈은 나와 창식이 그리고 광수뿐이었다. 튜브는 바다가 얕아 필요 없다고 해서 갖고 오지 않았다. 튜브를 빼놓은 것이 계획 일부라면? 불안이 증폭됐다. 바닷물은 바위 한군데에 일행 모두를 모아 놓을 만큼 차오르고 있었다. 그러자, 검은 사내의 배가 보였다. 모두 희망의 탄성을 질렀다. 몇몇은 이때만 하더라도 심각성을 낙관했다. 광수가 사내를 향해 갖은 인상을 쓰며 버럭 소리를 질렀다.

"야, 인마. 우릴 모두 수장시킬 작정이야? 이제 오면 어떡해? 빨리 배 안 대냐?"

사태 심각성을 모르고 욕설까지 하자 불안을 읽는 촉수가 발달한 여자들이 광수 입을 막았다. 사내가 돌연, 십 미터 앞에서 멈췄다. 그리고 표정 없이 누런 이를 드러냈다. 아, 저 표정. 심상치 않은 먹구름이었고, 사내가 바다이며 내면이 감춰진 무념무상의 악마였다. 아무도 말하지 않았지만, 모두가 돌처럼 굳어진 그의 속셈을 읽었다. 사내의 배가 우리 주위를 돌았다. 배가 암초에 살짝 닿았는지 둔탁한 소리가 바로 옆에서 들렸다. 우려의 탄성이 들렸다. 바닷물은 이미 우리 무릎에 차오르고 서로 부여잡지 않으면 떠내려갈 지경이었다. 반지빠른 미경이 콧소리를 섞어 사내에게 간청했다. 사내 볼이 붉어짐과 동시에 만만한 거리라 판단한 광수가 화를 내며 바다에 뛰어들었다. 거리는 가까웠고 광수 손길이 뱃전에 닿기를 기다려 사내는 준비된 갈고리로 대어를 낚아채듯이 어깨와 머리를 사정없이 내리찍었다. 사람이라고 생각해 휘두르는 매가 아니었다. 퍽 소리와 함께 광수가 물에 떴다. 수영으로 광수를 바위로 옮겼다.

단편소설 深里

타는 듯한 긴장으로 발놀림이 제대로 되지 않았다. 죽었는지 살았는지 보살필 틈도 없었고 놀라 손길이 풀린 여자들이 바다에서 허우적거렸다. 바다는 아우성으로 수런댔다. 이제야 사태를 제대로 파악한 정숙이가 울음을 토했다.

"우리를 다 죽일 작정인가 봐."

사내는 아무렇지도 않은 눈길로 우리 주위를 돌았다. 느리지도 빠르지도 않은 노의 놀림이었다. 사내는 여전히 누런 이빨을 드러냈고 눈동자는 적의로 번들거렸다. 여자들이 간절하게 빌었다.

"아저씨, 왜 이러세요. 살려 주세요."

검은 사내가 여자들에게 처음 반말로 했다. 잘 들리지 않아 되물었지만, 그는 대답하지 않았다. 뭐라고 하는 거야. 미경이 말했다.

"젊은 여자는 애를 잘 밴 데. 우리 보고 다 벗으라 하는 거 같은데. 그런 뒤 배에 타라고 했어."

지애가 사내에게 정말 그러냐고 확인을 했고 검은 사내는 말없이 고개를 끄덕였다. 물은 점점 차오르고 있었으므로 생각할 틈이 없었다. 누가 먼저라고 할 거 없이 여자들은 거침없이 벗었다. 난잡한 살 무더기와 미숙한 애무로 반점이 찍힌 몸뚱이가 한꺼번에 배에 다가갔다. 그 틈을 노리고 이번에 창식이가 배 밑을 향해 몸을 감췄다. 눈치챈 사내가 바다 한 곳을 향해 갈고리로 잡아챘다. 숙련된 어부의 단 한 번의 몸짓이었다. 비명과 동시에 창식이 팔이 튀어 올랐고 연속 동작으로 사내는 여자의 머리카락과 큼지막한 가슴을 부여잡아 하나씩 건져 올렸다. 여자들은 사내 눈짓 하나만으로 뱀 눈에 사로잡혀 움직이지 못하는 개구리처럼 오들오들 떨었다.

창식은 바다에 잠겨 보이지 않았다. 나와 호석이는 사내를 향해 연신 고개를 조아렸다. 사내는 여전히 누런 이를 드러내며 주위를 돌았다. 나는 그 눈빛에서 우리를 용서하지 않을 것이란 섬뜩함을 읽었다. 사내는 왔던 모습 그대로 망망대해를 향해 지루하게 노를 저어갔다. 그는 단 한 번도 뒤를 돌아보지 않았다.

 가만히 보니 물에 솟은 바위가 거북이 모양을 하고 있어 섬의 의미를 알 거 같았다. 귀두 형상을 한 바위 위에 정신을 잃은 광수를 올려놓았다. 나머지 둘과 나는 솟은 거북이 대가리 부분에 따개비로 붙었다. 수영이 유일한 타개점이었다. 한때 수영이라면 한강을 건널 정도로 자신이 있었다. 하지만 그때는 나를 응원하는 환호성과 안전요원이 있었고, 이번에는 모가지를 걸어야 했다. 더구나 며칠 동안 과도한 음주와 섹스로 근육은 물러져 있다. 섬에 도착하기 전에 죽을 공산이 더 컸다. 아무리 생각해도 달리 방법이 없었다. 가다가 죽든 가만있다가 죽든, 매한가지였다. 남은 친구에게 바위를 꽉 붙들고 있으라고 말했다. 그리고 섬으로 짐작되는 곳으로 나아갔다.

 몇 시간이 흘렀는지 모른다. 헤엄을 치며 무조건 앞으로 나가야 한다는 생각뿐이었다. 가도 가도 계속 바다였다. 별이 총총히 떠 있는 것 같기도 했다. 짠물을 얼마나 들이켰는지 모른다. 짜다는 느낌도 없었다. 감각을 잃는 순간 눈앞이 깜깜해졌다.

 눈을 뜨니 해안이었다. 살았다는 희열을 느낄 여유가 없었다. 간신히 한 발짝씩 떼어 웅크리고 있는 검은 덩어리를 향해 걸었다. 그리고 문을 두드리며 살려달라 외쳤다. 방문을 빼꼼히 열고 나를 보는 노파의 눈은 이승을 향해 열려 있지 않다. 노파는 내가 무슨 말을 해도 알아듣지 못했다.

 "긍께 살려달라 고라? 긍께 내가 어치께 사람을 살린 답디여? 나는 죽고잡은 사람인게 저짝으로 가보시오."

 나는 동네를 유령이 되어 돌아다니며 도움을 요청했다. 한참이나 지났을까? 누군가 내 어깨를 잡았다. 말귀를 알아듣는 사람이었다. 지금 이 시각에는 누구도 거북섬에 갈 수 없다고 했다. 거긴 대낮에도 암초가 많아 위험하다는 뻔한 말을 몇 번이나 곱씹었다. 그럼 그놈을 잡으러 가자 했다. 그는 섬에 돌아오지 않았다. 네 명의 여자를 싣고 그는 어디로 갔을까? 정해 놓은 숙소에는 괴괴한 바람이 먼저와 지키고 있었다.

다음 날, 해안 경비정을 간신히 불러 섬 둘레를 샅샅이 뒤졌다. 무동력선으로 갈 수 있는 최대한 반경을 돌았으나 배는커녕 잔해도 찾을 수 없었다.

"다 죽였은께 지도 죽었겄지. 긍게 부애는 왜 돋궜냔 말이오."

마도로스 모자를 쓰고 파이프 담배를 멋들어지게 문 선장의 신경질적인 말이었다.

해양 경찰서 형사가 별 다방 아가씨 궁둥이를 두드리며 시큰둥하게 말했다.

"긍게 행불이 총 일곱 명이란 말이지라. 아, 씨벌, 날도 지랄 같은디 뭔 좆빨라고 서울서 이 먼 거리로 오셨소? 좌우당간 목포에서 처마도까지, 글고 처마에서 거북섬까지 일을 하나또 빼덜 말고 세세하게 쓰시오. 많이 배운 대학상잉게 조서는 잘 쓰것지!"

기억이 나지 않는 것이 아니다. 도무지 엉킨 시간을 풀 수가 없었다. 대체 우리에게 무슨 일이 생겼단 말인가. 기억은 나는데 감각이 정확하지 않았고, 그 섬에 있는 동안 얼굴이 검은 사내는 별말이 없었다. 그는 충직한 노예였고, 조선 왕이 무치(無恥)였듯이 우리 눈에 그는, 그 앞에서 아무렇지 않게 짝짓기를 해도 되는 개돼지였다.

조서 용지를 받아들자 눈물이 나오기 시작했다. 몇 시간을 울면서 왜 우는지조차 몰랐다. 서울에서 변호사를 대동하여 내려온 아버지가 내 어깨를 두들겼다. 아버지 품에 안겨 소리 내 우는 나는 영락없는 미숙아였다.

나비의 꿈   04

  정혁은 스물다섯 살 늦은 나이에 여자의 신비한 몸을 처음 경험했다가 그만 그 함정에 빠져 심한 몸살을 앓았다. 밥을 먹어도 헛헛했고 몇 날 며칠 날밤을 새웠다. 그날 이후 많은 투자와 노력을 했음에도 기대의 현실 가능성이 없어 좌절했다. 세상의 대부분 여자는 자본주의의 치외법권에 있는 정혁을 향해 코웃음을 쳤다.

  SKY 대학을 졸업했더라면 백수라도 여성은 미래에 대한 기대심리를 가졌을 것이고, 그런 대학이 언감생심이면 기업 활용도가 높은 학과를 반지빠르게 선택했으면 터무니없이 낮은 월급을 받더라도 그냥저냥 봐줄지도 모른다. 정혁은 이 모든 조건을 갖추지 못해 웬만한 여성의 예외였다.

  가끔은 아버지를, 아버지의 아버지를 저주했다. 어떻게 집 안을 탈탈 털어도 국회의원은커녕 경찰서장 끄트머리라도 없는 게 확률적으로 존재하는지 신기할 정도였다. 정혁은 보통대학을 졸업해 후천적 결격사유로 몇 년째 신경질 나게 바쁜 편의점에 빌붙어 연명했다. 하고 싶다. 간절히 하고 싶다.

  아, 문제를 안다고 답이 있는 것은 아니었다. 아니, 문제를 너무나 잘 알고 있는 게 정혁의 문제였다. 이 모든 처지를 운명이라 받아들인다손 치더라도 배꼽까지 차오른 성욕이 정혁을 미치게 했다. 수면욕이 해결되고, 배가 차면 아무 때나 서는 성기로 돌 지경이었고 혼신을 다해 그걸 해결하면 이번에는 생계가 난감했다. 정혁은 자발적으로 거세하고 싶은 마음이 굴뚝 같았다. 큰 깨달음은 아니지만, 넘쳐 흐르는 정력은 처지 비관과 관련이 있고 지금 상태는 암울한 미래와 연결되어 있었다.

단편소설 深里

가까스로 졸업장을 챙기자, 사회 시스템은 추악한 관계망 안에 정혁을 함부로 풀어 놓았다. 자, 병역도 마쳤고 졸업을 했으니 마음껏 포부를 펼쳐라! 는 대학 총장의 졸업 축하 지시를 받았지만 그걸 이행할 재원이 없었다. 그의 축사는 고양이 우리에 풀어놓은 쥐 떼가 되라는 불행한 미래의 예고를 변칙으로 포장한 말이었다. 게다가 엎어진 놈 밟아준다고 코로나까지 터졌다. 펜데믹을 인터넷에서 찾아보고 설마? 했다.

숨 막히는 시대였다. 분명히 눈에 보이는 끈에 사지가 동여져 조정을 당하며, 서울놈인데 매일 코를 베이고 있었다.

누구는, 간신히 붙은 대기업에 다니다가 마지막 남은 알량한 자존심이 짓무르기 전 3년을 버티지 못하고 쫓겨나오는 확률이 80%가 넘는다는데, 정혁은 그런 직장에 다니다 쫓겨나는 게 남북통일 다음으로 소원이었다. 악착같이 직장에 다니는 놈도 부러웠고 그런 꿈의 삼성을 헌신짝 차버리듯 던지고 나온 놈도 특별나게 보였다. 불행한 놈이 그렇듯 정혁은 늘 투덜거렸다.

이 사회에서 내가 주인공이 아니란 건 확실히 알겠는데, 그렇다고 머지않은 미래의 나처럼 보이는 낙오한 자의 위로를 받으며 살 줄은 몰랐다. "넌, 젊어!" 그의 말이 정혁에게 남은 유일한 장점이라면 견뎌볼 요량을 하고 있었다. 하지만 요 모양 요 꼴로 마지못해 사는 당신도 십 년 전에는 젊었었다. 아, 사는 요령을 터득하기도 힘든데 차고 넘치는 성욕이 정혁의 앞길에 허들을 깔아 놓았다. 뒷배경이야 팔자라 치더라도 성욕만 제대로 해결되었다면 정혁의 삶이 이리 지리멸렬하지는 않았을 거로 확신했다.

과수원 관리인으로 평생을 보낸 할아버지가 이런 말을 했다.

"사과나무는 무참할 정도로 가지치기를 해야 한다. 그럼 나무의 생존본능이 있는 힘을 다해 열매로 모이게 된다. 동물이나 식물도 그런 점에선 마찬가지란다. 잘리고 시달리면 성욕이 발광하지."

정혁은 사회로부터 의도된 가지치기를 당한 사과나무였다. 등 뒤에 불붙는 삶을 살며 매일 밤 안절부절못했다. 먼 옛날 과부가 공규를 달래려고 허벅지를 꼬집어야 하는 지경을 넘어선 지 오래됐다. 많은 날이 비극이었다.

하지만 비아그라를 비타민처럼 매일 처먹는 사장들은 정혁의 심정을 읽지 못할뿐더러 오히려 배부른 소리를 한다며 매를 추가하거나 일자리를 줄일지 모른다. 입 다물고 살았다. 하여간 이 시대는 여러모로 소통 가능성이 적었다.

정혁은 개념 없는 출근을 했다. 알량한 알바마저 선택하는 대로 주어지는 것이 아니어서 밤낮이 따로 없었다. 대기업 정직원이 아닌 편의점 알바로 사는 것은 불치병을 앓는 환자나 마찬가지였다. 절인 깻잎 한 가지로 햇반을 목구멍에 집어넣었다. 이런 한심한 밥을 먹는데 도대체 성욕은 왜 샘솟는지. 신이시여! 당신은 안 꼴리는가?

아, 온몸에 자리 잡은 이 가려움증은 대체 무엇이냔 말인가. 존경하는 박경리 소설 한 부분에 나오는 소양증(搔佯症)이 생긴 것이다. 몸 어느 곳이 가렵기는 한데 도무지 어디를 긁어야 시원할지 모르는 이 시대의 가려움증. 불붙는 성욕은 부자에게만 축복이었고 쌍방울표 젊은이에게는 빌어먹을 저주였다. 정혁은 짝을 찾아 헤맸다.

그러한 노력에도 불구하고, 도시 도처에 보이는 여자들은 어리숙하게 보이다가도 막상 다가서면 높은 패를 내밀었다. 백 전 구십구 패였다. 어딜 감히 너 따위가, 하는 표정과 비웃음은 또 다른 넘사벽이었고 부풀어 오른 모든 것을 순식간에 위축시켰다. 여자들 감각중추는 노련하게 정혁류(類)를 골라냈다. 이건 자연계에 만연한 암컷의 우성본능이었다. 공여자는 반드시 우월한 수컷이어야 했다. 그래도 열 번쯤은 좀 그렇고 한 서른아홉 번을 찍으면 여자들이 혼동하거나 가끔 착각하는 경우가 생겨 희망을 잃지 않았다.

시간이 비면 공원 벤치에 앉아 눈먼 물고기를 기다렸다. 텅 빈 바구니로 돌아가더라도 각종 곰팡이 천국인 집구석에 누워 크리넥스를 낭비하기보단 광합성을 쬐는 게 정신 건강상 이로웠다. 처지가 비슷한 친구들은 이런 버릇

단편소설 深里

이 없어 타의에 의한 은둔형 외톨이로 썩어가고 있었다. 그리고 보니 친구들을 안 만난 지 꽤 됐다. 바빠서가 아니었다.

정혁은 강력한 페르몬을 공원 주위에 넓게 뿌렸다. 그렇지 않아도 도시 여자들은 늘 발정기였으므로 그들도 사람인 이상 허기는 어찌할 바 없을 것이다.

불륜 드라마에 나올 법한 날씨였다. 나뭇잎보다 꽃송이가 먼저 벌어지는 목련이 만개하여 도움을 받았다. 정혁은 벤치에서 잠깐 졸다 찌의 미세한 움직임을 알아챘다. 노랑머리 여자가 한 삼백 미터 앞에서 걸어오고 있다. 맞춤한 사냥감이다. 예쁜 데다 교양까지 있으면 보나 마나 꽝이다. 정혁은 힘이 넘친다는 표시로 팔굽혀 펴기와 제자리 뜀을 했다. 미끼가 젊고 싱싱하지 않으면 피라미도 입질이 없는 법이다. 제발, 공규는 지겨웠다.

노랑머리는 영양 상태가 부실한지 걸음걸이가 시원치 않았다. 정혁은 거를 것인가 아님, 잡아챌 것인가 잠시 망설이다가 반사적으로 끌어당겼다.

저, 저기요? 잠시 앉았다 가시죠.

정혁은 저기요, 여기요, 라는 물건이나 장소를 뜻하는 지시어를 못 견디게 혐오했다. 부자들은 속으로 개무시 하면서 개돼지에게 겉으론 그딴 용어를 쓰지 않는다. 오직 사람을 물건 취급할 때만 노골적으로 사용하지.

자기도 모르게 튀어나온 상투어에 잠시 제동이 걸렸다. 무림 하수라도 공격과 방어에 스스럼이 없어야 한다. 마침 노랑머리는 쉴 곳을 찾았던 모양으로 정혁의 제안에 사회적 거리두기인 한 칸 건너 앉았다. 제도에 순응하는 여자는 대개 줄 듯 말 듯 하다가 안 주는 경향이 있었다.

정혁은 밑밥으로 준비한 콜라를 노랑머리에게 건넸다. 여자의 노랑머리는 그저 금발에 대한 선망이었고 '나 천박해'라는 표식으로 상대의 무방비를 노리는 전략이었으며, 과거 제 한 몸을 바쳐 사람 한 번 만들어보고자 헌신했던 노력이 무위로 돌아가자 망가져 보겠다는, 막 나가는 심정의 발현이었을 게다. 여자는 콧대는 낮고 이마는 넓었으며 화장을 해도 비교적 못생긴 얼굴이었다. 상관없었다. 그녀의 다리 사이에 있는 비밀스러운 장소만 필요했으니까. 어쨌든 지금 자신의 뻗치는 몸 상태에서 암컷의 요모조모를 따지는 것은 나흘 굶은 개가 사흘 굶은 개를 걱정하는 어리석음이었다.

세상이야 미쳐 돌아가든지, 음과 양 두 개 물방울은 인력에 의해 하나가 되어 삶의 조화가 이루어진다. 조선 시대를 거슬러 오르지 않더라도 아버지 시대에는 당연한 현상이었다. 출발선이 다른 먹이 경쟁에서 살아남아야 하는 지금은, 결혼은 전통의 일부분이 아니고 미래에 대한 전략이다. 아기? 자기 몸도 가누지 못하는 처지에 무슨 망상인가.

정혁은, 목이 탔는지 애가 탔는지 콜라를 목구멍에 부어대는 노랑머리를 탐색했다. 전투 레벨이 낮다. 배팅할 것인가, 말 것인가. 노랑머리의 머리카락 뿌리 부분은 염색할 시기가 지났는지 천대받고 자라는 잡초의 밑동처럼 몹시 추레했고, 눈 밑에 자글자글한 피로 주름이 심상치 않은 전력을 나타냈다. 정혁은 한 지붕 동료애가 마구 솟았다. 정혁은 계산 없이 노랑머리에 밥을 사주고 싶었다. 밥은 먹고 다니니? 정혁은 대뜸,

식사라도 하러 갈까요?

정혁의 진지하고 걱정스러운 물음에 터져 나온 여자의 목소리는 걸걸했다. 개성 있는 허스키한 음색이라기보다는 쓸모없는 것과 외로운 것들이 서로 부대꼈을 때 생기는 파열음이었다. 어찌 한 번 해보려는 계획은 여자 목소리에 의해 수그러들었다.

제법 날이 선, 봄 햇살을 고스란히 맞으며 냉랭한 남녀가 거리로 나섰다. 정혁은 바닥을 기는 척박한 재정이 아니더라도 다음을 생각하면 무조건 싼 메뉴를 선택해야 했다. 맛을 떠나 양으로 승부하는 음식점은 음지 구석에 숨어 있음을 경험으로 알았다. 노랑머리는 사회적 거리두기를 완벽히 지킨 채 따라왔다.

노랑머리에게 물어보지 않고 짜장면을 시켰다. 다만 예의적으로 물어본

것은 곱빼기로 할 거냐 일반으로 할 것인지 명령조로 물었다. 생태계 밑바닥
층에서 곱빼기는 아줌마만 선호하는 주문이 아니다.

당시 정혁은 노랑머리가 슬며시 풍기는 암컷의 발정을 무시했다. 그 정도
양심은 있었다. 대체 적선을 받는 자에게 누가 근친상간의 성욕을 품느냐 말
이다.

정혁은 밋밋한 짜장면을 그냥 먹기 허전해 소주를 곁들이기로 했다. 배려
없이 소주부터 내온, 중국집에서 평생 종업원으로 생을 마감할 것 같은 무식
에 잠시 짜증이 났지만 그러려니 했다. 싸구려 음식점에서 손님 레벨은 종업
원 아래여서 지적질은 위험했다.

정혁은 자작으로 소주를 따르고 단무지로 입안을 가셨다. 노랑머리가 잔
을 내밀었다. 정혁은 잠시 머뭇거렸다. 병에서 한 잔이라도 축이 간다면 적
정수준의 혈중 알콜 농도를 채우지 못할 것이고 그렇다고 한 병을 더 시킨다
면 용량초과로 나중 일이 어떻게 벌어질지 예측할 수 없을 것이다. 정혁은
노랑머리를 은근히 타일렀다.

음, 아가씨. 짜장면에 소주를 대접하는 건 서울 시민의 도리가 아닌 듯한
데, 정 그러시다면 맥주로 하시죠?

아, 웃지 말았으면. 노랑머리는 경력을 예로 들어 몇 가지 이유를 달았다.
나이가 몇 갠데 이까짓 술로 휙 돌 내가 아니다. 그리고 맥주는 배가 불러 짜
장면 맛을 저해하고 조합이 안 맞다. 팔천 원짜리 돈가스면 모를까. 잔말 말
고 소주나 따라. 처음으로 길게 말한 노랑머리에 급격히 호감이 가기 시작했
다. 그렇다면 그런 거지 뭐!

짜장면이 나오기 전, 소주 반병을 비우는 동안, 관례상 인사라도 나눠야
할 거 같은 분위기가 대기 중 형성됐다. 정혁은 자신의 이름을 헝클어지지
않게 한 자 한 자 떼어내어 말했다.

나, 박정혁이오. 나이는 계란 한 판이 넘었는데 아직 이러구 있수다. 촌스럽

게 아가씨라 부르면 무례하니 이름 정도는 교환해야 하지 않을까요?

"씨발, 아무렇게 불러. 집도 절도 없는 년이 뭔들 어때! 전에는 미경이로 불렸지. 내 나이테도 그쪽과 비슷해. 말놔서 기분 나쁜 건 아니지?"

홀딱 벗어도 괜찮은데 뭐 말 정도야. 여러 가지 이야기가 오갔다. 동포애 벽이 흔들리고 있었다. 술 탓이 아니라고는 못 하겠다. 이 빌어먹을 세상에 잠시 떠 있을 수만 있다면 못할 게 뭐가 있단 말인가. 대화는 공정했다. 늘 일방적으로 들어야 하는 대화가 지겹다. 미경은 혀가 풀린 정혁의 한심한 이야기를 진지하게 들었다. 동문서답이긴 했지만, 미경 또한 얼마 전 있었던 참담한 시간을 풀어헤쳤다. 그 둘은 서로 다른 말을 하며 공감했다.

짜장면이 다 거기서 거기지만, 주택 골목 구석에 자리 잡은 이놈의 짜장면은 불타오르는 의지를 갖고도 다 먹을 수가 없었다. 맛이 천민 모독적이었다. 술 마신 김에 주인을 불러서 할 말은 해야겠다고 생각했지만, 미경의 사슴 눈망울을 보니 다 용서하고 싶어졌다. 어떻게 이 여자는 저 나이에 저런 눈망울을 고수하고 있는지 알아보고 싶어졌다.

아, 소주는 무책임하고 슬픈 술이다. 애무 과정 없이 직통으로 끓어오르는 정서가 대뇌피질을 장악했다. 그런 현상은 소주 도수로 기울어진 미경에게도 나타났다. 소주는 낭만이나 무드 같은 게 없다. 정혁은 미경을 과도하게 부축하며 짜장면집을 나왔다. 처음부터 끝까지 관람한 종업원은 뻔한 결말에 하품을 내뿜었다. 정혁의 팔꿈치에 미경의 한없이 부드러운 가슴이 눌렸다. 결정적인 순간에 악의 편인 양심이 아까 한 외침에 무효를 주장했다.

한 판 모텔. 모텔 이름이 한 판은 아니었지만, 정혁의 눈은 그렇게 오독했다. 여기 파라다이스 모텔은, 유독 남편에게 독하고 시간이 넉넉한 주부와 생활력이 강한 마누라를 패서 돈을 끌어대는 바람둥이나 허약한 대신에 무척 가정적인 남편을 둔 유한 마누라들이 놀기에는 누추해, 성기를 부여잡고 신세 한탄하는 정혁이 정도나 돼야 찾는 곳이었다. 여긴 그저 음습한 도시

변두리 모텔로 바퀴벌레들이 떼로 꼬이는 꿀꿀한 곳이었다. 문을 들어서자 왕년에 포주로 보이는 그렇고 그런 여자가 손님을 빤히 쳐다보며 어떻게 왔냐고 물었다. 아니 그럼 여길 세금 받으러 왔겠는가? 무시당하는가 싶어 기분이 몹시 나빴고, 이게 뭐라고 결심을 흔들리게 했다. 정혁은 짜장면 여섯 그릇 값을 내고 키와 소모품을 받았다.

정혁은 객실 문을 박차고 잠금장치 버튼을 누르지 못한 채 전광석화로 한판 했다.

어두운 골목에서 느닷없이 따귀를 맞은 기분이었다. 자신의 형편없는 삶에 대한 책임소재와 분노와 무력이 정혁으로 하여금 제어 장치를 망가뜨렸다. 그리곤 묘하게 쌓인 피로감을 어쩌지 못해 잠으로 미끄러졌다. 하루에 열 시간 이상 잤음에도 잠이란 찰거머리가 붙은 모양이었다. 이 모든 책임을 낮술 탓으로 돌렸다.

미경의 성기는 시궁창에 던져진 배추이파리처럼 추했다. 불쌍하기는 자신의 성기도 마찬가지였다. 허겁지겁 식탐을 보이는 가난과 눈 깜빡할 새 끝내 버린 사랑은 상호연관성이 있었다. 정혁은 미경을 위해 돈을 펑펑 쓰는 부자였으면 하는 상상을 하다가 잠에 곯아떨어지고 말았다.

눈을 뜨니 눅눅한 어둠이 방 안 가득 찼다. 여자는 자신보다 낮은 차원의 삶에 익숙한 좀 더 깊은 절망에 불시착한 낙오병이었다. 아니면 유기견 보호소에 갇혀 거친 사료를 먹으며 버려지기 이전의 추억에 젖은, 피부병을 앓는 푸들을 연상하게 했다.

미경은 모자란 잠 속에서 허우적거렸다. 정신이 드니 기운이 솟았다. 미경의 벗은 몸은 아까와 다르게 눈이 부셨다. 그녀의 명작은 지금껏 함부로 취급을 받아온 흔적과 상처로 슬펐다. 예전 반 고흐의 그림이 그러했듯이. 아니, 모딜리아니 유작이 이럴까? 정혁은 음주 이후 최면에 걸렸던 욕망에 대해 깊은 반성을 했다. 꽃이 소중하고 예쁘다면 여자는 좀 더 대우받아야 한다. 미경을 흔들어 깨웠다. 뜻밖의 겁에 질린 아이의 목소리였다.

"아, 씨발. 좋았는데. 그냥 좀 놔두지! 더 할 거야?"

미경은 방금 깨어난 정혁의 성기를 가리켰다.

이해 가능한 수화였지만, 막 깨어났고 참회로 간신히 수성(獸性)을 타이르는 중이었다. 미경이 그 짐승의 아픈 곳을 찔렀다. 시뮬레이션 게임으로 도망쳐봤자 절망의 루프를 벗어날 수 없다. 컴퓨터 게임은 위안이 아닌 함정이다.

살점을 도려내는 현실로 돌아가야 한다. 아무리 지고 있는 짐을 모조리 덜어내도, 뛰어도 늘 제자리이지만 게임과 달리 고통이 느껴진다. 고작 고통으로만 존재가 느껴지는 현실에 온정신으로 살아 있기는 할까?

찬란한 아버지 시대에 젊은이는 지금보다 영양 상태가 나빴지만, 개폼을 잡으며 반항하면 멋있어 보였고 그게 낭만이었다. 그들은 자신의 암울한 미래를 성실로 뒤집을 수 있었다. 그것에 혹한 여자가 우리 엄마이다. 지금은 현실에 반항하면 금만큼 비싼 변호사를 사야 한다. 포기하는 법을 알아야 하는 이유는 자본의 오만한 의지가 강요했기 때문이다. 이 시대에 순응하지 않으면 버려두고 간다. 제도 안에 버려지로나마 살려면 포기는 선택이다. 결혼? 방금 내가 허물을 벗듯 벗겨져 있는 미경을 두고 결혼이란 걸 생각했나? 꿈이라면 가능한 작업이다. 가난한 청춘은 대부분 암컷에게 열외인간이다.

정혁은 자신이 낼 수 있는 가장 위악적인 목소리로 미경에게 물었다. 그건 서로 묶여 있지 않으면 뱉어낼 수 없는 배려였다. 배고프지 않어? 밥 먹으러 가자. 미경이 싱그럽게 웃었다. 이제 공여자와 수혜자가 바뀐 셈이다.

"어쭈, 밥을 사겠다고? 참을만해!"

쓸데없이 피보다 진한 돈을 낭비하지 말라는 거친 대답이었지만 무시하는 거나 마찬가지였다. 정혁이 한층 더 주눅이 들어 부드럽게 말했다.

김치찌개가 만 원을 넘지 않으면 모처럼 밥 먹을 수 있겠지.

미경의 웃음은 젓가락으로 하나씩 집어낼 정도로 고딕체였다.

"그냥 하자! 맥주 한 잔에 한 판씩 어때?"

자신이 둔 수가 먹히지 않으면 화가 난다. 정혁은 다른 모습으로 바뀌었다. 그래, 넌 쌍년이고 난 미치기 일보 직전이다. 뭐든지 줄 때 배터지게 먹어야 한동안 고기 생각이 나지 않는다. 정혁은 이를 드러내고 다시 사나워졌다. 아, 염치없는 자지다.

막다른 골목에 몰리면 성욕은 불수의근이다. 마치 심장 박동을 자의적으로 멈추지 못하듯이 말이다. 마지막 한 방울까지 다 짜내니 대략 일곱 판이었다. 횟수를 정확히 센 건 아니었지만 근래 드문 판이라 저절로 몸에 새겨져 기록됐다. 더 했는지 덜 했는지 확실히 모른다. 그저 폭풍 식사였으니까. 발칙한 년. 창밖이 드라마틱하게 밝아지고 있었다.

창문을 두들기는 햇살로 마모된 톱니바퀴가 저절로 재정비되어야 하는데, 영혼까지 다 털려버린 어설픈 노름꾼처럼 지내고 나니 간밤이 허무했다. 하지만 이러지 않으면 미칠 듯이 철장을 두들기는 이 불쌍하고 한심한 허리 아래 솟증은 어쩌란 말인가. 받은 개평까지 걸지 않으면 두고두고 후회했으리라. 미경은 신기루이자 기회이기도 했다.

비로소 미경은 배가 고프다고 했다. 정혁은 깊은 우물에 빠져, 나올 힘이 없어 누가 끄집어내지 않는 한 일어나지 못했다.

정혁은 꿈도 아니고 현실도 아닌 시공간에 걸터앉아 미경의 저주를 들었다. 대부분 천박한 여자가 그렇듯이 미경은 자신의 성에 가치를 매기고 환금화하기를 요구했다. '볼 장 다 봤다, 이거지.' 미안하다. 가난한 청춘은 가파른 내리막에 브레이크가 불량인 차란다. 무엇이든 운명 탓으로 돌리는 운명이 있지. 정혁은 미경이 화를 내고 나가자 오히려 마음이 놓였다.

정혁은 정말 한 달 내내 아무 대책 없이 씩씩하게 살았다. 그는 한동안 개돼지로 돌아가 불평 없이 일만 했다. 이게 다 빌어먹을 정액이 소진되었기에 가능했다.

정혁은 자신의 몸 변화가 언제 일어났는지 정확하게 몰랐다. 각종 알바로 바쁘기도 했지만, 틈만 나면 게임에 몰두하는 바람에 놓쳤을 수도 있다. 다만 느낌으로는 미경과 선이 그어졌던 그 날 이후였다. 심상치 않은 새벽, 오줌이 마려워 억지로 일어나 화장실에 가자 자신의 성기가 조금 이상하다고 생각했다. 대물은 아니었지만 아무리 생각해도 이 정도는 아니었다.

표준 사이즈가 아니라고 쳐도 이건 너무하지 않은가 싶었다. 배가 나오지 않았는데 위에서 아래를 보자 성기 끄트머리만 겨우 보이는 것이다.

이게 어떻게 된 일이지?

사용횟수가 일 년에 한두 번 정도였다고 쓸모가 사라진 것은 아니다. 그렇다고 무슨 전조 증상이 있었냐고 하면 그것도 아니었다. 하다못해 아프거나 가려움 정도는 있어야 하는 거 아닌가. 걱정은 불안으로 번졌고 그 불안은 공포로 이어졌다. 한 달이 더 지나자 정혁은 서서 오줌을 누지 못할 정도가 됐다.

불편은 그것뿐이 아니었다. 공중화장실이 있는 곳에서는 그래도 쪼그려 앉아 쏴 자세를 취할 수 있었는데, 야외에선 아무리 오줌이 마려워도 노상방뇨가 곤란했다. 그리고 그 불편이 의식되니 오줌이 자주 마려웠다. 정혁은 대인 기피증이 심해졌고 자발적 은둔형으로 바뀌었다. 그 지경이 되자 다 털리고 모정만 남은 엄마가 오히려 죽을 판이었다. 엄마는 정혁의 이런 지경을, 이게 다 장가 못가서 생긴 병이라 진단했다. 유일한 후원자인 엄마의 시름은 깊어져 갔다.

엄마, 나, 자지가 없어졌어! 이렇게 고백한다면 엄마는 펄쩍 뛰고 기절할지도 몰랐다. 세상 사람이 정혁에 대해 다 알아도 엄마만은 몰라야 했다. 그런데 이상한 건 이런 상황이 계속되자 불편에 익숙해진 것이 아닌데도 화가 나지 않는 것이다. 성욕이 사라지니 온몸의 가려움증도 함께 사라졌다.

끝내 그 작은 성기마저 없어졌다. 대신 거울로 자세히 들여다보니 대체할만한 작은 구멍이 생겼다. 여성의 성기와 비슷하지 않게 생겼어도 구조는 비슷했다. 정혁은 성기가 스스로 떨어져 나갔다는 가정하에 방바닥을 샅샅이 뒤졌다. 이런 변화가 급작스레 일어나 마치 남의 일로 느껴졌다.

대인기피는 남아 있었지만, 은둔형 외톨이에서 억지로 벗어난 정혁은 그 상태로 일은 해야 했다. 살아 있으면 일을 해야 한다는 당면과제를 모면하지 못했으나 무엇보다도 엄마의 애처로운 눈빛이 걸려 죽을 지경이었다. 차라리 정혁은 엄마에게 구원을 청하기로 했다. 세상 모든 엄마는 자식을 위해 항상 꿍쳐 놓은 돈이 있다. 정혁은 대신 엄마에게, 방구석에서 헤엄쳐 나올 테니 악덕 채권업자처럼 당장 돈을 만들어 내라고 했다.

병원에 가야겠어. 통증은 없는데, 심각해. 머리부터 발끝까지 초정밀 진단을 받아야겠어. 엄마, 돈이 많이 필요해.

낳아준 엄마는 정혁의 표정을 읽고서는 두어 달 동안 우물 속 같은 방에 갇혀 온갖 불행의 실을 짜고 있는 자식을 떠올렸다. 장차 산업역군으로 커갈 줄 알았던 자식이 업 덩어리가 될 거라고 꿈에도 예상치 못한 엄마가 한숨을 내쉬었다. 엄마는 걱정스레 아들의 머리와 몸 곳곳을 더듬으며 상태를 물었으나 자지라고 말해줄 수 없었다. 정혁이 주식 폭락장 전광판 같은 표정을 짓자 엄마는 있는 돈에 동네 여기저기를 돌아다니며 돈을 꾸어왔다. 엄마는 쥐여 준 오십만 원이 큰돈이라 생각했겠지만, 악덕 의사의 하룻밤 술값도 안 됐다. 이 시대에 의사는 노련한 사기꾼이며 날이 선 메스를 주 무기로 시민 경제 연쇄 도산을 유도하는 전문가이다. 늙으면 죽어야 한다고, 말로만 할 일이 아니다.

정혁은 도시 곳곳을 돌아다니며 가장 손님이 없을 거 같은 비뇨기과 몇 곳을 선정한 다음 그중 가장 궁하고 비열해 보이는 중년 의사를 선택했다. 그 나이에 비루한 의사야말로 손님을 호구로 아는 것이 아니라 호구를 손님으로 대접했으니까. 세상의 명의는 개뿔, 모두 장비빨이다.

버스 정류장에서 먼 병원. 정혁의 공허한 부분을 본 의사는 뜻밖에 놀라지 않았다. 하지만 신기한 척하면서 고양이 웃음을 내밀었다. 정혁은 간절한 을의 입장으로 말했다.

제 자지가 없어졌어요. 몇 달 전만 해도 남다르지는 않았지만 그래도 버젓이 있었거든요? 그런데 얼마 전부터 졸아들기 시작하더니 지금은 작은 구멍만 남겨놓고 모조리 없어졌어요. 불알까지.

의사는 성기가 있었던 부분을 과학 수사하듯이 자와 핀셋으로 면면히 살피더니, 눈을 동그랗게 떴다가 다시 게슴츠레하게 반만 감았다. 그리곤 돌팔이의 상투적인 언사로 별일 아니라고 말했다. 분명 그랬다. 환자에게는 별일이었고 의사에게는 흔한 일이어야 했다.

"고환은 복강 내 숨어 있을 수도 있는데, 아무리 그래도 풀이 죽은 성기는 남아 있어야 하거든, 신기하군요, 옷 입으세요."

의사가 뒤늦게 감탄을 내뱉었다.

"책으로 알고 있었지만 직접 본 건 의사 생활 삼십 년 만에 처음입니다. 어쨌든 없는 현상은 아닙니다. 하지만 원상태로 되돌리기는 불가능해 보입니다. 완전히 퇴화했거든요. 아예, 이번 기회에 성전환하시죠. 야매지만, 원래 가격의 반이면 충분합니다."

처음에 의사 말을 자세히 알아들을 수 없었다. 인형이 아닌 직접 정혁의 그곳을 가리키며 뭔가 신나서 떠드는데, 심정을 이해하기는커녕 십만 년 전 인류 해골을 발견한 고고학자처럼 들떠 있었다. 정혁의 얼 띤 표정을 보곤,

"음, 환자분, 진정하시고."

진정할 사람이 누군지 깨닫지 못하는 멍청한 의사를 상대로 정혁은 이미 차분해졌다. 다만 귀가 먹은 거 같았다. 아무 소리도 들리지 않았다. 생각과 달리 충격을 받은 모양이었다. 의사는 난잡한 매춘부 포즈를 망라한, 묘하게 생긴 의자에 정혁을 주저앉힌 다음 동의를 구하지 않고 정혁의 바지를 손수 내렸다. 그리곤 장갑도 끼지 않은 손으로 정혁의 구멍을 플래시로 비추며 뒤

집어 깠다.

"아직 발달하지는 않았으나 냄새로 보아 질이 분명합니다. 본인은 부정하겠지만 성전환이 일어난 거죠. 남성성과 여성성이 같이 있는 걸 우리 말로 의지자지라 하거든요. 그게 분명합니다. 그런데 아무리 의지자지라 하더라도 살덩이에 불과한 남자의 표징은 있어야 하는데 어떻게 그게 감쪽같이, 아니 원래 없었던 것처럼 깨끗이 떨어져 나갔군요. 의학계 초유 현상입니다."

의사는 정혁을 의자에 희한한 자세로 앉혀 놓은 채 주위를 서성이며 의학 지식을 복습했다. 듣는 정혁은 절망의 곶에 서서 망망한 바다를 바라보는 기분이었다.

"사람들이 병원에 안 와서 그렇지 한 몸에 두 개 성징을 가지고 태어난 사람은 만 명에 하나꼴이죠. 조류에는 비교적 흔한 현상입니다. 말이 그렇지 환자분처럼 용감하게 병원을 찾지 않는 한 숙제로 남는 거죠. 하긴 병원을 찾았다고 달라지는 건 없죠. 그저 바뀐 처지만 알려지는 거죠. 심심한 신의 장난이라고나 할까?" 운운.

궁금증이 풀리긴 했지만, 눈앞이 깜깜한 건 여전했다. 어쨌든 배경이나 직장도 없는 주제에 허구한 날 자신을 못살게 구는 성기가 사라졌으니 불행 중 다행이기도 했고 다행 중 불행한 일이었다. 어쩐지 요즘 그게 생각나지 않았어. 그렇다고 해서 하찮은 봄날 쌍쌍으로 걷는 남녀를 생각하면 서운하지 않은 것은 아니다. 그렇게 세월이 지나갔다.

정혁은 비정한 도시에서 깊은 산속에 처박혀 사는 도사처럼 살았다. 성욕이 잠자코 있으니 비로소 찐득거리는 허기가 사라져 늘 몸이 가벼웠다. 이 지긋지긋한 코로나 시대에, 타의에 의해 무기력해진 젊은이에게는 다행한 일이었다. 정혁은 신선도 아니면서 먹고사는 일이 데면데면 해졌다.

불쌍한 쥐는 막다른 골목에 서면 오히려 당당해진다. 삶의 애착이 두려움 자체이다. 무엇을 하든 결과에 변함이 없다. 시간이 밀물에 밀려 자꾸 쌓이고 세월이 이런 식으로 마냥 지나가기만 하면 승자도 패자도 없을 것이다. 끝까지 버티면 될 일이다.

정혁은 모든 걸 주먹으로 해결하려는 권력을 쥔 자가 주연으로 출현하는 영화에 엑스트라 1.2.3이 되어 거리를 걷고, 코로나 정국으로 오천 원에서 가격을 더 내린 짜장면집에서 짜장면을 먹었다. 오직 오줌이 마려울 때만 쥘 것이 없어 허전했다.

여자처럼 오줌을 눈다는 것이 얼마나 신경질 나는 일인지 여자로서 습관화된 자들은 모를 것이다. 무엇보다도 싸고 털지 못해 하루에 한 번 이상 팬티를 갈아입어야 하는 불편이 남녀 차별의 시초는 아니었는지, 라는 의문이 들었다. 정혁이 공중화장실을 나와 담배를 물었다. 불을 빌리려 다가온 자가 뜻밖의 말을 은밀하게 건넸다.

"초면에 매우 실례인지 알지만, 해도 될까요?"

정혁은 한때 감정이 남아 있는 거친 사내로서 거부했다. 사회적 거리두기가 법으로 발의됐으므로 얼마든지 타인을 밀어내도 타당했다. 그런데도 상대는 바투 다가와 속삭였다.

"저, 댁도 성기가 사라졌군요. 오줌 소리로 알았습니다. 선천적인 여자와는 각도가 달라 소리가 유연하지 못하죠. 내 말이 맞습니까?"

멍하니 앞만 보고 있는데 뒤에서 누군가 다가와 확 밀어버린 느낌이 딸깍 튀어 올랐다. 따지듯 묻는 통통한 사내의 물음에, 상대는 궁금증을 해소했는지 모르겠으나 당하는 처지에선 찰나적으로 살의를 느끼게 된다. 정혁은 허튼소리 하지 말라고 강하게 밀쳤다. 사내와 자신의 처지를 공유하고 싶지 않았고 의사 말대로 해결책이 없으니 나아지는 건 좆도 없는 것이다. 상대는 곰인 형처럼 어설퍼 보였다. 사내는 그런 것쯤은 비밀도 아니라는 듯이 들이댔다.

"인터넷 카페에서 '신이 버린 아이들' 모임을 운영하는 방장입니다. 등록된 회원만 오십 명쯤 되는데 정모에는 거의 나오지 않죠. 여기 모든 회원이

그쪽처럼 성징이 사라진 것은 아니지만 성기는 퇴화됐죠. 동병상련의 가상
공간이어서 힘이 됩니다. 강요는 아니니까 구경이나 하시죠. 대신 실명은 필
수입니다."

사내는 명함을 건네고 아무렇지 않게 뒤뚱거리며 걸어갔다. 부정해야 하
는데 입이 열리지 않았다. 아무도 안 보니 멱살을 잡고 주먹을 날리고 싶은
데 몸이 따라주질 않았다. 이 개 같은 도시에 자신과 같은 구조를 가진 괴물
이 혼자가 아니라는 사정에 전혀 위안받지 못했다.

'신이 버린 아이들'의 카페는 알음알음의 비밀 모임이었다. 비번과 암호를
거치고 방장의 직접 확인이 있는 다음 개장됐다. 완전 재래식이어서 보안은
비교적 잘되어 있는 편이었다. 반면 그들 대화는 아이들이 물장구치듯 방향
이고 뭐고 없었다. 오직 공감을 유도하고 불만을 자극했으며 자신의 바뀐 새
로운 성에 대해 일방적인 주장을 펼쳤다. 자칭 찐인류였다. 너희들은 후천성
돌연변이일 뿐이다. 개새끼들, 아니 개년들, 아니 그냥 버려진 들개이다.

정혁은 이들 모두를 소각장에 처넣고 싶었다. 자신 또한 생각은 다를지언
정 동류항이란 사실에 암울했다. 그러다 무료한 대화방에 방장이 이런 글을
올렸다.

〈지금 이런 현실에, 비록 강요된 진화였지만 성욕이 없으니 얼마나 좋은지
모르겠습니다. 도를 깨달은 도인이나 타의로 욕구가 사라진 우리나 뭐가 다
를 게 있습니까? 다들 취업도 못하고, 결혼은 언감생심이고, 이런 마당에 불
타오르는 성욕으로 똥 마려운 수캐 모양 쩔쩔맨다면 얼마나 불행한 일이냐
고요. 합리화하자는 것이 아닙니다. 성기가 제거되자 이룰 수 없는 열망도
사라진 거죠. 열 번 백 번 찍기 위해 도끼를 휘두르지 않아도 되니 이 얼마나
행복한 일 아닙니까? 아, 아닌가요?〉

다들 환호성을 질렀다. 그건 정혁도 느끼는 바였다. 모든 것을 포기한 '다
포세대'에 판도라 상자에는 희망이란 게 존재하지 않는다. 성욕이 제거된 지

금 정혁은 그 욕구로 절망하지 않았다. 반면 사회적 내시가 된 지금 오히려 다른 성취욕으로 탈바꿈되어 있다. 그저 바람에 흔들리는 들풀처럼 그대로 존재하다가 이 바람이 지나가면 수상한 욕망이 빳빳이 서는 것이다. 어쨌든 그건 나중 일이다.

숱한 젊은이들이 직장과 결혼을, 서울이라는 곳의 집을 그리고 꿈을 포기하는 것은 자발적인 의사가 아니었다. 사회의 여과 필터는 대열에 끼지 못하는 젊은이들을 '필요 없음'으로 분류한 것이다. 아, 이 얼마나 억울한 일인가. 바로 이 지경에 신의 간섭으로 성욕이 제거되자 포기해야만 했던 조건들의 의미가 정혁의 성기처럼 사라졌다.

정혁은 시간에 맞춰 작동되어야 하는 일상의 톱니바퀴가 멈춰져 늦은 아침에 일어났다. 아직은 어리둥절하고 다소 불안했으나 기차 도착 시각이 넉넉한 역 대합실에 들어온 것처럼 마음이 편했다. 정혁은 이불속에 정착했다.

'신이 버린 아이들' 모임은 꾸준히 증가하는 모양이다. 하지만 아직, 도시 곳곳을 배회하며 성기를 부여잡고 성질 더러운 여자들에게 하소연하는 젊은이들을 수용하기에는 미약한 수치였다. 정혁은 회원 게시판에 이런 글을 올리고 제명당했다.

"제발 조용히 해, 이 개년들아. 너희들은 네가 사는 반지하에 도사리고 있는 곰팡이 일부야!"

동전 던지기

05

아내가 임신했다. 어떻게? 그녀가 수태고지를 받은 성모 마리아란 말인가? 그럴 리가? 나는 씨 없는 수박이다.

우리는 동갑내기 부부다. 27살에 결혼해 함께 산 지 12년 차가 됐다. 절절하게 사랑하지 않았으나 크게 싸운 적이 없어 지금까지 무난히 산 셈이다.

책을 안 읽은 남녀는, 결혼의 이유를 사랑이라고 했다. 거짓말 탐지기에 걸리지 않겠지만 가증스러운 변명이다. 가상 인물인 이몽룡과 춘향이 빼고 누가 사랑해서 실컷 한 다음, 나중에 결혼하는가? 가난하고 좆만 있는 것들은 성욕으로 뭉치고 부자들은 각자가 내세운 조건이 충족해야 사랑으로 분칠을 하는 것이다.

미경과 결혼 조건은 아주 달랐다. 배경이나 외모 등을 아주 배제한 것은 아니나, 우린 다른 배부른 놈과 달리 조건이 아닌 속궁합을 우선으로 꼽았다. 나는 아내와 사귀기 전 숱한 여자와 섹스를 했다. 일반 여자는 한두 번 만나면 천성 탓으로 쉽게 질렸다. 미경의 성은 솔직하고 전염성이 강했다. 그녀와 연분은 그런 선망의 결합이다.

그럼, 사랑이 절절해 결혼한 후 만족 시효는 얼마나 될까? 길어야 삼 개월이다. 단언컨대, 사랑은 부단한 학습의 결과이다. 즉, 위장이다.

나와 미경은 결혼 전, 성 경험이 풍부한 편이었다. 성 평등을 부르짖지 않았지만, 성 경험을 따져 물어 거기에 깨끗함의 잣대를 들이대는 조상의 어리석은 짓거리는 하지 않았다. 오히려 미경 또한 오감을 만족하지 못하는 성에 쉽게 지루해하는 공통점으로 우리는 연애 시절 서로 튕기다 삐져 몇 번 헤어졌고, 다른 이성에 질려 다시 만나기를 반복했다. 게다가 미경의 품은 구름이었다. 미경을 만나면서 독신주의의 허울을 벗어 버렸다.

나의 절절한 프러포즈를 받은 미경의 표정은 뜻밖이었다. 185cm의 키, 헬스로 다져진 탄탄한 근육, 봐줄 만한 학벌에 물려받을 재산이 있으니 그녀가 누구처럼 침대에서 펄쩍펄쩍 뛰며 기뻐할 줄 알았다. 미경은 덤덤하게 마치 맛없는 김치찌개를 먹고 난 뒤 밍밍한 음성으로 툭 던졌다.

"함, 생각해 볼게! 지금 말하지 않아도 되지. 내가 연락할게. 당분간 전화질하지 마!"

전화질? 뭐 이런 게 있어? 아무리 그래도 미경의 자신 있는 태도가 좋았다. 왜, 다른 암컷들은 툭 던져보는 구혼에 복받친 감정을 내쏟으며 때론 질질 짜고 매달리는지, 버릇없는 강아지보다 짜증 나는 존재였다. 고양이 같은 여자가 좋다. 먹을 걸 줄 때만 곁을 주는 고양이처럼 미경은 잠자리에서만 솔직하고 동등했다.

다음 날부터 전화가 올 때까지 단 하루도, 단 한 시간도, 탈진한 영혼을 매번 일으켜 세우는 미경을 생각하지 않은 적이 없다. 당시 심각하게 고뇌한 건데, 그 아찔한 감정이 분명 사랑은 아니었다. 음, 미경이보다 나은 여자는 대부분 재벌이 다 차지해 나로서는 다른 선택의 여지가 없었다. 아내 또한 그랬으리라 믿는다. 그런데 서로의 믿음이 신뢰에 기반을 둔 것일까? 요즘 들어 관계에 실금이 가기 시작했다.

12년 동안 살며 지겹도록 서로 부둥켜안았다. 사소한 말다툼을 하면 그 다툼을 해소하려는 목적으로 한 번 했고, 유독 미세먼지가 적고 맑은 날에는 기념으로 했고, 날이 흐리고 비가 오면 기분 전환으로 한판 했다. 주로 주말이면 느긋해져 빼놓지 않았다.

어느 토요일 저녁, 캘리포니아 산 포도주를 나누어 마시고 만족할만한 사랑을 나눈 뒤, 아내가 뒤돌아선 채로 조용하고 착 가라앉은 목소리로 말했다.

"우리 왜, 아이가 안 생기는 거지. 자기 이상하지 않아?"

한밤중이긴 했지만 무슨 홍두깨로 마빡을 치는 소리인가. 우리는 결혼 전 아이를 갖지 않기로 아예 작정했었다. 순전히 경제적인 이유로 계획한 것은 아니지만 2세에 들어가는 열정과 비용을 과학발전에 쓰면 최소한 노벨 물리학상 몇 개는 타지 않을까로 합의 봤다. 게다가 나와 아내를 닮은 바람둥이 자식이 나온다면 평생 골칫거리가 아니겠는가? 아무리 대한민국 미래 산모가 아이를 낳지 않아 앞으로 이십 년 후에 노인왕국이 된다지만, 설마 세금을 더 거두기 위해 애를 생산한다는 건 개돼지들의 자가당착 발상이 아닐까?

이미 생기는 대로 아이를 낳은 영혼 없는 부부에게 맞아 죽을 소리지만, 결과적으로 보면 인간에게 종족 보존의 생물학적 욕구는 지구 파괴 행위이다. 도의적으로 따져도 세상을 문란케 하는 원흉이다. 오래 살지 않았으나, 의자 뺏기 경쟁에 이기기 위해 부린 질시와 모함으로 얼마나 많은 타인을 나락으로 몰아넣었는지 지금 생각해도 끔찍하다. 더구나 내 부모처럼 자식에게 헌신할 계획은 눈곱만치도 없다. 따지고 보면 모성애나 부정은 조상 대대로 주입된 감정에 지나지 않았고 아이 또한 강아지처럼 이유기만 지나면 제 멋대로 자라나는 개체가 아니지 않던가. 아내 미경과 이 모든 걸 결혼 전부터 상의했었다. 그런데 지금에 와서 흘레붙는 동네 수캐에 찬물을 끼얹는 소리란 말인가?

당신 피임하지 않았어? 어쩌다 한 번 한 거 가지고 임신했다며 질질 짜는 한심한 여자에게 하듯이 물었다.

"예전엔 했지. 우리 연애 시절에는 살정제에 콘돔까지 이중 삼중 장치로 철저히 차단했었어. 근데 몇 년 전 지연이년 딸 돌잔치에 갔다 온 후로 그런 거 하지 않았어. 맨 처음에는 너무 오랫동안 살정제를 써서 아이가 안 생기는 건가 생각했어?"

살정제? 그게 뭔데.

"당신은 좌우지간 무책임하고 너무 무식해. 한문으로 생각해봐. 무슨 뜻이겠어?"

그래서. 계속해 봐.

"며칠 전에 병원에 갔더니 난 이상 없대! 당신 병원에 함 가봐. 같이 가줄까?"

내가 혹시나 하며 성병 부작용을 떠올리자 아내가 짜증을 내며 다시 말했다. 아내는 가끔 독심술을 사용했다.

"당신, 지금 무슨 생각을 하는 거야. 당신하고만 했다고! 글고 병원에 가봤대 잖아. 도대체 같은 말을 몇 번이나 하라는 거야?"

우리가 나눴던 아이에 대한 악담은 더는 얘깃거리가 아니게 됐다. 그렇다면 이상하다. 결혼 전후로 따져도 수백 번이고 신혼 기간인 이년을 포함하지 않더라도 근 십 년 동안 일주일에 최소 한 번 이상은 했으니 단순한 산수로 따져도 팔백 회는 된다. 거기서 피임을 한 기간이 반이라면 무려 사백 번이다. 어떻게 한 번도 과녁을 맞히지 못했지?

생각이 간수에 두부가 엉기듯 막 뭉쳐지기 시작했다. 여러 가지 경우 수가 꼬리를 물고 나뉘고 퍼져 도착한 함수는 끔찍했다. 안 낳는 건 의지지만 못 낳는 책임은 내가 뒤집어써야 한다. 생각이 복잡해졌다.

베개를 들고 거실로 갔다. 삐지면 하는 행위지만 마음이 산란해 도저히 함께 자기 싫었다. TV를 켜고 스포츠 전용 채널을 틀었다. 미국 프로 야구도 골프도 눈앞으로 건성 지나갔다.

다음 날은 납빛 하늘로, 오늘 하루가 무사하지 않을 거 같은 예감이 드는 불길한 날이었다. 게다가 잔 것인지 안 잔 것인지 모를 뒤숭숭한 아침을 맞이했다. 아내는 출근하기 전 예의상 딱 한 번 깨웠다가 건 짜증을 내자 나를 버리고 출근해버렸다. 직장을 가진 이래 처음으로 한 시간 늦게 출근했다.

신앙처럼 지켜왔던 식사도 거른 채 말이다.

　나와 견원지간인 김 이사가 동료들이 보는 데서 면박을 주었다. 너구리 성향에 여우 같은 인간이다. 이걸 확 엎어버리고 나갈까 하다가 또래 돈 많은 백수 친구들 꼴을 보니 한심해 참았다. 자존심이 상했기보다 처지가 우울했다. 아까도 말했지만, 나에게는 든든한 배경이 있다. 게다가 아내가 벌어들이는 월급은 남녀 차별이 심한 나라인데도 내 수입의 90%가 넘는다.

　그럭저럭 업무 시간을 때우고, 점심시간을 넘겨 회사를 나왔다. 가는 방향은 저절로 정해졌다. 골프에 술에 호스티스 취향까지 맞는 친구가 대학병원 의사로 있다. 운전은 하지 않기로 했다. 불길한 느낌은 일기예보와 비슷하다.

　병원. 다른 병원과 달리 서울에 있는 대학병원은 지방과 비교하면 의사의 교양 등 여러 가지 격차가 심하다. 예전 아내와 속초에 갔을 때 가벼운 추돌 사고가 난 적이 있다. 그리 크게 다친 거 같지는 않은데 앰뷸런스에 실려 근처 병원에 도착하자 분위기만으로 죽을 것만 같았다. 시끄럽고 요란한 분위기에 주로 농민만 상대해온 의사는 환자의 하소연을 전혀 들으려 하지 않았다.

　대학병원은 나른하고 부티가 줄줄 흐르는 심각한 건강 염려증으로 정신병원부터 먼저 들려야 할 정상인이 대부분 모여 있었다. 복도에 널린 환자들은 내가 특별 대우를 받는 것에 항의하기는커녕 부러워하는 얼굴로 나를 바라보았다. 인제 와서 후회하면 지는 거겠지만 당시 점수로 의대 정도는 들어갈 수 있었다. 하지만 과를 선택할 당시에도 의사란 직업이 허울뿐이지 강도 높은 노동에 평생 양심의 가책을 받으며 살 거라는 사실을 알 만큼 현명했다. 의원이 왜, 옛날에는 중인의 직업이었겠는가?

　친구가 대뜸 쏘아붙였다.

　"오늘은 안 되는데, 집안 모임이 있어. 아버지가 치매에 걸린 거 같아."

　경태는 내가 놀러 온 줄 아는 모양이었다. 친구에게 아내와 에피소드를 간략하게 말했다. 경태가 심각한 척하다가 고소하다는 듯이 웃었다.

"아, 그래. 별일 아닐 수 있어. 정상이라도 너무 자주 하면 정자 수 부족으로 안 되는 경우가 있어. 그리고 적기에 성공할 확률도 오십 프로가 되지 않아. 게다가 넌 유명짜한 바람둥이잖아. 안 그래 변강쇠 씨?"

나 심각해. 애 때문은 아니고 뭔가 정상적이지 않다는 기분이 드니까 괜히 심리적으로 불안하고 기운이 없어. 어떻게 하면 되냐?

"일단 검사 한 번 해보지. 요즘 환경 호르몬으로 민간인 정자 수가 십 년 전과 비교하면 삼십 퍼센트가 감소했다는 연구 보고가 있어. 옛날 극심한 공기오염으로 영국이 그랬지."

친구는 두 아이와 아내를 영국에 보내놓고 기러기로 지내는 중이다. 도대체 왜 저러고 사는지 이해가 안 간다. 주위를 보면 이런 한심한 놈 천지였다. 자식을 보람으로 여기고 무슨 독립투사나 된 듯이 부양의 짐을 신성한 의무로 착각하는 작자. 이래서 새끼를 낳을 생각이 없는 거다.

오면서 생각한 게 있는데, 불알 이식 수술할 수 있나? 간이나 콩팥 심지어 심장까지 이식하는데 불알이라고 못할 게 있겠어? 경태가 책상을 치며 웃었다.

"야, 정말 기가 막힌 아이디어다. 내가 의산데 왜 그런 생각을 못 해봤을까? 할 수 있겠지. 아냐 할 수 있어. 일단 검사부터 해보고 이상이 있으면 우리나라 의료 사상 최초로 불알 이식 수술을 해보는 거야. 환경오염으로 안 되는 인간이 엄청날 거야. 그럼 대박 나는 거지. 네가 우리나라에서 최초로 불알 이식 수술을 받는 거야. 지금 내 거는 거의 안 쓰니까, 공여자는 내 꺼로 하고. 비뇨기과에 말 잘해 놓을게. 근데 정혁아, 불알 이식한다는 발상은 내 아이디어로 하자. 의학지에 최초로 발표해야지. 낄낄낄. 정자 수가 좀 모자라더라도 임신에 별문제가 없을 거야. 뭐 더 자주 하면 되지. 아직 잘 서지?"

친구가 비뇨기과로 전화해 친절한 안내를 받았다. 모든 권력 기반은 돈이지만, 그 돈이 넘쳐나는 똥 덩어리가 아닌 이상 차별대우를 받을 수 있는 줄이 있어야 한다. 병원에 잘 아는 의사와 관계망이 있다는 건 예약 없이 항공

티켓을 사는 것만큼 뽀대나는 일이다.

의사는 성 습관을 묻고 차트에 기록하면서 횟수가 사실인지 되물었다. 아니 그럼 일주일에 두 번도 안 한단 말인가?

"정액이라는 게 총량의 법칙이 있거든요. 신혼도 아닌데 그렇게 많이 하나요? 대체 뭘 드시길래? 혹시 부인이 영화배웁니까?"

의사한테 약이 아닌 식사량 조절과 운동 습관에 대해, 그 중요성을 제대로 설명하고 싶었지만, 지금은 그럴 기분이 아니었다. 의사는 굳은 내 입술을 읽고 기분 나쁜 표정을 지었다. 새파란 의사는 정액 채취를 한 뒤 결과는 다음에 보자고 담담하게 말했다.

간호사는 삼 년 묵은 표정으로 나를 쳐다봤다. 그런 얼굴을 노련함으로 착각하는 간호사가 '시료 채취실'이라 적힌 방으로 안내하고 플라스틱 용기와 CD 한 장을 가져다주었다. 의례 아는 것으로 생각했는지 부연 설명을 하지 않아 잠시 불편했다. CD 플레이어를 켰다. 엉덩이가 거대한 흰둥이 여자가 다짜고짜 요란한 체위로 성행위를 하는 장면이 나왔다. 배경과 여유가 있는 자는 손을 사용하지 않는다. 비상식적인 크기의 성기가 함부로 들락이는 것도 흉물스러웠고 자지러지는 여자 표정도 현실감이 없다. 무엇보다 자위행위는 고딩 때 해보고는 처음이다. 미치는 줄 알았다. 성기 표피를 아프도록 문질렀으나, 도무지 사정이 되질 않았다. 화가 나서 밖으로 나왔다. 간호사에게 다른 동영상이 없냐고 물었더니 취향대로 고르라며 세 개를 가져다준다. 속으로 욕이 나왔다.

죽을힘을 다해 가까스로 마친 후 시료를 창구에 놓았더니 얄망스레 생긴 간호사가 오염물질을 취급하듯 손가락으로 뒤쪽 테이블을 가리켰다.

결과는 일주일 후에 나온다며 의사가 밍밍하게 설명했다. 병원을 나오며 집이 아닌 다른 곳으로 가고 싶었다. 충동과 달리 딱히 갈 만한 곳이 없었다. 친구를 만난들 무슨 말을 할 거며, 즐기지 않는 술조차 도움이 될 거 같지 않았다. 나는 지금까지 발기에 악영향을 미치는 기호품은 거의 하지 않았다. 그냥 걸었다. 지칠 때까지 걸었다. 집에 오니 고작 아홉 시였다.

아내가 거실에서 TV를 보며 깔깔대고 있었다. 그때만큼 아내가 싫어지긴 처음이었다. 일단 속마음을 알아야 했다. 지금껏 잘 살다가 왜? 아기가 생각이 났는가. 아내는 동네 아이는 물론 조카까지 포함해 강아지마저 싫어하는 저만 아는 여자였다. 아기가 치를 떨며 울거나 입가에 이유식을 묻히며 먹는 걸 보면 마치 못 볼 걸 본 것처럼 끔찍해라 했다. 그런 아내가 갑자기 아기를 갖고 싶어졌단 말인가?

아내 심리 상태에 무슨 변화가 일어나고 있다. 이 조짐이 우리 결혼 생활을 나락으로 몰고 갈지도 모른다는 생각을 했다. 거실에 앉아 있는 아내 모습은 변함없었지만, 신기하게도 낯설고 무서웠다. 아내는 그저 생리적 욕구 또는 본능을 스스럼없이 말했을 뿐이다. 저 자신 있는 얼굴은 그녀의 상징이었으나 오늘따라 다른 의미를 내포하고 있었다. 난 정상이야. 넌? 이게 뭐 힘든 일이냐고 묻고 있다. 아, 이 엉킨 실타래를 어떻게든 풀지 못하면 끝이다.

아내 앞에서 시위했다. 아내는 간절한 민원에 대해 모두 잘 살게 해주겠다며 공약한 자가 대통령이 된 뒤, 부는 놔두고 고통만 나누자는 독재정부처럼 뻔뻔하게 나를 무시했다. 나도 안다. 성차별이 심한 대한민국에 태어나서 이 정도의 재능을 발휘할 뿐이지 빛이 나는 여자였다. 인도에서 태어났다면 열 살 이전에 죽었을 것이고 독일이라면 앞으로 총리 가능성이 있었다. 프랑스나 이탈리아에서는 위대한 창녀가 돼서 노동조합을 만들었을 것이다. 아내는 대기 흐름만으로 지상에 일어나는 사건들의 전체 상황을 순서대로 정리할 수 있을 정도로 똑똑한 여자였다.

"왜? 무슨 일 있어? 어젯밤 멘트 때문에 그러는 거야? 쪼잔하게스리. 잊어버리자고. 뭐 그냥 그런대로 살자! 팔자려니 할까?"

나쁜 년. 팔자에다 의문 부호는 왜 붙이는 건가. 환장하겠다. 이미 돌이킬 수 없을 만큼 멀리 떠내려왔는데 없는 듯 살자고. 너만큼 똑똑하지 못해 어떻게 해야 할지 모르겠다. 지금은 내가 물리적으로 불리한 위치고 대화할 준비가 안 되어 있다. 아내 말대로 쪼잔한 건 절대 아니다. 아, 이럴 때 술이나 마셨으면 그럼 미친 척하고 주정이라도 할 텐데.

미적지근한 졸음이 몰려왔다. 그 수면에 풍당 뛰어들지 못할 것이다. 휙 돌아서 몸을 서재로 옮겼다고 생각했으나 몸과 생각이 각자 놀아 엉뚱한 옷방으로 숨어들고 말았다. 계속 자존심이 구겨진다. 자연스럽게 나오면 되는 짓이지만 태연할 자신이 없다. 오류를 인정하는 어리석음으로 보일지도 모른다는 생각이 다음 행동을 막았다. 그렇게 해서 불면의 이틀 밤을 보냈다. 인정머리 없는 아내는 그러거나 말거나 신경 쓰지 않았다. 아내의 이런 행동을 사랑과 연관 짓는다면 아내는 분명 나를 사랑하지 않는다. 나는 아니다. 평소에는 단순명쾌했고 내 의견을 존중했으며 구질구질한 일은 따지지 않는 점이 타인의 아내와 비교됐다. 그 정도면 충분하지 않은가.

생각은 연속되지 않았다. 의문과 상관없는 질문이 계속 맴돌았고 새로운 의문이 전체적인 흐름을 어지럽혔다.

이건 꿈이지. 아니지. 헷갈리고 있는 나를 아내가 깨웠다. 어제와 달리 벌떡 일어났다. 직장 생활에서 지각은 단순한 고과점수 반영 이전에 부장의 재량에 따라 근무태만 사유로 찍힌다.

아내 손이 뜻밖에 성기에 닿아 있다. 화해 몸짓이긴 해도, 이 여자는 이 판국에 그게 생각나는 걸까? 여자만 분위기에 예민한 것이 아니다. 같은 여자와 십이 년이나 살다 보면 생각은 예민해지고 거기는 무두질한 장갑처럼 둔감해진다. 뭐? 아내가 방긋 웃었다. 아내는 저럴 때가 제일 예쁘다. 그리고 내가 정상이라는 반응을 보이자 아내가 철없는 아이 다루듯 궁둥이를 살짝 치고 내 입술에 루주를 묻혔다.

"뭐라니? 이 양반아. 어제 조퇴했다며. 싼돌이한테 전화 왔어. 느끼한 목소

83   동전 던지기 • 05

리로. 당신이 불알 이식받고 싶다고 했어? 웃겨. 그럼 나중에 우리 할 때 나 당신하고 하는 거야 아님 싼돌이 하고 하는 거야? 재밌겠네. 그리고 보면 당신 친구 중에 당신이 제일 난 거 같아!"

경태, 이 나쁜 자식. 개인정보를 함부로 까발리는 놈의 싸구려 불알은 필요없다. 음, 이상이 있는지 당신이 병원에 가보라고 해서 갔어. 평생 계획에 없었던 일이야. 세상에, 야동을 보며 딸딸이를 쳤지만, 그게 안 되더라고. 당신 생각하니까 삼십 분 만에 되더군. 지금도 자지가 얼얼해. 아내 웃음이 요염하다.

"미안해. 직장 스트레스가 심한가 봐. 회사 한쪽이 날아갔어. 토사구팽이 진행되면 쫓겨날지 몰라. 나 그냥 집에 있어도 구박하지 않을 거지?"

말문이 막힌다. 작은 문제가 큰 문제를 낳고, 큰 문제는 선택을 강요한다. 직장 내 스트레스가 아이 존재 여부로 비화하다니. 물론 여기에는 많은 유기적인 인과관계가 붙어 있을 것이다. 대화가 중요하다. 지구평화를 위협하는 핵 문제도 대화로 푸는 마당에 우리의 행복 정도는 서로 잡은 손을 놓지 않으려고 애쓰는 것만으로 풀릴 수 있을 것이다.

계면쩍은 수다를 떨었다. 우리가 십이 년 동안 뭐 했겠어? 자식이 없으니 널널한 시간을 우리를 위해서만 썼고 남는 비용은 몽땅 저금했잖아. 우리 나이 비슷한 인간들과 비교해도 경제적인 여유는 배가 넘을걸. 하고 싶은 공부나 여행 어떤 걸 선택한들 부담 없어. 설혹 우리 둘이 동시에 쫓겨나도 앞으로 이십 사 년은 에게해에서 일출을 바라볼 수 있어. 아내는 내 말을 듣는 둥 마는 둥 했다.

"글쎄 말이야. 아이를 생각하면 암담하고, 나이를 생각하면 허전하고 그러네. 희생과 봉사 차원으로 한 명은 낳아야 하지 않을까? 하는 생각이 예전부터 들었어. 오 년 됐어. 그냥 잊고 있었는데 스트레스가 심하니까 몰입이 안 되는 거야. 당신은 땀을 뻘뻘 흘리며 열심히 하고 있는데, 이게 뭐냐 싶더라고. 즐거움은 부가적인 거잖아. 목적은 이 게 아닌 거고. 그래서 그 후부터 피임은 안 했어. 당신 의사도 중요하지만 내 권리라고 결정했어. 그런데 계속 안 생기잖아. 신경질 났어. 화가 나서 그랬으니까 미안해. 안 생기면 마는 거지. 그냥 둘이서 알콩달콩 살자고."

아내는 복잡한 설명을 간단히 하고 서둘러 마무리 지었다. 표정을 보니 아직 앙금이 남아 있다. 정신은 흐리멍덩하고 미지근했지만, 그날 아침은 '미세먼지 보통'일 정도로 드물게 맑은 날씨였다. 아무 일 없어도 사람은 날씨에 따라 기분이 좌우된다. 그날은 그냥 넘어갔고 그다음 날도 그대로 넘어겼다. 하루가 바삐 돌아갔다.

한참을 기안 서류와 골치를 싸매는 중에 핸드폰 메시지가 들어왔다. 결과를 보러 오라는 병원의 연락이었다. 잊고 있던 건 아니지만, 냄새나서 빨아야 할지 버려야 할지 결정을 미뤄둔 것은 사실이었다. 사회생활이란 것이 그렇다. 아무리 같이 살아도 사랑하려고 노력하지 않으면 타인이 아내보다 편해진다. 아내와 데면데면 지낸 지 오 일째였다. 우리는 행복하다고 꼬집어 말하지 못하지만 불편하지 않다고 소리 내 말 할 수는 있다. 형제들은 귀찮고 엄마가 옆에 있는 것도 세 시간이 지나면 부담이 된다.

아내와 점점 불편해지고 있다. 다음날 아내에게 전화를 걸어 점심이나 하자고 했다. 선약이 있다며 대신 저녁이나 먹자고 할 때 나도 모르게 큰소리가 나왔다. 화해 모드를 조성하려 내린 결정이다, 저녁이나 라니. 우리가 비교적 다른 부부보다 분위기가 좋은 것은 서로 알아서 져주었기 때문이다. 그럼 아내가 12:30분까지 자기네 회사 앞으로 오라고 했다.

아내도 함께 병원에 가야겠다고 생각했다. 혹시 시료 채취를 한 번 더 해야 한다면 더는 동영상 도움을 받아 지금까지 늠름했던 성기를 혹사시키고 싶지 않았다. 대학병원에 도착하자 아내는 그럴 줄 알았다였다.

진료실에서 의사는 나의 예쁜 아내를 보자 심각하지 않은 얼굴로 방글방

글 미소를 띠어 결과가 아무렇지 않으리라 안심했다. 불합격입니다. 예상과 달리 말한 의사의 말을 다 알아들었으면서 되묻고 되물었다. 마치 아프리카 침팬지와 북해도 일본원숭이가 대화하는 것을 아내가 한심하게 바라보았다. 의사는 직업상 침착했고 지치지 않은 채 대답했다. 진료 중 아내를 중심으로 묘한 구도가 형성됐다. 하여간, 수컷이란! 이 판국에는 동물이나 사람이나 마찬가지다. 수컷이 기능을 잃으면 소유권이 자동 상실되어 암컷은 저절로 떠나게 되어있다. 의사가 목덜미 깃을 세우며 씩씩하게 논리를 펼쳤다.

"다시 말하지만, 선생님 병명은 무정자증입니다. 원인은 하도 많아 모르시는 게 나을 겁니다. 어쨌든 이번 경우, 유전은 아닌 것으로 밝혀졌습니다. 대개 평균적으로 따지면 정액 일 씨씨 당 약 천만 마리에서 천 오백만 마리가 들어 있고 선생님 나이에 사출량은 평균 이십 씨씨 됩니다. 대개 한번 사정으로 삼억에서 사억 마리가 폭발력을 갖고 공격하게 됩니다. 즉, 조물주가 그 정도 숫자가 있어야 자연스럽게 가임이 가능하다는 설계를 했던 것이죠. 선생님은 양은 충분하나 질적인 면에서 불량한 경우죠."

아, 나는 만연체를 못 견딘다. 이 새끼는 군대도 안 갔다 왔나? 하지만 허벅지를 꼬집어가며 참아야 했다.

"그런데 의학은 조물주가 설계한 거보다 진화했습니다. 대개 무정자증은 일 씨씨당 오십 만에서 백만 마리 정도를 말하는 거죠. 그 정도면 우린 충분히 질 좋은 놈으로 선발해 한 앰풀당 이천만 마리로 모으는 기술을 개발한 것이지요. 놀라운 의학 혁명이 아닙니까? 미래에는 여성 백 명당 우월한 유전자 남성 한 명만 필요할지도 모르는 일입니다. 근데 환자분은 무정자증에서 최악입니다. 한 마리도 성한 게 없습니다. 아무리 열심히 하셔도 자가발전은 불가능합니다."

이런 나쁜 놈을 봤나. 그럼 그냥 안 된다고 할 것이지, 지금까지 촌놈한테 교양강좌를 늘어놓았단 말인가. 더구나 날 보고 환자라고? 책상을 엎을까 하다가 그냥 나왔다. 아내는 따라 나오지 않았다. 똥을 만진 기분이었다.

그날도 온종일 지칠 때까지 걸었다. 걸으면 많은 생각을 하게 되어 있다. 아내와 결혼 전 수없이 나눴던 주제는 아이에 대한 문제였다. 미경과 나는 달라도 철저하게 달랐다. 성격이나 성향 심지어 음식에서 옷에 대한 취향, 어려움이 닥쳤을 때 풀어나가는 방향은 극과 극이었다. 유일하게 합치되는 부분이 성(性)과 출산이었다.

내가 맛있는 찡가먹기를 한 후 꽃과 반지를 준비해 프러포즈하자,

"정혁아, 너 이 짓 하면서 임신에 대해 진지하게 생각해 본 적이 있니?"

미경의 물음은 수녀만큼 엄숙하고 진지했다. 물론이지. 우리가 교양과목으로 일반생물을 배웠잖아. 난 무성생식까지 알고 있다고. 미경이 발끈했다.

"넌 아무 때나 장난이니? 난 아기를 낳을 수 있는 생물학적 구조로 되어 있지만 앞으로 아기를 만들지 않을 작정이야. 아이는 고삐야. 권력과 부자에게는 볼모이고. 먼저 우리를 보고 네 친구를 봐. 불량 청소년이 학교 폭력을 일으키는 건 사람의 열성 본능이라 쳐. 하지만 우리 친구가 근근이 사는 거, 아니 노예나 머슴으로 살아가는 방식에 대해 고민해 본 적이 있니? 넌, 연대를 나왔다고 회사에 계속 적응할 거로 믿고 있지? 그렇지 않아. 움직임이 느려지는 나이가 되면 낭떠러지야. 애, 효. 내 서방이 착하긴 해."

미경이 담배를 물었다. 담배의 해로움을 말하자 미경은 벤젠 화합물을 뿜어대는 자동차 매연이 담배보다 열 배는 해롭다며 과학적 근거를 들어 역설했다. 오래 사는 게 중요해? 하며 따지고 들었다. 말로는 이긴 적이 없었다. 사랑인지는 몰라도 내 눈에는 그녀만 보였다.

"그건 그렇고 이야기 계속할게. 내 아이가, 네 아이 말고 내 아이 말이야. 역사적으로 이름만 바뀌었을 뿐 스파르타쿠스가 살았던 로마 노예보다 못한 힘 있는 자 머슴으로 살게 될 걸 생각하면 네 좆을 뽑아버리고 싶어. 노비 만적은 아니? 난 그냥 일주일에 한두 번 만나서 가슴에 콱 막힌 무언가 뚫고 싶

을 뿐이야. 네가 가장 적당해. 우리 결혼하지 말고 그냥 신나게 찡가먹기라는 걸 하면 안 되겠니?"

세상 모든 여자가 그러하듯 미경은 결혼 전과 결혼 후로 분명히 나뉘었다. 우리 윗세대처럼 희생과 봉사로 관계를 돈독히 해보자는 건 아니지만, 그렇다고 성실로 이음을 게을리한 것은 아니었다. 서로 약간씩 물러서는 건 당연했다. 하지만 아내는 마지노선을 정해 놓았다. 자신의 의견을 어디까지 정해 놓고 이혼을 불사할 각오로 물러서지 않았다. 서로에 대해 과거를 묻지 말자고 했다. 과거는 과거인 것이다. 옳은 결정이었으므로 동조했다.

거기에 하나 더 추가된 것이 있다. 자기가 옳다고 믿는 건 백 번 천 번 생각의 담금질을 거쳤으니 무조건 양보하라는 것이다. 애를 낳지 않겠다는 단언이 바로 미경의 결정이었다. 참모 역할이 제격인 나는 아내에게 존경심을 가졌다. 미경을 놓칠 수 없었다. 아기를 갖지 않겠다는 천인공노할 선언은, 서로 지향하는 바가 다르지만, 목적은 같았다. 미경은 사회 환경을 탓했으나, 내 주장은 명료하다. 아이 하나당 생활비와 교육비를 합치면 6억 5천만 원이 든다고 언론이 위협하지 않던가. 그 비용이면 노후 준비를 위해 치매에 걸리기 직전까지 일할 필요가 없는 것이다. 뭐, 아이가 없으면 삭막하기야 하겠지.

그렇게 결정하고 임신을 전제로 하지 않는 섹스를 하기로 협정을 맺었다. 실수라면 그걸 구두로 계약한 것이다. 지금 계약을 문서로 만들지 않은 거에 땅을 치며 후회하는 중이다. 미경은 분명 계약 이행을 위반했다. 아니, 검사 결과가 치명적이어도 둘만 편하게 살자고 말했다. 고개를 저었다. 미경의 결정이 바뀐 것이다.

발바닥에 물집이 잡히도록 걷고 온몸이 흐물거리는 상태가 되도록 혹사한 다음 간신히 집까지 왔다. 불은 거실에만 켜져 있다. 들어가지 않아도 무슨 일이 생길지 아는 예지가 집 전체를 누르고 있었다. 문밖에 서서 아내에게 메시지를 보냈다. 정리될 때까지 회사 근처 호텔에 머물 테니 출근하면서

와이셔츠 몇 벌과 정장을 가져다 달라고 했다. 그리고 후렴으로 내가 연락할 때까지 전화하지 말 것을 지시했다. 메시지에 대한 답장은 없었다. 할 테면 얼마든지 해보라는 식의 항변도 없었다. 아내는 그럴 여자이다. 가끔 무시하는 눈으로 사정거리를 조정하는 아내를 보면 때리고 싶었다.

한 달간 호텔에 머물면서 수도승처럼 깊은 사념에 빠졌다. 어쩌면 이혼을 선택해야 할지도 모른다. 아내와 떨어져 있는 동안 형제와 부모로부터 몇 통의 전화를 받았고, 할 일이 없어 빌빌거리는 친구들에게서 오는 전화에 착신 거부를 했다. 그동안 잘 먹지도 잘 자지도 않은 거 같다. 맑은 하늘에 날벼락을 맞은 것 같은 무정자증은 애초 아내가 약속을 이행했더라면 걸림돌이 아니었다. 그런데 왜 지금 와서? 빌어먹을 환경 호르몬 같으니라고!

그럼 아내의 심사숙고한 결정이 바뀐 게 그 당시부터였을까? 그게 언제였던가? 아내 친구 딸 돌잔치에 갔었을 때 일이다. 아내와 거의 이십 년 지기 친구여서 다른 때와 달리 건성으로나마 축하해 줄줄 알았다. 친구가 가진 자의 도도한 웃음을 지으며, 너는 언제 아기를 가질 거냔 들뜬 물음에 아내는 온몸이 붉어지며 언성을 높였다.

"야 이 무식한 년아, 찡가먹기만 하지 말고 책 좀 읽어. 난 너와 달라. 우리가 사는 이십일 세기나 그 이후에는, 기후 재난이 아니더라도 지구상 인종이 겪어보지 못한 생활사와 혹독한 시대가 열릴 거야. 변태가 된 자본주의에서 일 프로 주인과 구십 구 프로 머슴으로 살 거야. 물론 넌, 이 모든 것의 예외인 고급스러운 노예지. 왜지 알아? 예쁘장한 얼굴과 도도한 성기에 돈 많은 시아버지를 뒀으니까. 그래서 먹이 경쟁이 심하면 심화될수록 야수의 옆자리에 앉아 우리끼리 가슴에 칼을 꽂는 경기를 관람하며 포도주를 음미할걸. 넌 지금도 세상이 좌와 우가 갈려 싸운다고 믿니? 아니야, 색깔만 다르지, 더 먹고 덜 먹고 차이는 있을지 모르지만, 노예를 갉아 먹는다는 공통점에서 다 같은 놈이야. 불의와 정의가 다투고 선과 악이 나뉘어 싸웠던 경력에 속고 있을 뿐이야. 그들은 배부른 상태에서 먹이를 놓고 다투지. 너, 회장이 대책 회의 때 재떨이를 날려 이사 대가리 까는 거 봤지. 근데 오히려 이사 새끼가 얼마나 감지덕지하던? 너나 나나 팀장일 적에 추려낸 애들이 다 어디 있을 거 같니? 넌 오늘 각고의 노력 끝에 만든 네 새끼 돌 축하해야 하는 게 아니라 지금 상황이 영원히 유지된다는 전제가 붙어 있지 않은 한, 오늘은 눈물을 펑펑 흘리며 슬퍼해야 해, 알아? 이 미친년아!"

다들 당황했다. 당시 아내야말로 부러워 미친 줄 알았다. 아니 자기가 안 낳으면 그만이지 왜 남까지 자신의 신념을 관철하려 열변을 토하는지 이해할 수 없었다. 늘 불의를 보면 참지 못하는 성격의 위장이었다고 생각했다.

아내의 결정이 왜 바뀌었을까? 혹시 아내에게 이른 갱년기가 찾아오지 않았을까? 그럴지 모른다. 사무실에 근무하는 직장 여성 중 스트레스로 30대에 폐경이 오는 경우가 많다는 말을 친구한테 들은 거 같다. 그 생각이 번쩍 들자 그날로 짐을 싸 들고 집으로 왔다.

집안 분위기가 화사해졌다. 웬 상송? 아내 표정은 냉랭하지도 반가워하지도 않았다. 우울증을 앓고 있을지도 모른다는 추측은 밀쳐 버렸다. 아내가 다가와 천연덕스럽게 포옹을 하고 짐을 거두어 갔다. 그리곤 다음 차례로 배고프냐고 물어왔다. 물론 배고프다. 정이 한 푼어치도 담기지 않는 사제 음식을 먹고 살았으니까. 소증이 날 정도로 속이 헛헛하다. 게다가 내가 마치 이 시간에 정확히 올 것처럼 음식 냄새를 풍기고 있다. 하고 싶은 말을 가다듬었으나 실마리를 어디서부터 풀어야 할지 갈팡질팡했다. 아내가 다 안다며 내 성기를 툭 건드리더니 엉덩이를 두들겼다. 그럼 원래 위치로 돌아온 건가? 아내가 준비된 식탁으로 날 데려가 앉혔다.

"밥 먹고 하까? 아님 지금 하까?"

아, 난 준비가 안 되어 있다. 솔직히 무정자증이란 진단을 받았어도 서는 데 문제없지만, 그게 생각이 나지 않는다.

단편소설 深里

"야, 잉간아? 그거 말고 우리 아이 문제 말이야!"

바뀐 게 없다. 아내는 집요하다. 엄마는 내 성격과 아내 성격이 바뀌었으면 금상첨화일 거라고 말한 적이 있을 정도다. 신경성 위염에는 밥 먹기 전이 낫다. 그냥 말해!

"나, 기획 조정실에서 구조 조정을 하다 보니 사람이 이상해졌나 봐. 결론만 말할게. 나 있잖아. 임신했어."

세상에, 말로 사람을 때릴 수 있다니. 충격으로 섬광이 번쩍 지나갔다. 눈앞의 정물이 일순 정지됐다.

"아까 진단받았어, 사 주 초래. 씨는 신중하게 골랐지. 독립군 후손이면 좋을 텐데 족보는 안 보여주더군. 성격은 봤는데 당신과 비슷해. 좋을 거 같아. 걱정은 덜 되네. 우리 이혼할까?"

기가 찼다. 속으로 욱했지만 맞고 있을 여자가 아니다. 폭력은 내 스타일이 아니다. 근데 어떻게 한 달 만에 임신을 한 거야. 그럴 시간이 없었잖아. 나 불알 이식할 시간 여유도 안 주고? 아내가 깜찍하게 웃었다.

"그게 무슨 문제야? 소뿔은 단김에 뽑아야지. 내가 늘 말했지. 인문학만이 인류를 구원할 수 있어. 사회주의? 자본주의? 그 이즘은 낡았고 이제 악이 됐어. 당신이 아니면 혼자라도 위대한 실험을 할 거야. 책이 최초로 완성할 위인. 이 세상을 정의와 혁명으로 뒤덮을 아기를 낳고 싶어. 내가 처음부터 교육시킬 거야. 정부가 지정한 공공교육은 쳐다보지 않을 작정이야. 이 아이는 인류 행복의 전사가 될 거 거든. 군자금은 우리가 이미 만들어 놨잖아. 어떻게 할래? 이혼할 거야, 말 거야."

아, 아내가 임신했다. 원래 나는 씨 없는 수박이었다. 아내의 오래된 계획에 나는 배제되어 있다. 기가 막혀 할 말을 잃었다. 다시 호텔로 돌아가 깊은 생각의 늪에 잠겼다.

아내는 왜, 이 불임의 시대에 임신하고 싶어 환장한 걸까? 예정된 미래가 저벅저벅 다가오고 있는데 엉뚱한 희생양을 불리고 싶은 걸까?? 내 머리론 풀 수 없는 난제이다.

이혼할 건지 말 건지 목하 고민 중이다. 다음 달이 출산이다.

사랑학 개론

 가소로운 일이다. 내 처지에 이런 말을 해도 되는지 모르겠으나 결과로만 보면 사는 게 다 비슷하다는 말이다. 시파, 얼마나 산다고 불쌍한 백성의 고혈은 왜 죽도록 빠는지, 말로는 민주 민주 하면서 목에 잔뜩 핏대를 세우다가 살만해지자 당당하게 변절하는 무늬만 민주인 인간들은 왜 저러고 사는지, 사랑을 빙자해 피임 개념 없이 애새끼를 줄줄이 낳은 다음 육십이 돼서 거친 노동으로 망가진 몸뚱이를 쓰다듬으며 비로소 신세 한탄은 왜 하는지 모르겠다는 말이다. 그저 모난 돌이 정 맞지 않으려면 비루먹은 개처럼 얌전하게 살든지 아니면 우리 아버지 식으로 평생 주정뱅이로 살다 일만 하는 엄마를 저주하다 죽든지, 어떻게 살다 가든 주색에 빠져 시들시들 죽어간 영웅호걸이나 결국은 매일반이란 말이지. 안 죽는 놈은 없단 말이다!

 하여간, 군중의 대가리 위에 군림하며 살다가도 유통기한이 다가오면 회장님도 꽥하고 지옥으로 떨어지지 않던가. 그들의 추악한 말로에 허무를 느낀다는 흰소리는 못 하겠다. 나는 그들을 부러워하지 않고, 적어도 그들처럼 사회 암적인 존재는 아니다. 집요하게 공부하다 탐관오리가 되어 대중의 저주 대상이 안 된 것만으로 다행히 여길 뿐이다.

 그런데도, 그들과 비교당할 사회악은 아닌데, 사회는 나를 그들과 함께 몰아 똥보다 더러운 존재로 폄하하고 있다. 나는 타인의 가정을 파괴한 적이 없으며, 살아 있는 모든 존재 중 여성을 가장 신성시하는 사람이다. 더욱이 허우대만 멀쩡할 뿐이지 성기는 표준보다 작고 귀엽게 생겼다. 그런 불리한 조건으로 여자를 식탁에 앉히는 것보다 침대에 눕히는데 탁월한 재능을 갖추었다. 나는 전신을 성기화 할 수 있는 강호의 초절정 고수다.

여성. 이 감탄의 대명사에 무슨 부연 설명이 필요한가. 나는 돈이나 권력, 명예가 아닌 그녀들이 숙명적으로 흘리는 순수한 페르몬에 매료당한 것이다. 하지만 나와 달리 껄떡대는 대부분 수컷은 여성을 욕정의 대상으로 삼아 서로의 가정을 파탄 낸다.

서론이 길었다. 나는 요즘 보기 드문 여성 전문가다. 모든 수단을 자유자재로 적재적소에 꽂을 줄 아는 고수이다. 일반 사이비 제비는 여성을 성기와 성기 결합으로 절정에 오를 것이라 단정하는 아마추어다. 여자의 심리구조와 몸은 첨단장비처럼 예민하며 사랑에 지고지순하다. 사실 다 알면서 모르는 척하고 있지만, 여자는 모든 면이 오지 탐험이자 험로를 거쳐야 나오는 신세계를 가지고 있고, 나는 그 신세계를 열 수 있는 키를 획득하는 비급이 있다. 뭐, 변강쇠? 어떤 년이 변강쇠를 좋아한다고 그래?

음, 그다음 다음 단계가 섹스인데, 이게 또 다른 벽이다. 거시기 크기만 중요시하는 놈은 비주얼을 선호하는 교양 없는 여자에게 각광받지만, 그 또한 사랑이란 속성상 오래가지 못한다. 빅 사이즈는 병적인 문제가 있는 성욕이 지속한다는 전제하에 사랑받는다. 하지만 평범한 여성에게는 한 달만 지내도 이내 귀찮고 고통스러운 부담일 뿐이다. 더 웃기는 건 사랑을 믿는 여자 대부분은 섹스에 집착하지 않는다는 사실이다. 여자가 집착하는 건 철없는 사랑이지 거시기가 아니다.

나는 이 모든 여자에게 그런 절체절명의 사랑이란 착각을 심어줄 수 있다. 환상으로 세뇌된 여자는 노예가 된다. 내가 바로 그런 노예를 많이 거느리고 있다는 거지. 흐흐흐.

어제 지극 정성을 다했던 암컷은 백 점 만점에 육십 점짜리였다. 펼쳐보니 얼굴에 비해 관리를 게을리 한 모욕적인 몸매를 갖고 있었다. 기분이 상해 가볍게 보낼 작정을 했는데 묘하게 그게 맘대로 되지 않았다. 나는 여성을 존중하는 사람이다. 간만의 야간근무여서 피곤한 아침을 맞이했다. 여자가 아쉬운 눈길로 다음 약속을 잡자, 그러자고 했다. 여자가 에르메스 지갑을 꺼내 무언가를 주고 싶어 했지만, 손을 꽉 잡는 것으로 강한 부정을 표시했다. 감히 나를 천박한 제비로 여기다니 교양마저 흠으로 잡혔다. 어금니를 물고 웃어 주었다. 여자 가슴에 한이 심어져서는 안 된다. 여자가 한을 품으면 오뉴월에 서리가 내린다는 속담은 실제 기상이변이 아닌 자연 현상이다. 지금까지 여자의 저주에서 벗어나 잘 된 놈을 한 번도 보질 못했으니까.

여자를 모텔 앞에서 보내고 근처 커피숍으로 갔다. 일주일 동안 무려 다섯 경기였다. 아무리 전문가여도 무리였다. 커피를 주문하고 숨 고르기에 들어갔다. 리필을 더 시켰을 적에 건너편 여자의 끈적이는 눈길이 거슬렸다. 적어도 칠십 점짜리는 돼 보였으나 폭식 후여서 동요되지 않았다. 잠시 눈을 감았다. 그 정도로 피곤했던 것일까? 운기조식으로 몸과 마음을 가다듬다가 의식을 잃고 깜박 잠이 들었다. 짧고 깊게 잔 잠이 풀린 근육을 재무장시켰다. 눈을 뜨니 40대로 보이는 사내가 허락 없이 앞에 앉아 있었다. 느낌이 싸늘했다. 일어서 나가려 하자 사내가 옷깃을 잡았다. 바닥에 쫙 깔린 목소리가 들렸다.

"박정혁 씨? 잠시 얘기 좀 나눌까요?"

혹시, 기득권을 주장하는 놈인가. 등기권리증처럼 다른 남자 소유로 되어 있는 여자는 수도승의 처신으로 멀리했다. 설령 짬이 나서 은총을 베푼 대상이 유부녀라 할지라도 법으로 하자는 없다. 금품을 요구하지도 갈취한 적이 없다. 더욱이 하기 전 호적에 표시 여부를 물었다. 억지웃음을 지으며 도로 앉았다. 뭡니까?

"산호 아파트 107동 706호에 사시지요?"

거기까지 알고 있다면 심각해질 수 있다. 머릿속 비상등은 경계에서 경고 수준으로 바뀌었다. 냉정함을 가장하기 위해 자세를 바꾸었다. 이럴 때 담배라도 피웠으면 모양새가 날 것이다. 담배는 발기에 좋지 않다. 그래서요?

"내가 그 아파트 주인입니다."

일순 긴장이 사라졌다. 지금 사는 아파트는 집주인과 직접 계약하지 않고 부동산 사장을 대리인으로 체결했다. 계약 기간은 아직 이년 남았고 세는 꼬박꼬박 통장으로 입금해왔다. 아, 그렇군요. 사장님께서 저를 아시는데 몰라봐서 죄송합니다. 입금이 안 됐나요? 사내가 담배를 꺼내 물며 대답했다.

"사장은... 나, 사장 아닙니다. 이사직은 맡고 있습니다만. 그런 문제로 대화를 하자는 것이 아닙니다. 부탁이 있어 어제부터 박정혁 씨를 기다렸습니다. 지금, 이 시각까지 정확히 열여섯 시간을 몸소 따라 다녔지요. 어제 정혁 씨가 머문 옆 호실에 있었는데, 굉장하더군요."

말투는 생경하고 낌새가 이상하다. 기미가 다르다. 눈빛으로 보아선 동종 업계의 경쟁자는 아니다. 뭐 하자는 놈일까. 내 표정이 일그러지자 사내가 서둘러 말을 덧붙였다.

"기분 나쁘게 생각할 필요 없습니다. 다 이해하는 사람입니다. 한창때 아닙니까?"

아, 서론이 길다. 대개 음흉한 놈은 말이 많다. 제가 좀 바빠서 그런데 본론을 말씀하시지요.

"아내 때문입니다. 아내는 심각한 우울증을 앓고 있습니다. 자살을 두 번이나 시도했지요. 아마 다음엔 성공할지도 모릅니다."

사내는 점점 모를 소리만 했다. 그래서요.

"삼 년 전에 길을 걷다 고층 빌딩에서 투신자살하던 놈에 깔려 세 살 된 아들을 보냈습니다. 나도 충격은 받았습니다만 아내만큼은 아닙니다. 여자에서 엄마로 바뀌는 게 그 정도로 위대할 줄 몰랐습니다. 내 어머니는 개잡년이었는데 아내는 성녀지요. 나는 아이가 단순한 조합에 의해서 거저 만들어지는 걸 알고 잠시 새뜻했습니다만, 차차 아내와 아이가 커가며 정액의 소중함을 깨달았지요. 정혁 씨는 지금 그 소중한 걸 쓸데없이 낭비하고 있는데 나중에 가정을 가지면 깨닫게 되겠지요. 어쨌든 조바심으로 삼 년이 지났고 치료를 받고 해서 개선된 줄 알았습니다. 그런 방심을 뚫고 얼마 전 아내가 두 번째 자살을 시도했습니다. 무슨 조짐이 있었던 것도 아니었습니다. 그냥 화창한 봄날, 아내가 유독 날씨 탓에 즐거워하더군요. 나보고 만두나 해 먹자며 장을 봐오라 하더군요. 정해준 여러 가지를 사고 데리고 있는 애들도 저녁 식사에 초대했지요. 돌아오니 아내가 베란다 옷걸이에 목을 매달았습니다. 아내만 모르는 사실인데 사람들은 나를 사람 취급하지 않습니다. 어쨌거나 아내가 자살을 시도한 그 날 제게 피도 눈물도 있다는 사실을 알았습니다. 또 느닷없이 줄을 목에 걸어버릴까 항상 조마조마합니다."

사내는 나를 비하하는 발언을 했다. 소중한 정액을 낭비한다고. 그게 뭐 대단하단 말인가. 그건 그냥 놔둬도 넘쳐흐른다. 그래서요. 그런 말을 내게 왜 하는 겁니까? 데리고 있는 애들이라니 유치원을 경영하시나.

"데리고 있는 사람들이 철이 없어서 그렇게 부릅니다. 조금 더 들어주시죠. 설명하지 않으면 이해시키기 곤란한 사연이 있습니다. 말로 하는 성격이 아니라, 초면에 이렇게 긴 설명을 해야 하는 나도 힘이 듭니다. 좌우지간 아내는 중증의 우울증을 앓고 있습니다. 이 우울증이라는 게 감기처럼 쉽게 낫는 병이 아닌 아주 위험한 지랄이더군요. 형제 같으면 그냥 처넣고 말겠는데 아내라 그럴 수가 없어 이렇게 찾아 왔습니다."

워, 워. 이런. 나는 정신과 의사가 아닙니다. 그저 팔자 좋은 백수일 뿐입니다.

"모르고 온 게 아닙니다. 다니는 회사를 통해 정혁 씨 잔고를 조사했지요. 독신을 고집하신다면 사는 데 무리 없겠더군요. 바쁘실 테니 결론만 말하겠습니다. 아내를 유혹해 주십시오. 무엇을 하든 상관없습니다. 살 기운만 부어 넣어 주신다면 지금 사는 아파트 명의를 당신 앞으로 해놓겠습니다."

고무망치로 뒤통수를 맞은 기분이다. 이런 미친놈을 봤나! 청탁하며 다른 여자도 아닌 자기 아내를 유혹해 달라고, 덧붙인 설명은 들을수록 정상인으로 납득하기 어려웠다. 사내는 의사가 까라면 까는 식으로 치료를 했었지만, 아내는 점점 지치고 우울했다. 더는 치료 효과가 없자 의사는 자신의 책임을 회피하며, 아내 우울에 남편에 대한 증오가 저변 깊숙이 자리 잡은 것 같다고 말을 했다. 사내는 그 즉시 몇 대 쥐어박는 것으로 의사를 갈아 치웠다.

사내 또한 아내의 자살 소동 이후 별의별 상상으로 미쳐가는 중이었다. 의사의 조심스러운 진단, 즉 아내 우울증에 자신에 대한 증오가 자리 잡고 있다는 소견이 걸렸고 하는 일이 바빠서 아내를 향한 사랑이 부족했을지 모른다는 판단을 했다. 하지만 아무리 노력해도, 일사부재리 원칙으로 아내는 남편을 상대로 다시 타오르지 않았다. 동지애는 가능했으나 열렬한 사랑은 사내의 일방적이었다. 오랜 장고 끝에 확신이 섰다. 예전으로 돌아가자.

아랫것들과 밤샘 토론으로 결론을 낸 게, 탁월한 제비로 자신을 대체 하자였다. 수준 있는 제비라면 의사가 들먹인 그 무언가에 갇힌 아내를 꺼낼 수 있을 것이다. 우리는 인륜이니 도덕이니 따지지 않는다. 우리는 의리와 충성을 앞 대가리에 놓지! 일부일처제도 고집하지 않는다. 그런 조건으로 여럿을 고르던 중 그래도 대학을 나온 내가 적격으로 선정됐다. 제대로 찾아온 건 맞지만 품격있는 제비가 된 이래 처음 있는 의뢰여서 혼란스러웠다. 이놈은 미친놈이다.

"정혁 씨가 여자에게 취하려는 것이, 육체와 당신을 웃음 짓게 하는 보지이지 사랑은 아니지 않습니까? 다만 아내가 누군가를 사랑하고 사랑받고 있다고 믿게끔 한다면 아내는 살 희망을 얻지 않겠습니까?"

대화 중 경박한 성기의 명사가 들먹여지자 그동안 고상했던 내 직업이 진창에 여지없이 드러나는 듯했다. 교양이라고는 눈곱만큼도 심겨 있지 않은 놈이다. 잘못 봤다. 거긴 덫이자 함정일 뿐이다. 나는 그곳만 애호하지 않는다. 반면 위장이면 몰라도 진실한 사랑도 믿지 않는다. 내 방식은 사랑을 빙자하여 스스로 문을 열게 하는 것이다. 사내가 반지빠르게 내 표정을 읽고 나름 부드럽게 말했다.

"아니, 정혁 씨가 그렇단 말은 아닙니다. 좋게 말하면 독신주의자이며 날개가 달린 것은 무엇이든 좋아하는 자유인 아닙니까? 내 말은 그 뜻입니다."

사내 칭찬에 우쭐하지 않았다. 이 자가 깔고 앉아 있는 복선을 경계했다. 일반인은 생각하지 못할 미친놈의 사고에 대해서, 다음은 내가 제일 잘하는 방식이 천재일우의 기회를 잡았다는 것에 재능 활용을 강요받고 있었다. 갈피가 잡히지 않았다. 기획이건 마수이건 지금 당장은 휴식과 시간이 필요했다. 나중에 이야기하시죠. 몸이 피곤한 상태에서는 어떤 협상도 불리하다.

깊은 숙면으로 전날 쌓인 피로를 해체하며 그것을 맡았을 경우 조건을 고르고 있는데 제멋대로인 사내는 소뿔을 단김에 뽑듯이 그날 밤 집으로 쳐들어왔다. 그는 다짜고짜 결정을 재촉하기 위해 아까의 길고 장황한 설명을 되풀이했다. 지금 자기 상황을 윤리적으로 따질 계제가 아니다. 그럴 시간이 없다. 우리는 한때 죽을 만큼 사랑했다. 아내는 한낱 깡패인 나를 위해 부모와 자신의 미래를 버렸다. 아내는 이대 나온 여자다. 그런 아내를 위해 나는 고작 손가락 세 개를 바쳤을 뿐이다. 아내가 죽는 건 내가 죽는 것과 같다. 아내의 자살 미수에서 아직 내 사랑이 활화산처럼 타오르고 있음을 알았다. 아내는 결혼 전 나를 위해 모든 걸 걸었다. 이제 내 차례이다. 십 년 전 생기발랄한 아내로 되돌리고 싶다. 당신이 아내에게 무슨 처방을 내리든 상관하지 않겠다.

지금은 젊어 집에 대한 개념이 없을지 모른다. 집! 집은 돈 만능주의에서 유일한 엄마의 품이다. 인생을 막살거나 남을 해치는 부류들은 대개 집을 갖지 못한 자이다. 내 제안은 서로에게 원윈이 되는 거래다. 당신에겐 집이, 아내에게 희망이, 궁극적으로 나에게 행복이 생기는 일이다. 당신의 재능은 기적을 만들 수 있고, 그렇게 되기만 하면 반성하는 의미로 나쁜 놈만 골라 징계할 작정이니 대한민국 평화에 이바지하는 일이다. 자, 선택하라.

업무라 이거지, 머릿속 CPU가 빠르게 작동됐다. 이사님 부탁은 십분 이해 갑니다. 제가 여성의 도에 일가견이 있는데, 사진을 보니 요조숙녀 상이군요. 일편단심 춘향이는 몇몇 제비의 우상인 변사또마저 패배의 쓴잔을 마셨으니 유혹 대상이 아니죠. 사내의 아내를 띄우고 1% 실패할 경우의 수를 물었다. 사내가 조폭답지 않게 천진난만하게 웃으며 기분 좋은 목소리로 말했다.

"당연하지요. 온 정성을 쏟아주시면 실패해도 보상은 같습니다. 내 아내를 믿습니다만 아내도 여자이지요. 그런 정혁 씨의 마법과 같은 자지를 거부할 여자가 어디 있겠습니까? 반면 내 아내도 만만한 여자는 아닙니다."

아내에 대해 자랑스럽게 말하면서 몸을 소파에 기댔다. 아, 또, 노골적인 성기 이름을 들먹인다. 성기는 엄청난 의미와 사연을 만들어 내는 유일한 감성 무기이다. 하여간, 사내의 순애보, 깡패, 거친 말투 이런 것들이 귀에 거슬렸으나 허용치가 넓어 저울이 기울어졌다. 억지로 결정하는 척했지만 사실 여자 사진을 보자 흥미가 생겼다. 여자는 철없던 아버지가 생전 꿈에 그리던 예전 영화배우 정윤희만큼 예뻤다.

장황한 사내 설명을 간추려 보면 간단했다. 자기 아내에게 예전 자신이 했던 그대로 절절한 연애를 경험하게 해달라는 것이다. 오 케이. 사내에게 약속을 서류로 받아냈다. 인간은 약속을 계속 어기는 유일한 짐승이다.

계약서를 받아든 후 정색하고 사업 목적을 주지시켰다. 지금까지 같은 여자를 한 달 이상 만나본 적이 없다. 그건 나만의 불문율이다. 오늘 이후 서로 만나는 일이 없도록 하자. 집 명의는 사모님을 정식으로 만나는 첫날 내게 넘겨야 한다. 사내는 말 잘 듣는 착한 아이처럼 고개를 주억거렸다. 거래는 성사되었다.

누이 좋고 매부 좋은 일이다. 마당 쓸고 돈 줍는 일 아닌가. 원래 내 강령은 돈과 물질이 청춘사업에 관련돼서는 안 된다고 정했었다. 천박한 제비로 격하될 우려와 신성한 여자의 본질을 훼손할 가능성 때문이다. 이번만 예외규정으로 한다. 매년 천정부지로 치솟는, 그것도 서울 집을 준다고 하질 않는가. 서울에서 집은 제비의 품격이다.

다음날부터 많은 밤이 하얗게 지나갔다. 온통 그녀 생각이었다. 밥을 먹어도, 똥을 싸도, 심지어 다른 여인의 품에 있어도 내 뇌리에는 그녀가 자리를 틀었다. 여자의 생활 반경을 일일이 적어 벽면 가득 채웠다. 여자의 일주일은 애 없는 여타 주부와 별반 다르지 않았다. 이런 여자는 내가 아니더라도 대개 제비들 표적이 된다.

여자의 주 동선은, 오후 1시에서 3시까지 명상센터를 찾았고 이어 4시까지 서예학원에 다녔다. 장보기는 왜 왔나 모를 정도로 몇 가지 사지 않았다. 그냥 심심해서 온 것이다. 집에 있으면 답답하고 나와도 지루한 일상. 그런데 왜 결혼반지를 가운뎃손가락에 끼었을까? 나는 사소한 것도 놓치지 않는다.

사내 말대로라면 여자는 나보다 일곱 살이나 많다. 가꾸고 다듬은 정성 탓인지 그 나이로 보이지 않는다. 굳이 아파트를 받지 않더라도 접근해보고 싶은 명품이다. 내 재능의 재평가와 사내 아내가 품고 있을 사랑이 얼마나 지리멸렬한 지를 입증하려고 하니 웃음을 감추기 어려웠다.

일주일을 탐색으로 채우고 첫 번째 능선인 명상센터에 가입했다. 하릴없이 앉아 있는 짓에 월 삼십만 원의 관비와 도복이라는 천 쪼가리에 십만 원을 지불했다. 넘쳐흐르는 시간을 이렇게까지 버리지 않으면 몸이 뒤틀리는 심정을 이해 못 할 바는 아니나, 나 같은 정상인에게 어리석은 지출이었다. 괜히 흐르는 침묵과 더께로 내려앉는 정적에 몸살이 난다. 웃기는 인간들이다. 관장은 사람 사이를 배회하며 잔소리를 했다. 명상은 호흡조절이 관건이다. 호흡 횟수를 최대한 줄여야 한다. 코끼리와 쥐새끼의 평생 호흡수 총량은 동일하다. 코끼리가 쥐새끼보다 오래 사는 이유는 분당 호흡수가 적기 때문이다. 쥐는 분당 삼백 회 이상이나 코끼리는 고작 십 육 회이다. 호흡수를 줄이면 모든 잡념이 사라진단다. 웃긴다. 코끼리를 떠올리지 말라고 하니 집채만한 코끼리가 머릿속을 휘젓고 있다. 그 후유증으로 편두통이 생겼다. 무념무상과 배꼽 아래로 기를 모으는 건 정해진 수명 내에 불가능해 보인다. 내가 보기에 원장이라는 작자도 그렇게 못하고 있다. 다만 하고 있다고 사기 칠 뿐이다.

제비는 패션이다. 도복으론 관심이 끌리지 않았다. 자주 그 여자에게 투망하듯 눈길을 던졌다. 다만 던졌을 뿐이다. 사흘을 그렇게 보낸 뒤 여자에게 말을 걸었다. 반은 무심하게 반은 수컷 냄새를 흠뻑 피우며, 마음을 가라앉히러 왔는데 오히려 번민만 가중되는군요. 여자는 편한 이웃을 대하듯 대답했다.

"처음에 다들 그래요. 꾸준히 하시다 보면 무슨 점 같은 것이 생겨난 데요. 그 점을 가꾸세요!"

고수시군요. 그럼 가르쳐 주세요. 이리 말하면 여자가 석류알 부서지듯 웃어야 하는데 입 끝이 올라가지 않았다. 둔한 여자는 정색했다.

"아니에요. 나도 고작 삼 개월 됐는데요. 그리고 내 마음에 생긴 점도 아직 작아요. 원장님 말씀대로라면 호두알 정도로 커야 한대요."

믿기지 않네요. 호흡하는 것만 따라 해도 머리가 터질 지경인데 정신 집중하라니. 교리만 없지 무슨 종교집단 같습니다.

다음날, 그다음 날도 얌전히 앉아 있었다. 눈을 반쯤 감고 결가부좌한 상태로 두 시간을 버티는 일은 군에서 천리 행군의 막바지에 이를 때처럼 미칠 거 같았다. 곧 결제될 그녀의 벗은 몸을 상상하지 않으면 파계할 뻔했다. 뇌가 폭발 할똥말똥할 즈음에 종료를 알리는 죽비 소리가 들려왔다. 의도적으로 여자 눈길을 피했다.

명상센터에 다닌 지 이 주일이 되었을 적에 다시 마주침을 시도했다. 여자 눈 끝이 약간 달라져 있었다. 기특한 아이를 바라보는 정도, 딱 그 정도다. 왜 아직 점이 안 생기죠. 번민은 사라졌습니까, 아가씨?

"후훗, 나, 아가씨 아니에요. 이 수행은 걷다 보면 나타나는 목적지와 같아요. 사람마다 거리 차이는 있지만 꾸준함이 목표에 도달할 수 있대요!"

차 한 잔 사주세요. 그렇지 않으면 내일부터 나오지 않겠습니다. 다음은 반 달 치 회비를 돌려받기 위해 머리 긴 늙은이 멱살을 잡아 흔들 겁니다.

"무섭네요. 저도 처음에 답답했어요. 그렇다고 지금 다 나았다는 건 아니 에요. 희망의 실마리가 잡힌 정도지요. 차 한 잔 사드리고 싶어도 지금은 시 간 여유가 없네요. 서예 하는데 들려야 하거든요."

하루 빠지세요. 지옥에 떨어질 중생을 구제하는데 그 정도 보시도 안 할 생 각입니까? 아가씨 결정 여하에 따라 상대 미래가 바뀔 수도 있는데 말입니다. 여자는 아가씨라는 계획적인 단어 사용에 그제야 석류가 벌어지듯 웃었다.

"아가씨 아니라니까요. 은수라고 부르세요."

뭐라고? 은수! 여자 남편이 알려준 이름은 박미경이었다. 일말의 주저함도 찾을 수 없는 놀라운 순발력이다. 여자란 원래 그렇다. 늘 두 번째 자신을 준 비해 놓고 사는 것이다. 시기와 기회가 어우러지면 생활에 찌든 한 여자에서 울 밖으로 생후 처음 나온 망아지처럼 싱싱하게 돌아다니는 전혀 다른 생명 체로 바뀌는 것이다. 이건 자신도 어찌할 바 없는 우월한 유전자를 찾으려는 신의 오류이다.

"차 한 잔에 댁 미래가 좌지우지된다니 어쩔 수가 없군요."

됐다. 천시와 인시 그리고 환경이 주어졌다. 나의 현란한 입이 조화를 완 성한다. 자, 당신이 좋아하는 게 뭘까? 약 한 시간 정도의 대화. 차분하고 이 지적으로 보였던 여자의 꺼풀은 이내 무언가 고픈 여자로 벗겨졌다. 오늘은 여기 까지다.

열이면 열 여자가 다르다. 그렇다고 백이면 백 여자가 다르지 않다. 금방 넘어오면서 결정적인 순간에 까다로운 여자가 있고, 시간에 상관없이 이벤 트와 선물에 약한 천박한 여자가 있다. 아무리 예뻐도 이내 지겨운 여자가 있고, 무식하고 답답한데 한 달 내내 새로운 여자가 있다. 미경은 예쁘고 늘 새로움이 돋보이는 신생아다. 홧김에 서방질한다는 속담은 아마 동서고금에 통할 것이다. 여자는 누구나 홧김에 서방질한다. 미경은 은근히 까다로워 보였지만 한이 많은 여자였고 분위기를 만들어 주니 친절을 사랑으로 착각할 정도로 어리석었다. 그녀는 돈이 주는 편안함에 안착하여 있긴 한데 삶의 지루함에 화가 나 있었다. 그게 뭘까? 하여간 쇼는 계속되어야 한다.

발기에 해로운 커피를 스물일곱 번째 마시던 날, 공들인 노력의 결과물을 수확하기 위해 차를 렌트했다. 차는 다용도로 활용하면 둘만의 완벽한 공간을 만들어 낸다. 차창을 열어 놓으면 자유란 허울을 달고 휘감아 드는 카리스마적인 바람에 수컷의 페르몬은 빠져나갈 틈이 없다. 암컷은 익사하기 마련이다.

춘천으로 가는 길. 얼마나 많은 제비들이 이 길을 애용했을까. 개인적으로 이 길을 좋아하지 않는다. 도로에 불륜 냄새가 짙게 난다. 그런데도 성공률이 높은 전용도로여서 택하지 않을 수 없다. 뜸 들이려 한참 돌았다.

파라다이스 모텔. 모텔 이름이 몹시 노골적이다. 하지만 여자의 뻔뻔함을 감추기에 더할 나위 없는 위치에 지어져 있다. 병풍을 치고 바람의 수런거림에 둘러싸인 산과 새 울음이 환상적이다. 미경은 올 것이 왔다는 듯이 입을 굳게 다물고 있다. 한 판하고 갑시다. 미경의 웃음소리가 새소리를 닮았다. 그 웃음엔 햇빛에 휘발될 풀잎 이슬의 애잔함이 묻어났다.

"이렇게 될 줄 예상을 안 한 건 아니지만 막상 되고 나니 당혹감이 드네요. 앞으로 남편을 어떻게 보죠?"

미경은 운명적으로 도살장을 방문한 암소의 불안한 눈망울과 생에 처음 상경한 섬 소녀가 도시 야경을 본 황홀함이 정확하게 반반 뒤섞인 표정이었다. 아, 저 얼굴이 낯설다. 허, 이런 경사스러운 자리에 어떻게 나 말고 다른 남자를 생각합니까. 우리 다 떨쳐버리기 위해 여기 온 거 아닌가요? 크게는 우주 빅뱅이고 아주 작게는 견우와 직녀 사이에 다리를 놓는 대통합입니다.

우리가 전생에 성춘향과 이몽룡이었다는 사실을 부정하는 겁니까? 미경은 웃지 않았다.

"정혁 씨는 총각이라 몰라요! 어떻게 남편한테 미안하지 않겠어요. 슬프군요."

가소로운 일이다. 좆에 오천 년을 짓눌려 살아오며 늘 반란을 꿈꿨고, 궁극적으로는 자식과 남편을 앞세워 왕위를 찬탈하려는 시도를 수없이 했으면서 여기까지 와 고작 떠올린 쌍판이 생물학적 공여자라니. 그럼 집으로 갑시다. 꼭 미성년자를 성추행하는 기분이군. 화낸 척만 하려고 했는데 화가 났다. 미경은 이미 사랑에 매도된 미친년이었다.

"그냥 우리 조금만 앉아 있다 가요. 그럼 괜찮겠죠?"

그럼, 되지. 이제 미경은 넘어왔다. 설전과 애원 그리고 미경에게 퍼부었던 확신의 메시지는 생략하자. 봄날 미풍에 떨려오는 꽃잎과 같은 입술이 내 더러운 아가리에 닿자 업무에 지장을 받았다.

아, 세상의 벗은 여체는 모두 아름답다. 하지만 미경은 그 획일성을 초월했다. 달빛이 이런가? 지상의 꽃향기 전부를 담은 하늬바람 이런가, 그런 의미에 있어 미경의 벗은 몸은 종교였다. 신이 원죄를 빙자한 분노에 선악과는 핑계였고, 애초 이브가 아담을 유혹한 게 아니라 아담이 이브를 망친 천인공노할 죄에서 공모됐다. 그녀는 에게해(海)에 시뻘겋게 떨어지는 태양을 바라보며 삶의 장렬함을 노래해야 할 몸이다. 아, 더는 뜬 것들이 체류했던 장소에서 일어난 이적에 대해 묘사하고 싶지 않다. 양심상 전가의 비술은 쓰지 않았다. 의도적으로 불을 켜지 않아 다행이다. 그녀에게 정체를 들킬 마음이 없었다. 미경은 슬픔과 즐거움의 늪에 오래 잠겨 있었다. 나는 예외적으로 딱 한 번만 했다. 진도가 더 나아가면 미경에게 융단폭격했던 열정의 메시지는 욕정으로 남을 것이고 육신의 즐거움이 더할수록 치정 그 이상은 아니다.

서울로 돌아오는 내내 미경은 내 손을 놓지 않았다. 손에 묻었던 영원히

지워지지 않을 것 같은 감각이 사탄의 심술로 슬슬 휘발되고 있었고, 일을 마쳤다는 성취감으로 뿌듯했다. 오늘부터 정확히 29일만 보내면 의무기간은 끝이 난다. 집으로 돌아와 사내에게 전화를 걸었다. 싸모님이 무척 즐거워하셨습니다. 이 말로 모든 게 설명이 됐다. 전화로 들려온 말없음표. 이 적멸을 이해한다. 사내는 내일 약속한 아파트를 넘길 거라고 힘없이 말했다.

그날 이후 휴대폰은 몸살을 앓는다. 바로 끝낼 수 있지만 그럼 여자는 모욕과 경거망동을 한 죄책감으로 허우적거리게 된다. 그 후 명상센터는 장롱 속 깊이 처박혔다. 매일 수십 통의 메시지와 급박한 통화로 휴대폰은 늘 과열상태였다. 내 이름으로 소유권이 변경된 아파트 문서를 보며 나른한 전화를 받을 때면 미경의 화려한 나신을 쓰다듬는 기분이었다. 이래서 돈맛을 본 제비는 사회 암인 것이다.

여자, 영원한 숙제. 여자는 호적상 남편이라는 남성에만 이성적이다. 여자는 절대로 정복당하는 존재가 아니다. 정복당하는 척할 뿐이다. 그런데 미경은 정신을 못 차리고 있다. 미경은 나를 만나는 것을 전기로 해서 앞과 뒤가 선명하게 그어져 있다. 대부분 여자는 모든 걸 걸지 않는다. 소위 교토삼굴 전략을 마련해 놓는데 미경은 모든 여자의 예외였다. 오로지 벼랑 끝에 서서 나를 마주하고 있다. 지금 놓아도 되는 걸까?

미경은 나와 있으면 퇴적된 앙금이 사라졌다가 헤어지자마자 다시 쌓여 수렁으로 가라앉는다고 했다. 다시 만날 걸 생각하면 우울할 이유가 없지 않으냐 물으니 그게 바로 자기가 사는 이유라 했다. 일개 늑대한테, 희망 없는 백수한테 그런 감정은 위험하다고 했더니 웃어야 하는데 눈물을 뚝뚝 흘렸다. 자기도 안다고 했다. 그런데도 어쩔 수가 없다고 했다. 미경인지 은수인지 둘 중 하나는 슬픈 짐승이다.

죄책과 번민 속에 시간은 한꺼번에 물을 부은 듯이 지나갔다. 이번 경험은 경이로웠다. 정해놓은 계약 기간을 연장할 수 없다. 이건 공적인 일이니 아쉽지만, 미련을 접어야 했다.

환부를 도려내야 할 적에는 과감하고 신속해야 한다. 휴대폰을 꺾어 쓰레기통에 넣는 것으로 연결된 줄이 단락됐다. 잘 있거라, 은수야, 아니 미경아. 당신의 행복한 기억에 아로새겨질까 봐 직접 말하지 못했지만, 당신은 내게 최상의 여자였다. 내가 사랑할 뻔했던, 내가 꿈을 꾼 것은 아닐까?

아직 늦은 여름이 다 가지 않아 초목이 막바지 열기를 놓치지 않으려 함에도 나의 계절은 앙상한 겨울이 불쑥 다가와 섰다. 누적된 죽음만 남아 흐리멍덩해진 눈깔로 황혼의 짙은 구석을 마냥 쳐다보는 노인에게 남은 회한 같은 것 말이다. 날들은 지독히 우울했다. 내 인생 최악의 시즌이었다.

미경을 떠올리니, 모든 여자가 다 하찮아졌고 천박해 보였다. 밤을 불면으로 지새웠고 낮에는 밤에 묵은 피로로 비틀거렸다. 정력을 위해 계율처럼 지켜왔던 식사마저 불규칙해졌고 근육은 물러졌다. 몸은 미경에 대한 그리움으로 몸서리를 쳤다. 시도 때도 없이 발기되어 말 잘 듣던 성기가 파업했다. 잔뜩 풀이 죽어, 모든 조건을 고사하고 그녀만 불러 달라고 했다. 할 일을 했을 뿐이다. 미경, 너는 아무런 죄가 없다. 오히려 그대와 이별을 서두르지 않았다면, 영혼을 치유하려는 천성적인 너의 속성에 멀쩡한 허우대 안 가운데 튀어나온 나의 더러운 양심이, 이슬 같은 네 입술에 의해 여지없이 드러났을 것이다. 차라리 지옥에 떨어지련다. 밥보다 술이 양식이 됐다.

다음 날 아침, 나는 거미줄에 꽁꽁 묶인 나방 꼴이 되어 있었다. 이게 어떻게 된 일인가. 소파에 앉은 미경의 남편이 나를 물끄러미 바라보고 있다. 그 손에 들린 심상치 않은 칼. 이건 무슨 경우인가. 개새끼. 본전 생각이 난단 말이지.

"적중하지 않기를 희망했지만, 예상대로 아내는 너와 관계를 시작하면서 예전 활기를 되찾았다. 슬프고 행복한 일이지!"

그랬겠죠. 당신이 기획했고 나는 그 쓰임에 충실했습니다. 성공 보너스는 못 줄망정 이게 뭡니까? 사내가 발끝에 정을 두지 않고 아랫배를 가격했다. 지난밤 치사량에 가깝게 마신 술로 위장은 폭풍전야였다. 사내 발길질이 방아쇠 역할을 했다. 토사물이 사내 구두를 해일처럼 덮쳤다.

"듣기나 해! 아내가 행복해서 나도 행복했다. 그런데 며칠 전 이런 편지를 쓰고 집을 나갔어. 속죄 편지였어. 나를 기만하고 죽은 아이를 속였다는 내용인데 다 읽을 수가 없었어. 어디 갔을까?"

그걸 내가 어떻게 알아요. 이번엔 아예 두 발로 작신 밟았다.

"들으라고 했잖아. 세상에 그렇게 모질게 헤어지는 놈이 어디 있냐? 넌 내 아내를 우습게 봤어. 혹시 아내가 죽는다면 너도 죽는 거야. 우리 모두 함께 죽는 거야!"

약속대로 했을 뿐입니다. 한 달이라고 우리 서로 동의하지 않았습니까?

"그래 약속했지. 그런데 그 약속에 아내를 갈가리 찢어놓는다는 조항이 있었나? 넌 내 아내를 두 번 죽였어. 내가 예전에 한 번, 이번에 네가 두 번째 말이야. 아내는 죄책감으로 나를 다시는 사랑할 수 없다고 하더군. 여기 끝 인사가 뭐였는지 알아?"

가만히 있었다. 내가 무슨 샤일록이라도 된단 말인가? 어떻게 살점을 저미면서 피를 흘리지 않을 수 있단 말이냐. 사내가 편지를 깃발처럼 펄럭였다.

"돌아보니 나는 당신의 사랑을 초 단위로 느낍니다. 그러한 당신의 믿음을 배신한 저를 용서할 수가 없어요. 용서해달라고, 말할 용기가 아직 남아 있을 때 당신 곁을 떠나게 돼서 다행입니다. 다시 한번 같은 시대에 태어난다면 당신 아내로 살기를 희망합니다. 어때?"

그럼 나는. 내가 뭘? 결국은 자기들 사랑놀이에 휘둘렸던 나는 어쩌라고. 악이 받혔다. 그만 때려 개새끼야. 어쨌든 너희 연놈들 간의 사랑은 확인됐잖아. 더, 뭘 바래!

"내가 아내를 택한 이유는 세상 모든 여자가 아내만 못했기 때문이지. 사

　　　　단편소설 深里

랑? 그런 게 있기나 한 걸까? 사랑은 만들어지는 거더군. 나중에 알았어. 그런데 말이야 그 사랑은 서로 아끼고 보호하지 않으면 순간 사라지는 환상이야. 미운 정만 남는 거지. 네 놈은 백 번 환생한다 해도 이해하기 어려운 일이지만, 지난 십 사 년 동안 나는 아내 이외 여자는 한 번도 생각해 본 적이 없어. 아니 아내 이외에 모든 여자가 여자로 보이지 않더군."

알았어요. 이럴 시간에 미경씨를 찾으면 되지 않습니까?

"지금 찾고 있어. 모든 네트워크가 동원되고 있지. 찾게 될 거야. 내가 여기 온 것은 만약을 가정해서야. 행여 아내가 죽는다면 너는 순장되는 거야!"

사내는 마지막 말을 메아리로 남기고 묶은 끈을 풀어주지 않은 채 나갔다.

그날 이후 광장 공포증이 생겼다. 도무지 밖에 나갈 수가 없는 것이다. 죽는 게 무서워 그런 건 아니다. 다른 신체적인 증상으로 도무지 그게 발기되지 않았다. 몇몇 팬의 갖은 노력과 격려에도 불구하고 생물학적 의미의 자지는 의식을 찾지 못했다.

여전히 불면에 시달린다. 아무리 생각해봐도 무엇을 잘못했는지 깨달을 수가 없다. 아마 깨닫기 전에는 내 명의로 된 이 집구석을 빠져나오지 못할 것이다.

　홀몸이셨던 어머니가 돌아가시자 일 년 만에 불알 두 쪽만 남았다. 노름방에서 좋은 패를 잡았다가 어중간한 새벽에 몽땅 털리고 개평꾼으로 물러난 기분이었다.

　모친의 사망은 탯줄로 연결됐던 형제애를 해체했다. 아니 기다렸다는 듯이 부도를 선언한 셈이다. 먼저 성장한 누이들은 각자 살길을 찾아야 한다며 서로 눈짓을 주고받았다. 갑자기 세상으로 불거져 나온 나는, 생존 훈련 없이 실전에 투입된 졸병처럼 얼떨떨하고 폐가에 버려진 비루먹은 개와 비슷했다. 사는 게 말이 아니었다.

　동네 슈퍼에 라면마저 외상으로 살 수 없을 즈음 주위를 둘러보니 횅뎅그렁했다. 전의를 가다듬으려 했으나 그것 또한 달랑 두 쪽만 남고서야 여의치 않았다.

　어머니 기대와 이웃의 부러움을 받아 가며 들어간 대학에 휴학계를 냈다. 벚꽃이 날리는 교정을 걷는 무리를 보며 묘한 암시를 받았다. 너는 끝났다. 이제 그들은 항상 선망으로 남을 것이다. 희희낙락한 청춘을 바라보는 것만으로 자살 충동이 일었다.

　위와 장의 강력한 선동은 청춘의 의지로 무마시킬 수 없었다. 하려고 드니 싼 일거리는 지천으로 널려 있다. 하지만 까마득한 곳에서 올려다봐야 하는 모든 사람에게 겸손해야 했다. 심지어 나를 낮은 계급인지 어떻게 알고 잡아먹을 듯이 짖어대는 개새끼에게조차 아부해야 했다. 홀 서빙, 판매원, 찌라시 돌리기, 웨이터, 신문지국 총무, 아르바이트생 급구함. 내게 남아 있는 시간을 모두 그들에게 주고, 지붕이 있는 방과 영양실조에 걸리지 않을 정도의 월급으로 한 달 벌면 한 달을 딱 살았다.

한심한 나날이었다. 사소한 다툼에 적의를 드러냈다. 술을 마시면 정해진 순서인 싸움으로 이어졌다. 아, 어머니. 어머니는 함흥 사람이었다. 바싹 마르고 내성적인 서울 태생의 아버지는 하는 사업마다 사기로 이어졌다. 그 탓에 어머니는 강하고 독해졌다. 그 시대에는 가장의 폭력이 일상이었는데 아버지는 단 한 번도 어머니에게 대들지 못했다. 그저 술이었다.

아버지는 알코올 중독과 잔병으로 거덜남과 동시에 방구들 신세를 졌다. 이런 아버지를 어머니는 당시 전형적인 여인과 달리 쉽게 포기했다. 가장의 의무를 지게 된 어머니는 늘 바빴다. 어떤 놈팡이 도움으로 가발 공장을 차렸고 그게 우리를 돈방석에 앉혔다.

연약한 아버지가 춘삼월을 넘기지 못할 거라는 의사 예상은 적중했다. 무기력한 가장은 어설프게 죽는다는 교훈을 주고 갔을 뿐이다. 나머지 식구의 호의호식은 변함없었다. 그런 세월이 십 년은 계속됐다. 영원히 같이 살 줄 알았던 어머니가 느닷없이 뇌졸중으로 돌아가시자 경리를 보던 둘째 누나가 그 바통을 넘겨받았다. 그 후 일 년 만에 모든 걸 청산해도 집 한 채 값의 빚을 남기고 폭삭 망했다. 둘째 누이는 야반도주를 했다.

이것저것을 하다 그중 수입이 나은 우유 배달을 시작했다. 술과 수음에 찌든 몸은 새벽공기를 가르는 데 도무지 적응이 안 됐다. 마포대교로 올라가 볼 궁리를 할 즈음 병구가 찾아왔다. 병구가 묘한 일자리를 물고 왔다.

병구의 업무 소개는 명료했다. 시립 병원 영안실에서 시체를 차곡차곡 정리하고, 죽은 자를 예쁘게 단장하면 일당 이만 이천 원을 그냥 받는, 이 나라에서 세 번째로 편한 일이라 했다.

자본주의에서 똥으로 된장을 만들라 하면 만들 수는 있다. 하지만 내가 그걸 먹을 수는 없는 일 아닌가. 죽은 사람을 세차하듯이 닦아 이불을 개켜 장롱에 넣는 어처구니없는 일감이었다. 황당해 웃음을 흘리자 병구가 마시던 술잔을 세차게 내려놓으며 별것도 아닌 일에 정색했다.

"웃어? 지금까지 한 얘기는 없는 거로 해. 넌 인마, 정신 차리려면 아직 멀었어. 좀 더 있어 봐. 꿈에서도 울고 있을 테니."

하루하루가 악몽인 우유 배달을 떠올리며 서둘러 사과했다.

"사실 거길 내가 들어가려고 했는데 네놈 생각이 났어. 학교도 휴학했고 빌빌거린다는 소문을 들었어. 어머님이 돌아가시자 말이 아니라더군. 살아야 할 거 아니야!" 운운.

월급은 휴일 없이 근무하는 조건으로 약속과 달리 오십만 원 정도였는데 일이 다소 거시기해도 여러모로 파격이었다. 아니 평생직장으로 택해도 남는 일이었다. 살아 있지 않은 물체란 어감이 꺼림칙하긴 했으나 앞뒤 잴 수 없는 금액으로 상계되어 가슴이 설렜다.

"뭐, 오팔팔 영자도 아니고 시체 만지는 일이 재미있진 않겠지. 일당이 세면 자본주의 사회에는 다 이유가 있는 거야. 꾹 참으면 이력이 붙는다. 무슨 일이든 탄력을 받으면 돈은 모이게 되어 있어. 네가 지금 곰보 째보 가릴 형편이냐! 어떻게 들어간 대학인데, 복학은 해야 할 거 아냐."

그로부터 사흘 후 병구 주선으로 시립 병원 영안실에 근무하게 되었다. 탐색이고 수습 기간이고 없었다. 과장은 내가 일류대 휴학생인 점을 마음에 들어 했고 눈도 마주치지 않는 사무장은 한 조를 이룰 최 씨를 소개하고는 일언반구 없이 돌아갔다. 그래도 전문직인데 주의사항이나 오리엔테이션 없이 바로 현장에 투입하는 게 수상쩍었다. 느낌이 으스스했는데 최 씨가 첫눈에 다가왔다. 잘생긴 얼굴이었다. 귀족적으로 보이는 콧날 하며 에게해(海) 진주를 연상시키는 목덜미 피부는 앞으로 일에 막연한 희망을 품게 했다.

"이리 와서 이분을 밀고 따라와요."

여기서부터 머리가 어수선했다. 최는 수상한 물체를 손짓하며 이분이라는 실물과 어울리지 않는 존칭이 칼날을 만지는 것처럼 선득했고 그가 실루엣을 가리키자 물건의 대상이 파악됐다.

최가 앞장서고 그 뒤를 따라다녔다. 얼마 안 가 유독 아무것도 표시되어 있지 않은 어떤 문 앞에 멈췄다. 복도 한가운데 쳐 놓은 근무자 외 출입금지라 쓴 붉은 글씨 차단막이 안과 밖 경계를 선명하게 그었다.

가정용 김치 냉장고를 열 배 늘린 대형 서랍이 놓여 있고, 가구는 일절 없는데 꽉 찬 느낌이 드는 곳이었다. 범람하는 조명의 밝기는 모든 영혼의 접근을 차단했다. 번호가 매겨진 구획된 칸 3호 서랍을 최가 당겼다. 믈론 그 안에 든 것이 냉동식품이 아닐 것은 알고 있었지만 정작 시체가 나오자 생게망게해졌다. 최는 남자 시체를 감싸 비스듬히 일으켰고 같은 방법으로 하라는 눈짓을 보냈다. 벌거벗겨져 있는 시체를 천으로 둘둘 감은 다음 트레이에 옮겨 놓고 새로운 손님을 밀어 넣자 서랍에 붙어 있는 표시등에 불이 켜졌다. 파일에 입고 날짜와 시간을 적었다. 이름은, 죄다 동명인 무명씨였다. 병구 말대로 우유 배달에 비교하면 힘든 일은 아니었다. 스스로 최면을 걸었다. 내가 상대하는 손님은 시건방을 떠는 사람이 아닌 황천객이야. 불평도 하지 않고 불만도 없어. 일이야.

다음 작업이 이어지기까지 최와 대기실에서 쉬었다. 최는 담배를 피워 물고 긴 숨을 내쉬었다. 최가 말했다.

"처음 치고 퍽 담담하게 일하는군요. 석 달을 조금 넘기지만 지금도 가슴이 답답합니다. 익숙해지기 쉽지 않네요."

어머니가 돌아가시자 바로 지옥문이 열렸다. 목구멍이 포도청인 현실은 바로 악몽이 됐다. 뒤통수를 치는 동료의 시기로 먹이를 쥐자마자 용의자로 몰렸다. 고작 이 년을 살았을 뿐인데, 약한 것끼리의 먹이 경쟁에 질렸다. 그런 하루를 사는 중인데, 그에게 경계망이 바로 걷혔다. 지금까지 이해되지 않는 감정이다.

"대학물을 먹었나 보죠."

"일단은 휴학 중입니다만 영구적일 수도 있고."

"아, 네. 나이는 나와 비슷할 거 같은데, 개띠 스물넷입니다."

"스물셋입니다. 돼지띠죠."

"친구로 지냅시다. 앞으로 한방을 쓸 처진데. 나 최동수요."

"박정혁입니다. 열심히 할 테니 잘 좀 가르쳐 주세요."

전화벨이 울리자 동수는 전화를 받지 않은 채 일어섰다.

"손님이 온 모양이오. 나갑시다."

어리둥절한 표정을 짓자 설명이 이어졌다.

"여기선 될 수 있는 한 지시를 말로 하지 않으려 해요. 아니 피한다고 보는 편이 옳을 거요. 어느 간호사는 날 무슨 괴물 취급을 한다니까. 기분 나쁜 직업임이 틀림없어. 여긴 등외인간(等外人間)만 수거해. 걸으며 얘기합시다."

"등외인간이라뇨. 여기서 쓰는 은어입니까?"

"아니오. 내가 붙인 이름이오. 여긴 주로 행사, 무연고, 극빈이나 사고로 신원을 확인할 수 없는 시체만 취급하기 때문이오."

"행사란 뭐의 줄임말입니까?"

행사? 헐렁한 바지를 입은 아이들의 춤이나 대형마트, 이런 연관어가 떠올랐으나 맞진 않을 것이다.

"우리, 지금부터 말을 놓지. 행사란 행려병자의 사망을 말하는데 주로 병인이 알코올이나 영양 장애로 오지. 여기선 왜 죽었는지 따지지 않아."

말이 중단됐다. 앰뷸런스 뒤 노란 포대에 씌워 있는 긴 덩어리를 향해 과장이란 사내가 최에게 눈짓했다. 그 주위는 우리 외 아무도 접근하지 않았다. 최는 과장이 안 보려고 애쓰는 물체 곁에 가 섰다. 순경이 무슨 서류를 건넸고 과장은 인상을 찌푸리며 사인을 했다. 최와 나는 손님을 운반대에 옮겨 놓았다. 영혼이 새어나간 시체는 크기보다 물리적으로 가벼웠다. 궁금했던 점을 최에게 물었다.

"이곳을 뭐라 부르나."

출입문은 세상과 상관없이 뚱해 보였다. 세상과 철저히 차단되고 격리된 비밀 장소란 뜻일까? 아무튼, 문을 여는 순간 세상이 달라져 보이는 곳이었다.

"다들 제멋대로 불러. 그렇다고 명칭이 없는 건 아니야. 더럽고 멀리하고 싶은 곳이어서 각자 부르는 이름이 있어. 잘 새겨들어."

최는 시체를 덮은 포대를 걷어냈다. 이 악취를 뭐라 해야 정확할까? 기억 중추 안에 저장된 냄새가 아니다. 그 악취만으로 죽은 자의 절망을 읽어냈다. 최는 스프레이를 꺼내 시체에 뿌렸다.

"이 시취는 썩어서 나는 게 아니야. 역 근처에 서성이며 아직 살아 있는 자에게도 맡을 수 있어. 이 사내 얼굴을 보라고 물 구경 못 한지 최소 삼 년은 됐을걸."

도무지 견딜 수가 없었다. 토하려고 했으나 아침과 점심을 걸러서인지 담즙만 찔끔 나왔다.

"이 일에 파묻히다 보면 묘한 느낌이 들어. 말로만 듣던 죽음이 우리 일과엔 늘 일상이니 겁이 없어졌어. 죽기 전 고통쯤이야 줄빳다 맞는 거와 비슷할 테니 잠시 참으면 그만이라는 생각이 들어. 이들을 보라구. 더 자세히 봐. 자신의 죽음조차 관심 없는 표정이야. 행사의 경우 대부분 이래."

최는 상자에서 가위를 꺼내 옷을 세로로 길게 잘라냈다. 최는 시체를 반듯이 누여 놓고 자세를 바르게 했다. 시체는 강직 현상으로 잘 펴지질 않았다. 최가 눈짓으로 다리 부분을 누를 것을 지시했으나 손이 움직여 주지 않았다. 최가 고개를 설레설레 저었다.

"아무리 처음이지만, 박형도 안 좋은 편견을 갖고 있군. 이번엔 내가 하는 걸 보기나 해."

손님의 다리를 누르자 옥수숫대가 꺾이는 소리가 거슬렸다. 최가 스프레이 통을 가리켰다.

"이건 소독약이야. 소독 효과를 노리려는 것이 아니라 냄새를 가리는 용도로 쓰이지. 때로는 때도 밀고. 뿌려!"

시체 낯바닥을 가능한 보지 않으려고 애쓰며 소독수를 뿌렸다. 성기는 단한 번도 용도에 맞게 써 본 적이 없는지 말라비틀어진 가지로 퇴화했다. 모래 알갱이 크기의 작은 벌레가 드문드문 남아 있는 거웃에서 기어 나왔다. 뒤로 자빠졌다. 문을 밀치고 나가자 성애가 깔린 목소리가 들렸다.

"잘 가게."

잘 가라고? 어디로? 어둡고 칙칙한 삼양동 반지하 자취방으로, 이름만 송인자(宋仁子)지 악랄하고 인정머리 없는 주인 여자가 사사건건 속을 뒤집는 그곳으로 가란 말이지.

"생각을 바꾼 걸 보니 자네도 사연이 깊군. 처음이니까 봐주는 거야."

손님은 정중하게 모셔졌다. 17번 서랍에 담기고 불이 켜졌다. 대기실로 돌아오니 우리 말고 인원이 더 있었다. 아까 다른 손님과 분간이 안 되는 살아있는 시체였다. 사내 둘은 안방을 차지하듯 바닥에 편하게 누워 연통 역할을 하는 입으로 역한 냄새를 마구 뿜어대고 있었다. 최가 말했다.

"성자며 천치이기도 한 여기 두 사람에게 소주는 생명수야! 그리곤 자기들이외 타인을 의식하지 않고 스스로 격리돼. 뇌가 없는 듯 사는데 말이야. 적응일까, 습관일까?"

오전 열 시부터 오후 열 시까지의 일은 세 구의 손님을 닦고 치장하고 분리하는 것으로 끝이었다. 힘다운 힘을 써 본 적이 거의 없었음에도 탈진 상태에 이르렀다. 최가 병원 뒤에 자리한 창고로 나를 밀어 넣었다.

"원래 여기는 운구 비품을 보관하는 곳이었지. 너저분한 것을 쌓고 버릴건 버리니까 이 정도 자리가 남더군. 이 더러운 도시에 몸을 뉠 공간이 있다는 게 나 같은 떠돌이에게 행운이지. 생활비 대부분을 집세로 토해내야 하니 사람들이 독해지는 거야. 이 침상은 예전에 상여였어."

"그동안 벌어서 뭐 했는데"

"뻔해, 간신히 살기만 했지. 묻지 말게. 알려고 들지도 말고. 난 나갈 건데 박형은 어떻게 할 거야."

"잘 거야. 온몸이 쑤시는군."

처음에는 다 그렇다며 최가 나갔다. 피곤했다. 지독한 병의 예후를 앓는 증상이었다. 너무 쉽게 결정했어. 김밥을 먹고 아스피린 두 알을 삼켰다. 그리고 어디론가 둥둥 떠다녔다. 바깥의 온갖 소음이 꿈에 뒤섞여 끌려 나왔다. 이게 무슨 냄새일까. 연결되지 않는 꿈속을 비집고 나를 옭아매 올리는 자극에 걸려 눈이 번쩍 떠졌다. 최가 튀긴 통닭을 놓고 소주를 마시고 있었다.

"그렇게 피곤했나? 생각 있으면 한잔해. 다음엔 박형이 사고."

지방 타는 냄새가 온몸의 세포와 위를 아우성치게 했다. 잘 튀겨진 닭을 먹으며 앞으로는 이렇게 맛있게 먹을 수 없을 거란 예감이 들었는데, 그 느낌은 평생 빗나가지 않았다. 먹자마자 잠속으로 떨어졌다. 그렇게 며칠이 갔다.

다시 일이 밀려들었다. 어제는 어제의 손님이 있었고, 오늘도 어세와 별 차이 없는 그만큼의 일거리가 돌아났다.

나는 시체에 손이 닿지 않도록 애를 썼고 최는 별 힘들임 없이 일 처리를 이어나갔다. 다른 팀은 연신 소주를 아가리에 부으며 죽은 자를 어시장 생선 만지듯 했다. 부딪칠 일도 없었지만, 일부러 찾아와 사무장이 건넨 유일한 지시는 절대 금주였다. 그것만 지키면 어지간한 잘못은 옐로카드로 넘어간다. 그런 지시를 들었어도 이해하지 못했는지 두 김 씨는 아침부터 저녁까지 소주를 수액 방울이 떨어뜨리듯 채웠다. 묘한 건 절대로 취하지 않는 것이다. 아침에 한 번 부어 넣은 취기가 저울에 달아놓은 것처럼 종일 일정했다. 그 둘은 환상의 콤비였다. 둘 사이를 궁금해하자 최가 말했다.

"이 병원이 생기기 전부터 있었던 사람들이래. 부인은 없는데 타인의 둥지 알을 쏟아 버리는 뻐꾸기 같은 자식은 있지. 우리와 월급이 달라. 병원 측은 그들이 여기 말고 갈 곳이 없다는 것을 알기에 후려치지. 그 둘은 불만이 없어. 대신 술 마시는 걸 묵인해. 우리는 마실 수 없어. 그게 우리의 계약 조건이야. 그들에 대해 알고 있는 건 이게 다야. 박형이나 궁금하지, 난 알고 싶지도 않고. 그런 사람들과 함께 살아왔으니까 짐작은 해. 여태 그들과 말 한마디 섞어 보지 못했어. 어쨌든 나도 그들도 이 직업이 무척 마음에 들어."

"그렇다고 마음에 든다고?"

"돈과 관련이 없는 건 아니지만, 무슨 신세가 이렇게까지 해서 살아야 하나 싶었고 둔감해지자 일이려니 했지. 주검을 다루다 보니 깊은 산속 숲 관리자가 된 기분이야. 숭고하다는 의미는 아니야. 향기만 다를 뿐이지. 그만!"

밥집 아줌마는 우리를 쓱 쳐다보고는 말라비틀어진 멸치에 소주 한 병, 컵두 개를 툭툭 깔았다. 최가 한 병을 반으로 갈라 따랐다. 희한하게 술은 이곳에 오면서 잘 마셔지질 않았다.

잠자리에서 최는 멀뚱히 천정만 바라보고 있었다. 그럴 수밖에 없는 것이 이곳은 TV나 라디오도 없었다. 책은 있어도 볼 기분이 아니었다. 창문이 없는데 벽틈으로 차가 질주하는 소리, 클랙슨, 여자 악다구니가 마구 들려왔다. 그런 소음이 정적의 무게를 더했다.

"이 일이 생각보단 쉽지 않군. 꼭 어머니 생전 게으르고 무책임하게 살았던 죄에 벌을 받는 거 같기도 하고, 그렇다고 해도 내가 죽기 전까지 이 형기가 끝나지 않을 거라는 예감도 들고. 최형은 전에 뭐 했어?"

"너무 많아 뭘 했는지 기억이 안 나! 악착같이 살아왔다고 말할밖에 들려줄 말이 없네. 늘 아침이면 도시에 막 상경한 십 년 전처럼 생경해."

"전직이 시인이었나. 말투가 까리까리해."

"직업 습관이야. 누구는 마구간에 태어나 잘 살다 갔는데, 이 몸은 쓰레기통에서 나서 그런지 시인과 거리가 아주 멀지. 밑바닥으로 안 해본 게 없어.

도둑질도 했었지. 손을 다쳐 아무 일도 못 하자 노숙을 했어. 영등포 지하철 역에서 노숙자끼리 싸움을 말리다 경찰서로 끌려갔는데 무슨 복이 터졌는지, 이런 도시에서 착하게 보이는 경찰이 여길 소개하더군. 그래서 아까 우리가 본 두 김 씨들보다 낫게 들어왔지. 자넨 여길 나가면 갈 곳이 있는가?”

“갈 곳도 오라는 곳도 없어. 막막해.”

“부모나 형제는?”

“친척도 없어. 아버지가 사대 독자였거든. 어머님이 이년 전에 돌아가셨어. 누나가 셋인데 하나같이 나를 천덕꾸러기로 여기네. 형제가 말이야!”

“이곳에는 꼭 이런 사람만 모인다니까. 그럼 옛날에 고생은 별로 안 해봤겠어.”

“그래서 더 힘든가 봐. 최형 어렸을 때 길 잃어본 적 있어?”

“아마 그런 식으로 고아가 됐겠지. 그런데?”

“초등학교 들어가기 전인데, 식구끼리 동물원에 갔었지. 코끼리를 보고 호랑이도 보던 중 옆을 보니까 아무도 없는 거야. 갑자기 세상이 움츠러들더군. 그런 기분이 요즘 재현되고 있어.”

최가 낄낄거렸다. 무척 기분 나쁜 웃음이었는데 섬뜩해 소름이 돋을 지경이었다.

“아주 재미있군. 내 인생에 자네 같은 사람을 잠시나마 곁에 둘 수 있다니. 어설프면 사는 게 힘들어. 나처럼 사는 걸 배우는 게 좋을 거야.”

“나처럼 이라니?”

“여기 오는 손님들은 묘한 게 있어. 도시 한구석에서 곰팡이처럼 구차하게 목숨을 이어가다 불현듯 순번이 오면 바람에 쏠려 여기로 온다는 거지. 나 같으면 이렇게 살 바에야 진작 명줄을 끊었을 텐데. 희한하지 않아? 저지를 의지가 없어서가 아니야. 자신의 삶을 중단할 결정권이 없어서 아닐까? 그렇듯 우리는 마음대로 죽지 못해. 사회가 죽음을 결정할 때까지 보이지 않는 힘의 재촉으로 살아가지. 그 시기를 질질 끌려면, 욕구를 소각하고 먹을 수 있게 생긴 건 닥치는 대로 먹기. 타인 근처에 얼씬거리지 말기."

그다음 날 이 일을 그만둘 결심을 했으나 그러질 못했다. 그다음 날도, 일주일 내내 위층에 서성이다 사무장 눈치를 보며 내려왔다. 이유는 스스로 알고 있었다. 최의 말대로 살아야 하는 의지가 전부였다. 그런 식으로 적응이 되어 갔다. 이 직업은 일요일이 없었다.

보름 동안 우리 손을 거친 손님이 사십 칠 구였다. 그중 행사가 서른두 구에 고독사는 열넷이었으며 뺑소니로 인한 교통사고가 한 구 끼어 있었다. 죽은 자를 위로하기 위해 온 모임은 한 번도 보질 못했다.

조금씩, 이 생활에 길들여지자 이상한 점이 눈에 띄었다. 일정 기간이 지난 무명씨들이 살아 움직여 거래됐다. 그 거래품 대부분은 아직 상하지 않은 행려병자였는데, 쓰임새는 의학 실습용이었다. 행사는 대부분 영양 장애가 사망 원인이어서 병리 연구를 위한 의학적 가치는 전혀 없었다. 다만 해부 도감과 얼마나 다른지 비교하려고 각종 장기의 여기저기를 뒤져보는 의료 실습용으로 거래가 이루어지고 있음을 눈치로 때려잡았다. 그리고 남는건 소각처분이었다. 내가 본 느낌을 최에게 소곤거리자 대답이 엉뚱했다.

"그게 어떻단 말인가. 무슨 비리를 발견한 내부자 심정이 됐어? 사자 명예 훼손으로 연결한 건 아니고?"

"최형은 알고 있었군. 얼마나 비정한 일이냐고. 아무리 죽은 사람이지만 누군가 동의는 있어야 하는 거 아닌가?"

"누구의 동의? 여기 무명씨들은 살아 있었을 때부터 가치가 없으니 주인이 없었어. 다만 언젠가 이곳으로 흘러들 대기자 신분이었지. 그럼 염라대왕 결재를 받아야 해? 이 철부지야 똑바로 들어. 이 도시에서만 해마다 이천 명이상 행방불명되고 그만큼을 넘긴 숫자가 무연고 시체로 도시 구석구석에서 발견되지. 그 이천 명이라는 숫자, 오천만 명이라는 수에 비해 약소하나 마을 단위로 따지면 어마어마한 머릿수야. 하지만 그 숫자가 엄청나다 하더라도 쓸모가 없으니 사람이 아니라 폐기물이지."

거기까지 생각하고 한 말은 아니었다. 멈칫거리자 한심하다며 다음 말을 이었다.

"시청에 천국행 장례과를 설치해 공개 수습했으면 좋겠지. 산 자도 방기하는 이 나라에서 버려진 자를 배려하는 건 민주 시스템으로 되는 게 아니라 선거철 정치꾼의 지지도에 좌우되지. 죽은 자는 투표권이 없어. 투표권이 없는 짐승이 처리되고 있는 이 방식은 동물 왕국에서 하이에나가 썩은 짐승을 먹어 치우는 것처럼 아주 자연스러운 거야. 그나저나 너 죽으면 묻어줄 사람은 있는 거야. 난 없다! 나도 나중에 여기 손님으로 올지 모르는 일이야."

난 없다는 탄식이 소름 끼쳤다. 자기 또한 젊음이 가버리면 이곳 신세를 질지 모른다는 의미였고, 나에게도 해당하는 조항이자 예언이었다. 열심히 살아야겠다는 막연한 각오보다 독해지고 악해져야 하는 자세가 필요했다.

안치실에 칸칸이 쟁여져 있는, 한때 펄펄 살아 단 한 번이라도 옹골진 섹스를 했던, 이름이 모두 무명씨(無名氏)인 손님을 일일이 일으켜 세워 물어보고 싶다. 지금 당신이 예쁘게 단장되어 팔려 가는데 소감이 어떠냐.

"아직 정신 못 차렸군. 서울에 떨어진 지 한 십 년 전이었어. 짱께집에서 쫓겨나 거리에 빈둥거리기 시작했지. 그러다 보니 몸에 냄새가 나더군. 나를 사러 온 연놈들이 상품에 냄새가 나니 상한 줄 알고 한쪽으로 제쳐놓더군. 아주 자연스럽게 거리 사람들과 어울리게 됐지. 지하도와 역, 늘 음지인 거리에서 그들과 생활했어. 함께 생활하던 어느 날 그들 중 한 사람이 얼어 죽었어. 등외인간답지 않게 몹시 침울해하더군. 묻자는 주장과 거리에 내놓자는 의견이 팽팽했는데 새벽이 다가오자 묻자는 주장은 여명과 함께 급히 사그라들었어. 네 명이 죽은 자의 사지 한쪽씩 잡고 거리로 나왔어. 근처에 서성였어. 동이 확 뜨자 어떻게 알았는지 봉고차가 저승사자처럼 왔고 그 시체를 무슨 쓰레기 치우듯 차에 실었어. 그들은 전 과정을 숨죽여 보더군."

"감명 깊군!"

내 비아냥에 최는 이 근처를 배회하는 귀신처럼 낄낄거렸다. 기름에 튀긴 통닭이 먹고 싶다, 말했고 최는 베풀었다. 억지로 마시는 몇 잔 술이 근육을 이완시켰다. 최는 딱 한 잔 이외 입에 대질 않았다. 불쌍한 내 식욕을 바라보는 최의 눈에 불현듯 어렸을 적 기억 속의 어머니가 겹쳐졌다.

최의 이야기를 듣고 나서인지 시체를 다루는 일이 껄끄럽다거나 이곳 분위기가 괴기스럽게 느껴지지 않았다. 손님 챙기는 일에 저승 노자를 얹어주고 싶을 정도로 연민의 감정이 일었다. 밖은 세찬 바람이 부는데 안은 평온하다. 그런 기분이었다. 하루 지나면 그만큼 돈이 모아졌다. 나는 터무니없이 복학을 꿈꾸고 있었다.

벌어진 무명씨 입을 다물리고 소독수로 몸을 샅샅이 닦아 냈다. 최는 이런 나를 물끄러미 바라봤다. 이 일이 손에 익었다고 시건방을 떨 무렵 감히 두 김 씨에게 분업을 제안했다. 설득시키고 타이르는 방법으로 소주 한 병이면 충분했다. 갓 들어온 시체에서 이주하는 좁쌀만 한 까만 벌레가 가끔 꿈에 나왔기 때문이다.

그들은 차에 실린 손님을 꺼내 포장을 벗기고 트레이에 반듯이 놓는다. 최와 나는 하이타이와 솔을 사용하여 잘 그슬린 개가죽을 눈부시게 닦아 내듯 정성을 들이면 된다. 우린 여기까지만 하면 됐다. 두 김 씨가 손님을 서랍에 차곡차곡 쌓는 마무리까지 했으니까.

그 후 조용한 거래가 이루어지고 손님이 오고 갔지만 속으로 명복을 빌어주는 것으로 안 본 척했다. 그래 너희들은 꼴리는 대로 하라! 아수라 세상에서 침묵하며 살기에 최적 환경이었다.

지겨운 여름이 그런 식으로 움직여 갔다. 긴 소매가 달린 두꺼운 작업복을 벗기 싫어 하루에 한 양동이 땀을 쏟아냈으나 작업 여건으로 덥다는 느낌은 들지 않았다. 다만, 많은 힘이 드는 일이 아닌데도 손님의 부패 정도에 따라 강도를 높인 소독약으로 체중이 내려앉았다. 이곳에 올 때 62kg에서 6kg이 소리 없이 떨어져 나갔다.

그러던 어느 날 우리는 새로운 손님을 맞이했다. 육 개월 만에 처음 대하는 이성이었다. 최에게 눈짓을 던지자 그도 처음이라 했다. 초로의 여자였다.

도스토옙스키 말대로 여자는 밑천을 타고나서 그런지 이곳에서도 남자에 비해 살아서나 죽어서나 대우받는 편이었다. 행려 사망자 경우 그런 희귀성이 섞여 있다고 했다. 사인은 대부분 미쳤거나 약물 중독일 거라는 최의 설명이 이어졌다.

늙은 여자 몸은 지금까지 온 손님 중 가장 더러웠다. 썩어가는 배추에 식초를 부어 놓은 듯한 냄새로 작업하기 힘들었다. 우리는 늘 하던 식으로 내가 왼쪽을 맡고 최가 오른쪽을 맡아 작업을 했다. 그렇게 하고 있는데 갑자기 최가 달려들었다. 최가 고무장갑을 벗고 여자 손에 자신의 손을 나란히 갖다 댔다. 여기서는 신조차 고무장갑을 벗지 않을 터였다.

"비슷하지. 이 아주머니 손과 내 손 말이야."

서로 손가락이 길어 시큰둥하게 그래, 라고 말했는데, 괜히 목소리 끝이 불길했다. 최가 더 자세히 보기를 강요했다.

"아니, 그렇게 말고 더 자세히 보라고. 여기 손목 부분 말이야. 약간 튕겨 나왔잖아. 내 손목도 이래."

최가 의도하는 말이 무슨 뜻인지 느낌이 오자 장단을 어디다 맞춰야 할지 황당해졌다.

"너는 다치지 않았더라도 이 아주머니가 손목을 다쳤을지 모르잖아. 입 다물고 작업이나 하자고."

최의 손이 얼굴을 덮은 천에 옮겨갔다. 그 앞을 막아섰다.

"이러지 마. 사자 모독이야."

"아냐. 확인해야겠어. 이 손 놔!"

천이 벗겨지고 여자 얼굴이 드러났다. 여자는 악몽으로 나타날 정도로 험악했다. 최가 중얼거렸다.

"독극물에 의한 자살이군."

최는 여자의 강직된 얼굴을 맨손으로 어루만져 표정을 가다듬었다. 그제야 평온해진 여자 얼굴에 자신의 얼굴을 갖다 댔다.

"어때? 코와 눈이 닮았지?"

아무리 보아도 전혀 닮지 않았다. 뭐라고 할까. 여자 얼굴은 선이 굵고 광대뼈가 도드라졌으며 인중이 길면 오래 산다는 편견을 무시한, 팔자 사납게 생겼다. 반면 최는 모진 고생을 했음에도 귀족형으로 보이는 정우성이다. 강경하게 아니라고 말했다. 스스로 높아진 목소리에 놀랐고, 최는 그 점을 의심하는 듯했다. 최가 여자를 찬찬히 뜯어 보았다. 얼굴을 덮고 작업을 종용했어도 최는 덮인 얼굴에 시선을 떼지 않았다. 이 작업은 혼자 할 수밖에 없었다. 태풍은 그 후에 몰아쳤다. 최가 작업을 성실히 하지 않았다. 손님은 제대로 닦여지지 않은 채로 서랍에 채워졌고 출고할 상품을 찾는 상담자 입에서 불평이 나왔다. 우리 분업은 자연스럽게 깨졌다.

최는 점점 거칠어졌다. 말을 붙이면 최는 밖으로 돌았다. 눈에 돋은 핏발과 가시랭이진 입술은 갈라지고 터졌다. 사무실에서 불평이 가중됐다. 나조차 위태로웠다. 쟁여 넣은 시체의 좆을 물든 어떻게 하든지 대학은 졸업해야 했다. 높은 학교 졸업장이나마 갖고 있지 않으면 하위 경쟁에서 탈락하는 사회다. 사실 최의 감정에 휩쓸리고 싶지 않았다.

가을답지 않은 비가 남부를 제외하고 나머지 지역에 퍼부었다. 우습게도 이 일은 비가 오면 마침표를 찍은 듯 멈춰졌다. 지금도 비만 오면 왠지 세상의 잘못을 용서하고 싶어진다. 잠이 솔솔 왔다. 의자에 기댄 채 오는 잠에 몸을 맡겼다. 문이 거세게 열리고 심장이 '쿵' 하고 바닥에 떨어졌다.

최는 술에 취해 있었다. 그와 함께 있는 동안 한 번도 본 적이 없는 모습이었다. 최의 손에 술병이 들려 있었고 그것을 본 두 김 씨 얼굴에 웃음이 담겼다. 최를 끌고 이목을 피해 밖으로 나왔다.

"왜 그래?"

"구호 손님 아직 안 나갔지!"

"내일 출고 될 거 같은데."

최가 나를 밀치고 안으로 들어갔다. 무슨 소동이 일어날 것 같은 불안이 뭉게뭉게 피어올랐으므로 가만히 있을 수는 없었다. 그 뒤를 따라갔을 때 소동은 이미 걷잡을 수 없게 번졌다.

한 경계에 있다가 바깥으로 나오면 선택된 자만 느낄 수 있는 압력에 의해 동공이 확장되는 기분이 인다. 안에서 밖으로 끌려 나온 건지 밖에서 안으로 밀려 들어간 건지 느낌이 불분명했다. 자기장에 끌려 따라나서자 비에 심심해진 사람들이 최의 근처에 몰려 있었다. 두 김 씨는 무엇 때문인지 몰라도 땅바닥을 엉금엉금 기고 사무장과 과장이 최를 달래고 있었다. 최는 여자 시체를 업고 술병을 깨서 휘둘렀다. 사무장이 나잇값을 하느라고 말을 뗐다.

"이봐 동수. 지금 자네가 무슨 짓을 하고 있는지 알아? 지금 시체를 유기하려는 거야 뭐야. 고분고분히 내려놓지 않으면 경찰을 부를 거야."

서서히 술이 깨고 있는 최의 얼굴은 급해 보였다.

"개새끼들, 이건 내 엄마라고. 내가 내 엄마를 모시고 가겠다는데 니들이 뭔데 거치적거리는 거야. 비키지 않으면 다 죽여 버리겠어."

과장이 끼어들었다.

"저 사람 기어코 미쳤군. 어이, 빨리 경찰을 불러. 더 남세스러운 꼴 보이지 말고. 미친놈 붙잡고 뭐 하자는 거야."

최가 병을 휘두르며 조금씩 나아갔다. 다들 목숨을 아끼는 자뿐이어서 앞길은 손이 휘둘러지는 대로 열렸다. 하늘이 짙은 먹구름으로 불안과 광기를 조장했다. 때맞춰 비가 줄기차게 쏟아졌다. 경찰이 몰려왔다. 동수 모습은 지쳐 보였고 모진 바람이 부는 방향으로 비틀거렸다. 시체를 업은 동수가 기우뚱거린다 싶더니 앞으로 넘어졌다. 광목포가 벗겨지고 여자 시신이 동수와 함께 나동그라졌다. 그 순간을 놓치지 않고 경찰이 동수를 옭아맸다.

여자의 벌거벗은 시신은 한참을 방조자 앞에 방치되어 있었는데 나 또한 정신 차리지 못했다. 동수가 경찰에 밟히며 외치는 소리를 듣지 못했다면 나나 구경꾼이나 동수 눈에 별반 차이가 없었으리라.

"야, 정혁아, 우리 엄마 좀 모셔 줘. 얼른 덮어 새꺄!"

세상 모든 움직임이 정지되고 막막한 적요 속으로 빠졌다. 얼굴을 때리는 무지막지한 비가 이성을 깨우고 있었지만, 방관자가 쏜 화살에 박힌 사지가 마비되어 제대로 움직여지지 않았다. 눈물은 하염없이 쏟아졌고, 육신의 기능은 울음만 살아 있었다. 너무 아파 엉엉 소리 내어 울었다. 나는 여자를 감싸 안고 옮기기 위해 버둥거렸다. 이리 넘어지고 저리 넘어지며 통곡했다. 세상으로부터 받은 온기를 더럽고, 치사해 되돌려 준 것처럼 성애를 뒤집어쓴 시체는 신의 일조한 모진 바람으로, 동수가 일껏 방어해 덮은 담요를 들춰냈다. 세상 사람 전부를 향한 살의가 들끓었다.

얼굴을 가리면 음부가 드러났고 거웃이 듬성듬성한 음부를 가리면 얼굴과 어깨가 여지없이 드러났다. 폭우에 터져버린 논두렁을 메우려는 내 노력은 허사였다. 누군가 어깨를 잡았다.

이 사건으로 한참 시끄러웠다. 동수는 쫓겨났다. 곧바로 대타가 들어왔다. 다소 모자라는 사내였으나 이 분야에 유경험자였으므로 무리 없이 꾸려나갔다.

동수 행위는 나의 미친 짓과 장황한 설명으로 훈계 방면됐다. 나는 우습게도 시선을 집중시킨 사람들로부터 동정을 받아 그다음 달부터 행정업무를 보게 됐다. 사람다운 일이었다.

초겨울에 동수로부터 만나자는 전화를 받았다. 당시 동수는 단순한 동료가 아니었다. 그가 내게 같은 감정을 가졌을지 모르겠으나 동수는 형제 이상이었다. 나는 이 빌어먹을 도시에 홀로 남겨졌다. 이인 일조 경기에서 홀로 싸워야 하는 불리한 위치에 놓인 기분이었다.

여자 손님은 서울역 양동에 거주하는 늙은 창녀였다. 입에 풀칠하기 어려운 처지와 신병을 비관해 음독자살했는데 집창촌 주인이었던 뚜쟁이가 시체를 유기한 것이다. 출산 경험이 없어 동수 모친은 아닐 거라는 추정으로 끝을 맺었다. 동수 손을 잡았다. 매우 거칠어져 있었다.

"어디 있었어."

"이 도시를 벗어나진 못했어. 여기저기."

"나, 방 있어. 같이 살래?"

"싫어. 밥 사줘! 어제부터 아무것도 먹지 못했어."

동수는 무려 다섯 공깃밥을 비웠다. 측은했다. 내가 소주 한 병을 비울 동안 그는 소주잔을 만지작거리기만 했다.

"그날 왜 그랬어?"

"난 정말 내 엄마인 줄 알았어. 처음에는 이런 꼴로 나타난 엄마가 원망스러웠고 그다음은 여기에 뒤선 안 된다고 생각했지."

"엄마라구? 엄마였어도 널 버렸잖아!"

"그걸 말이라고 하나! 앞으론 너도 잊을 거야."

동수가 일어섰다. 그는 이제 그림자가 됐다. 겨우 소주 한 병을 비웠는데 세상이 몹시 흔들렸다. 멀어져가는 동수를 붙잡아 가지고 있는 돈 전부인 삼만 원을 쥐여 주었다. 동수가 그림자가 돼서 거미줄이라도 매달리려는 누군가에게 말했다.

"앞으로 누구도 동정하지 마! 약하게 살면 제자리를 걷게 돼. 살아남아야 하지 않겠어!"

그 후 일 년이 지나 복학을 했다. 몇 명의 규수를 창녀 대용으로 사귀었고 각종 아르바이트를 해 간신히 졸업할 수 있었다. 그리곤 전도가 유망하지 않은 중소기업 샐러리맨이 되면서 살아남는 데 훨씬 나아졌다. 등을 기댈 아내는 과장 대리 타이틀을 딴 뒤 계약했다.

스무 해가 지난 지금, 가끔이지만, 늦은 밤 지하철역 주변이나 근처 골목에 서성이는 그들을 본다. 가로등 불빛 아래 검게 보이는 그들은 일반인과 명확하게 구분된다. 계절에 맞지 않는 옷차림 때문이 아니다. 죽기 전 이미 부패가 시작되는 냄새가 그들과 나를 가른다. 그들은 자세히 보려 들지 않으면 보이지 않는 실체이다. 그들과 시선이 얽히면 나는 얼른 고개를 돌린다. 그리고 발걸음을 빨리한다.

단편소설 深里

深里

심리. 예지력이 떨어진 무당이나 낚시 말고는 삶의 재미가 없는 꾼이 찾는 곳이었다. 마을 사람들은 몹시 배타적이어서 왠 사내의 이사에 시큰둥하고 틈입자로 간주했으나 미경은 까닭 없이 사내의 등장을 좋은 마음으로 맞이했다.

오랜 수형 기간으로 바짝 말려진 권태가 이곳 마을 사람에게 깃들어 있었다. 이곳 주민이, 아무 이야기나 지껄이며 바다를 바라보다 고개를 돌려 정혁이 단출한 이삿짐을 옮기는 것을 무연히 봤다. 뭐, 뱃일이나 막노동을 하는 쌍판은 아니었고 거친 노동과는 어울리지 않는 가녀린 손을 가진 사내여서 차차로 궁금증을 풀어나가기로 했다. 심리에 시간은 널려있었다.

사내의 몸피는 난쟁이는 아니지만 표준 키보다 훨씬 작았고, 말라 보이나 송곳 사촌은 아니었다. 가까이 가보니 방패를 뚫을 듯한 눈빛이 이곳 주민과 한눈에 뚜렷이 구별됐다. 그런 연유로, 뱃일로 늙었으나 말로는 아직 팔팔하다고 정력을 과시하는 노인은 정혁의 눈빛에 거리감을 느꼈다.

미경은 위층 창을 열고, 낡은 SUV를 타고 들어오는 정혁을 다 봤으면서도 안 본 체하는 마을 주민의 모임을 파노라마로 봤다. 심리 주민은 간혹 마산에 가면 잔뜩 주눅이 들었지만, 이상하게도 외부 사람이 심리에 오면 무시하는 경향이 있었다. 그런 연유로 길을 잃은 자가 아니면 심리에 오는 자가 드물었다.

사내가 옮긴 집은 격에 맞지 않는 이름으로 지어진 심리별장 207호였다. 바다를 정면으로 마주한 바닷바람에 젖은 연립주택형 건축물이었으나 미경이 보기에는 그저 세상의 감옥이나 비슷했다. 도장 부스럼처럼 널린 심리의 빈집은 한 달을 주기로 누군가 들어왔다가 나갔다. 심리란 동네에서 미경은 과대망상증 환자이자 미친 암캐로 취급받아 그녀와 주민은 마주치기만 해도 자기장의 척력(斥力)이 생겨 서로를 밀어냈다.

이삿짐은 사내가 타고 온 SUV 차에 반도 실리지 않았다. 미경은 심리 주민과 같은 생각을 하고 있지 않았고, 자신의 이상형은 아니었지만, 정혁이 심리별장으로 들어오자 차별은 고사하고 괜히 그를 자신의 자궁 안으로 가둔 듯이 마음이 푸근해졌다. 원래, 미경은 어려운 시대에 대학을 나온 것에 자부심이 있었고 그만큼 주민들을 가소롭게 생각했다. 미경은 내려가 아무도 거들떠보지 않는 사내를 돕기로 했다.

"제가 뭐 도울 거 없어요?"

미경은 경상도 억양이 섞인 표준말로 물었다. 정혁은 미경의 거대한 몸집과 실제 하회탈을 뒤집어쓴 듯한 웃음 짓는 얼굴에 놀라자빠졌다. 조금 진정되자, 나중에야 자신의 이름을 박정혁으로 밝힌 사내가 쏘는 눈으로 덤덤하게 강경한 의지를 담아 말했다.

이게 답니다.

차 안에 책으로 보이는 상자와 병이 잔뜩 든 한 상자뿐이었다. 미경이 허락 없이 상자에 손을 데려고 하자 경고음을 내며 정혁이 소리쳤다.

아, 그거 조심해야 합니다. 깨지는 겁니다.

미경은 살짝 기분이 나빴다. 그 정도 조심성이 없을까 봐. 미경은 정혁의 못 같은 눈길에 잠시 멈칫했으나 그건 정혁도 마찬가지였다. 저게 사람인가? 괴물인가? 사회 경험상 무서운 여자임은 틀림없을 거다. 스쳐 견주었지만 185cm인 친구 키와 비슷했고 덩치는 소싸움 경기장에 묵직한 걸음으로 등장하는 투우를 연상시켰다. 반백 년간 아무 생각 없이 살았던 서울에선 한 번도 본 적이 없는 여자 사람이었다. 게다가 가슴은 여성미의 심볼이 아닌 근육 덩어리로 보였고 보풀 투성인 바지 가운데가 볼록하지 않은 것으로 남

단편소설 深里

자와 구별됐다. 목소리도 사포로 갈아 놓은 듯 앙칼졌다. 첫날은 그렇게 맞이하고 보냈다.

미경은 늘 창밖으로 유순한 바다를 실없이 바라봤다. 사람들은 바다의 그런 태도를 깔보다 된통 당하기도 했고, 바다가 세상을 뒤엎을 듯 폭동을 일으키다가 씨받이로 끌려온 순이처럼 유순해져야 바다에 쓰레기를 함부로 버렸다.

사내는 일주일이 지나도 통 나오지 않았다. 무엇보다도 도시 사람이라면 바다에 환장할 터인데 그는 어떤 힘에 갇혀 있었다. 창밖으로 들리는 왁자한 소리에서 골라낸 말은, 바다가 보이는 방향에서 누가 밤마다 울부짖어 꿈자리가 뒤숭숭하다는 이곳 여자들의 수다에 막연히 사내를 떠올렸다. 그건 미경의 예지였다.

사내는 왜 스스로 갇혀 있는 것일까. 아마 사내는 나처럼 사업을 부도내고 숨을 곳의 적격인 심리로 스며든 것일지도 모른다. 미경의 이런 생각은 사내의 가치를 하락시켰다. 그렇다고 궁금증마저 사라진 것은 아니었다.

한때 미경은 죽고 싶었고 시도한 적도 있었다. 그 죽음에 대한 욕망은 우리에서 푸른 들판으로 뛰어들고 싶어 환장한 망아지처럼 삶에 대한 갈망과 똑같은 무게로 미경에게 적용됐다. 다만 늙은 엄마의 방해로 연장됐을 뿐이다. 어떻게 뒤집어 보면 스스로 죽이는 행위는 원한이 깊은 대상을 실제 죽이는 것만큼 어려운 것이다.

미경은 지천에 자라고 있는 부추를 뽑아 빈대떡 두 장으로 방문 핑곗거리를 만들었다. 아래층 기미를 살핀 다음, 자신이 소유하고 있는 것 중 근사한 접시에 빈대떡을 담았다. 하찮은 사람의 입방아가 두렵지는 않았지만, 날을 세운 눈총은 거치적거렸다. 누가 똥을 무서워하겠는가?

문을 살짝 두드려서 그런지 반응이 없었다. 혹시, 궁지에 몰린 인간들이 그러하듯 이미 끝낸 것은 아닐까? 하는 의문이 들어 확인해 보고 싶었다. 미경이 문을 톡 건드리자 가벼운 여자의 가랑이처럼 훅하고 열렸다.

아, 아무리 자기 공간이지만 담배 피울 동안은 창문을 열어야지! 이것만으로 사내의 정신 상태를 알겠다. 이 자는 제멋대로 사는 짜증 나는 놈이 틀림없다고 생각했다. 사내가 이사 오기 전부터 아니 태곳적부터 붙어 있는 벽시계를 보니 오전 아홉 시였다. 늘 희망을 외치는 일반인에게는 늦은 시간이겠으나 접근금지 명찰을 달고 사는 루저에게는 새벽이었다.

구석에 기어 다니는 지네가 보였다. 저건 반드시 때려잡아야 했다. 모기나 파리는 지네에 비교한다면 물뱀과 살모사의 차이가 난다. 한 번 물리면 고통은 고사하고 일주일은 통통 부어 타인에게 이상한 상상력을 떠올리게 했다. 미경은 악몽에 휩싸여 자는 사내 옆에 있는 책으로 지네를 꽝 내리쳤다. 정혁의 비명이 납작해진 지네의 비명으로 들리는 환청에 미경의 순수한 의도가 잘못된 방향으로 흘러 미경과 정혁은 동시에 깜짝 놀라 소리를 질렀다.

정혁이 벌떡 일어나 앉았다. 미쳐 깨어나지 못한 위축된 성기가 어리바리해 보였다. 정혁은 안경을 찾아 썼다. 조금 전의 기억으론 분명 해가 잘 뜨는 걸 보고 집으로 돌아왔다. 느닷없이 모든 게 생경했고 분명 꿈은 아니었다. 정혁은 앞에 있는 금강역사처럼 생긴 거대한 목조상이 꿈틀거리며 포악성을 갖고 움직인다는 착각을 받았다. 언젠가 봤던 거인이었다.

여자는 형광등 빛을 가릴 만큼 거대했다. 그 크기는 거실 전체와 올려다본 천정을 회색 그림자가 덮쳐오기 일보 직전이었다. 정혁은 그런 위압적인 쓰나미에 압도당했다기보다는 이미 뜬 태양을 덮은 웅장함에 압도돼 입이 얼었다. 정혁은 한없이 쫄아 그저 웅얼거렸다.

"뭐라고요?"

미경은 나름 조용하게 말했으나 해장이어서인지 성량 조절이 안 되어 굉음이 거실을 울렸다. 일 분 정도 시간이 지나서야 정혁은 사태가 파악되자 또박또박 말했다. 정혁은 털썩 주저앉아 추레한 성기를 가렸다. 미경은 정혁의 수줍어한 태도에 가소롭기도 하고 웃음이 나왔다.

무슨 일입니까. 왜, 남의 소유지에 무단 침범을 하는 거요!

미경은 검붉은 색의 커튼을 걷으며,

"배고프실까 봐 빈대떡 가지고 왔어요, 이곳 주민들은 내 빈대떡에 환장해요. 내 유일한 무기죠. 배고프지 않아요?"

물어봐 줘서 고맙기도 하고, 낯선 곳에서 편을 얻은 느낌이기도 해 미경의 물음으로 유혹에 가까울 정도로 시장기가 돌았다. 당장은 모든 게 귀찮았다. 어제 밤새워 마신 술로 속은 기분 나쁘게 메슥거렸다. 우렁찬 미경의 음파(音波)에 뇌가 흔들렸다. 정혁은 미경에게 옷 갈아입게 나가 달라고 했다. 미경은 본 것에 주도권을 쥐고 있다고 생각해 창밖에 시선을 두고 말했다.

"괜찮아요. 누나라 생각해요. 밖을 보고 있을 테니 얼릉 입어요. 커피, 어디 있어요? 내가 맛있게 끓여 드릴게요."

괜찮다니? 당신이 내 엄마라도 되는가? 하긴 미경에게 여성성을 느끼지 못했으니 패를 노골적으로 보여준다고 하더라도 상관은 없었다. 정혁은 무람없이 벗어놓은 역순으로 옷을 꿰었다. 미경은 그동안 물을 끓였다. 베트남 커피 향이 제정신으로 돌려놓았다.

미경은 정혁 앞에 커피를 부어 놓고 자신도 한 잔을 소파 앞 테이블에 놓았다. 그리고 줄곧 궁금했던 생각을 해쳐 놓았다.

"밤에 잠을 안 자요? 아까 정 선장 마누라가 밤이면 어느 미친놈이 바닷가를 울며 헤맨다는데 혹시 그대 아니에요? 참, 내 이름은 박미경이예요. 얼마 전 육갑이 지났어요. 그쪽 이름은 뭐예요?"

정혁이 머뭇거리자 미경이 단락된 말을 이었다.

"정말 미친놈처럼 밤 중에 돌아다녀요? 그럼 안 돼요. 그러다 갯바위에서 미끄러지면 얼마나 위험한지 알아요? 여긴 태풍이 오면 아래층에 숨어 있어도 죽을 수 있어요. 예전 태풍 매미 때 일 층 반이 잠긴 적이 있었데요."

파도 소리가 이렇게 큰데 내 울음이 들렸단 말인가? 이곳에서 관심은 우호

적이지 않았다.

"죽을 자리를 찾아 여기 왔어요? 하긴 여기 물이 맑아 죽고 싶긴 해요. 목을 매거나 번개탄을 이용하거나 고층 아파트에서 떨어지는 거에 비하면 우아하긴 하지요. 예전에 무슨 사업을 하다가 망했나 봐요?"

밉다 밉다 하니까 갈수록 태산이다. 버릇도 없고, 아무도 신경 쓰지 않는 옷매무새가 함부로 사는 여자로 보이게 했다. 정혁은 미경을 밀었다. 여자의 등은 투포환 선수처럼 탄탄해 끄떡하지 않았다.

어차피 술도 떨어졌고 배도 고팠다. 돈은 아내의 배려로 넉넉했다. 마산에 가려고 집을 나섰다. 정혁이 차 문을 열자 미경이 다급한 목소리로 쿵쾅거리며 다가왔다. 혹시 마산에 가려면 자기도 볼일이 있으니 같이 가자고 했다. 가져온 빈대떡도 있고 걱정 투의 말에 거절할 명분이 없었다. 미경은 뻔뻔함과 도도함이 적절하게 버무리며 옆자리에 앉았다. 정혁이 뒷좌석을 가리켰으나 미경은 앞을 고집스레 보며 꿈쩍하지 않았다.

안에서 밖으로 나오자 소문 꺼리를 기다리다 돌 지경이 된 눈들이 미경과 정혁을 향해 몰려들었다. 여섯 명의 혼성 노인네가 회를 산더미처럼 쌓아 놓고 오전 열 시부터 됫병 소주를 마시고 있었다. 나중에 안 더 약한 놈의 괴물인 개철이가 정혁에게 친근한 척 다가왔다.

"어디, 시내 가요? 이리 와서 인사도 하고 안면 좀 트지요. 그럼 오면서, 집들이 기념으로 쐬주 몇 병과 냉동 삼겹살 좀 사 와요. 그냥 와도 되는데 안주 쪼매 부족할 거 같아서."

정혁은 그러겠다고 했다. 차가 움직이자마자 미경이 다 들려도 괜찮다는 듯이 종알거렸다. 마트에 가면 누가 돼지고기는 거저 주나? 이곳 주민들과 어울리지 마세요. 이곳 사람들은 말이야. 염치가 없어. 나중에 생각해보니 그것도 맞는 말이었다.

미경이 돼지국밥집을 크고 굵은 손가락으로 가리켰다. 심리에서 아주 오랜 만에 나온 미경의 등장은 특이한 볼거리였다. TV에 노상 나오는 배우를 대낮에 따귀 맞듯이 보게 되면 긴가민가하기 마련이다. 그러거나 말거나 바래고 늘어진 정체성이 애매한 옷가지를 그대로 입고 나온 미경은 오히려 관객을 무시하는 압박을 주어 무시무시함을 과시했다. 미경은 자신을 관찰하는 구경꾼을 신경 쓰지 않았다. 아니 자신이 홀딱 벗고 싶다면 벗을 기세였다.

마트에서 포도주 열 병을 담았다. 미경은 포도주 가격표를 보고 눈살을 찌푸렸다. 이거 한 병이면 소주가 이십 병이라며 자신의 사는 것처럼 투덜거리며 막걸리 몇 병과 고기류, 두부와 오이 등 여러 가지 찬거리를 이동 수레에 담았다. 정혁은 나중에 편하게 계산하려면 분류해야 하지 않을까 잠시 생각했다.

미경은 뻔뻔하게도 자신이 고른 물품을 계산하게 했다. 조금 전만 하더라도 심리 주민이 고의로 강요한 소주 몇 병에 대해 염치없는 짓이라 하면서도 그녀의 태도는 수행비서를 둔 유한마담처럼 당당했다. 어떻게 보면 도도함과 염치없음은 비슷한 심리 아닐까?

심리로 돌아오는 내내 미경이 말을 걸었지만 혼자 지껄이도록 내버려 두었다. 귀찮고 피곤했다. 미경은 정혁의 감정 상태를 끝까지 무시하고 하고 싶은 말을 계속 쏟아냈다. 그런 미경이 신경 쓰이긴 했으나 지금 이 나라에 정상적인 인간이 어디 있으랴 생각하곤 마음에 담아두지 않았다.

정혁이 마산에 가서 여러 가지 일을 하고 돌아온 세 시간 동안 심리 주민의 술판은 끝나지 않았다. 아니 그들의 대화와 술푸는 행위는 막 고개에 오르기 전이었다.

징을 연상하는 커다란 접시 몇 개에 소복하게 담아져 다 먹기 불가능해 보였던 여러 가지 회는 얼마 남지 않은 채로 말라비틀어지고 있었고 새로운 안주인 돼지 껍데기가 구워져 그들의 눈길을 모았다. 주민은 먹고 마시느라 정혁과 미경에 신경 쓸 틈이 없었다.

미경은 냉동 삼겹살과 지금까지 마신 것에 비하면 코끼리에 비스킷인 소주 다섯 병을 주민의 박수 끝에 내려놓고 나머지 식품을 부지런히 날랐다. 정혁은 묘한 오해를 되돌리기 위해 소주를 마셨다. 그리고 이내 필름이 끊기고 복통과 두통이 쌍으로 몰려들었다. 정혁이 변기에 머리를 박고 있는데 미경은 오래 함께 산 못된 마누라처럼 열어놓은 화장실 밖에서 힐난의 눈길을 보내며 팔짱을 끼었다. 도대체 어떻게 여기로 온 거지. 누가 나를 데리고 왔을까? 정혁이 죽을 만큼 토하다 온몸의 기운이 쑥 빠져 이불과 요가 있는 곳으로 기어오자 미경이 콩나물국을 대령했다. 정혁은 그 냄새를 피해 임신 육 개월이 된 임산부처럼 화장실로 숨어들었다.

한 시간쯤 시침이 움직이자 다시 술이 땅겼다. 미경의 주량은 대단했다. 정혁은 포도주 몇 잔으로 까무러치듯이 요에 떨어졌다. 잠깐 눈을 붙였을 뿐인데, 어디서 불이 난 다급한 사정이라도 생긴 듯 미경이 정혁을 사정없이 흔들어 깨웠다. 정혁은 배가 심하게 요동치는 죽을 거 같은 생생한 느낌으로 잠에서 빠져나왔다. 정혁은 화가 치솟았다. 염치도 없고 부끄러움도 모르는 여자 아닌가. 정혁은 백 도로 끓어 오르는 화를 꾹꾹 눌러 참았다.

지금의 내 꼴이 이게 뭐냐 말이다. 시작은 창대했으나 시작하기도 전에 이 모양이라니. 정혁은 미경에게 사정 이야기를 해서라도 자기 옆에 아무도 없었으면 하는 사유를 기를 쓰고 설명하려 했다.

나는 글을 쓰려 한다. 1945년 미군이 우리 땅에 진군하지. 우리가 그 당시에 태어나지 않았으나, 그렇다고 해서 있었던 사실을 모르진 않잖아. 이미 그 세력에 이승만이란 악성 세균이 묻어온 거야. 각설하고, 이승만은 차근차근 자신의 정적 세력을 제거하지. 미국이란 포식자를 업고 철부지 나라인 대한민국을 지배하며, 김구에 희망을 건 엉뚱한 민중을 압살해. 그 후 그 악행으로도 모자라 보도연맹의 음모가 잉태됐어. 그렇게 알고 있었던 역사 현장을 내가 한 대상을 통해 생생하게 들여다본 거야.

재작년에 일하다 다리가 부러져 병원에 한 달 입원한 적이 있어요. 거기서 불쌍한 알코올 중독자를 만나게 됐어. 그는 간경화 등 여러 가지 합병증으로 시한부 판정을 받았는데, 그곳에 있는 동안 시간이 철철 넘쳐 그의 지난 과거사를 듣게 됐지. 그의 아버지가 보도연맹으로 간주되 맥없이 끌려가 여기 심리 바다에 수장되었다고 말하더군. 그의 술병에는 김 씨 여 씨를 청부 살해한 이승만의 변명과 그것을 덮기 위한 반공에 아버지의 죽음이 연좌된 거야. 결론만 말하면, 그가 알아낸 학살 현장엔 진동의 심리 바다를 메울 정도로 생사람을 집어넣은 국민의 수와 산과 들에 매장된 사람들을 합해 십만 명 넘었다는 얘기야. 오천 명을 도시에 풀어놔도 교통이 마비될 거 아뇨?

나중에 다리뼈가 제대로 붙었는지 확인차 그 병원에 다시 갔을 적에, 거리의 사람들이 괜히 희희낙락하던 날에 그 양반 숨이 떨어지고 있었지. 그가 숨을 헐떡거리며 심리 바닷가에 가고 싶다는 소원을 피와 함께 내뿜더군. 감정이 격해져 대신 가보겠다고 약속했어. 그냥 한 말이어서 놔둬도 괜찮은 말이었는데 그게 빙의된 것처럼 내 몸에 꽉 붙어서 떠나지 않는 거야. 그래서 부양의 의무도 끝냈겠다, 이제 서로가 서로를 그리워하지 않아도 되니 한 날 정도 집을 떠나 있겠다고 아내에게 설레발을 쳤어. 아내는 아무렇지 않게 허락하더군.

그런데 이곳 심리로 와서 밤바다를 바라보는데 사내가 각혈하며 울컥 쏟아낸 울음이 멈춰지지 않는 거야. 거기서 끝나지 않았어. 밤이면 한에 절은 사내들이 바다에서 나와 소금물에 흠뻑 젖은 채로 당신이 앉아 있는 소파에 취조를 기다리듯이 나란히 앉아 있는 거야. 살육이 끝난 지 칠십 년이 넘었는데 매일 심문받는 양 대기하고 순번을 기다리고 있어. 죽은 이들이 앞으로 예전 역사가 되풀이될 거라고 말하는 거야.

밤이면 손님이 몰려와 집에 있을 수가 없어. 그래서 술병을 들고 밖에서 늦은 순번에 걸린 그들과 함께 놀았어. 나는 실컷 노닐다 동이 트기 전에 그들의 부축을 받으며 돌아오지. 한 번 제대로 토하기만 하면 속이 뻥 뚫릴 것 같은데 사자의 한이 목구멍에 컥컥 걸려 토해지질 않는 거야. 대부분 그들은 왜 죽어야 하는지 모르고 깊은 바닷속에 잠겼어.

미경은 귀신이 자신이 앉아 있는 소파에서 누구를 기다리고 있다는 말에 벌떡 일어나 정혁의 옆으로 왔다. 안색이 창백해져 귀는 정혁의 방향으로 눈은 소파를 더듬었다.

"아이고, 세상에. 정말 수장된 귀신이 보인단 말이에요? 지금도 보여요?"

아니요. 지금은 미경씨 탓인지, 그분들이 워낙 심약해 사나워 보이는 사람들을 무서워해요. 그분들은 심성이 착해 살아 있을 적에도 짐승조차 해코지를 단 한 번도 해 본 적이 없는 사람이었소. 죽은 지금도 누굴 해치거나 이승만한테 욕조차 시원하게 못 해. 며칠 지내다 보니 지금 우리야!

"그래도 산 사람은 죽은 사람과 함께 있으면 안 돼요. 내가 조금 전에 졸다가 얼마나 놀랐는지 알아요? 난 당신이 뭔가에 쫓겨 잠꼬대하는지 알았어. 당장 깨우지 않으면 악몽에 갇혀 빠져나올 수 없는 것처럼 위험해 보였단 말이에요. 정혁 씨가 자꾸 누구와 울며 이야기를 하더라구. 그래서 놀라 나도 모르게 깨웠지."

하여간 뭐가 되든, 결과가 어떻게 나오든지 간에 글을 써야겠소. 구토가 치밀었다. 미경과 이야기하며 마신 몇 잔의 포도주가 초저녁에 마신 소주에 섞여 검붉은 액체로 합쳐져 나왔다. 미경이 밭을 가는 말처럼 센 힘으로 정혁을 눕히고 악마가 파우스트에게 속삭이듯 마비시켰다.

"내가 재워줄게요. 그리고 내일부터 미친 듯이 써봐요!"

말귀를 못 알아듣는 고집센 말이었다. 저리 가.

지독한 밤이었다. 정혁은 덩굴에 칭칭 감긴 듯 움직이지 못했고, 강력한 흡반에 마비되어 손가락 하나 까딱하지 못했다. 미경은 게을러빠진 정혁의 성기를 어루만져 몸 전체에 숨겨진 야수성을 불러냈다. 있는 힘을 다해 거부하려 했으나 정혁의 그런 의지는 전혀 도움이 되지 못했다. 악몽이었다. 날이 선 칼에 저미는 느낌이기도 했고, 간간이 목소리가 들렸다. '저항하지마 개새끼야!' 그리고 햇빛이 쏟아져 들어왔다. 정혁은 말끔히 씻겨진 채로 화장실 변기에 머리를 박고 있었다.

정혁은 움직이려 했으나, 몸은 예비전력마저 죽어 있었다. 빛과 어둠의 엉킴에 방향감각마저 잃었다. 그 경계에 정혁이 놓여 있었다. 끝없는 졸음이 몰려 왔으나 배고픔을 이길 수는 없었다. 먹을 것을 취하기 위해 움직여야 한다는 것을 알면서도 심한 무력감으로 움직이지 못했다. 누군가 정혁을 소극적으로 조용히 부르며 문을 쾅쾅 두들겼다. 미경은 아닐 것이다. 심리에서 일주일을 있는 동안 미경은 이사하던 날 하루를 제외하곤 허락을 구한 적이 없다.

소음에 의해 전원이 간신히 켜졌다. 문을 밀자 개철이란 이름으로 불리면서도 앞에선 감히 그 이름을 부를 수 없는 고약한 사내가 부릅뜬 눈으로 정혁을 쳐다보았다. 아, 별것이 다 걸리적거리는구나.

"깼나? 술 묵자!"

성혁은 거부했다. 서 사람과 술사리 끝은 항상 기분 나빴다. 개철은 정혁을 국외자(局外者) 취급을 했다.

"나온나! 술 먹고로."

어떤 언어로 설명해도 개철은 제 뜻을 관철하려 들 것이다. 지금 자신의 몸 상태와 머릿속 형편을 이야기한들 물러서지 않을 것이다. 막무가내였다. 정혁은 거실에 버려진 옷을 꿰어 입고 개철의 한심한 눈총을 받으며 밖으로 나왔다. 문밖으로 펼쳐진 바닷가에 동네 주민 한 명도 빠짐없이 술 마시러 모여 있었다. 그들은 아주 잠깐 정혁에 관심을 보인 다음 이내 술잔을 기울이며 아무 뜻이 없는 말들을 했다. 배가 몹시 고팠으므로 먹으면 바로 반응을 보이는 지저분한 회를 입안으로 욱여넣었다. 회는 미처 털어내지 못한 비늘이 붙어 있어 햇빛에 무지개색으로 반짝거렸다. 기분 나쁜 혀 안의 감촉을

지우려고 소주를 곁들여야 했다.

다시 길들여진 도랑으로 술이 들어갔다. 뱃속이 해면체처럼 흐느적거리고 마비됐다. 몇 잔의 술이 안으로 흘렀을까? 쓸데없는 웃음이 나오고 허무맹랑한 말이 낭자했다. 내가 양말 공장을 했을 적에 애인이 오전과 오후, 주말용으로 셋이나 있었어. 황금 송아지 몇 마리도 있었지. 그들은 머지않은 과거에 이 심리 바다에 대량살상이 있었다는 사실을 알고나 있을까? 정혁이 취해 나오는 대로 지껄였다.

개철의 대답이 즉각 딸려 나왔다.

"은제?"

정혁이 앞뒤를 섞어 설명했으나 개철은 유리구슬이라 해도 믿을만한 눈깔을 떼굴떼굴 굴렸는데 그게 알아들었다는 신호인지 알 수 없었다. 오직 한 사람, 일흔둘이 된 정 선장이 옛날이야기를 처음 한다며 말을 낮게 깔았다.

"내가 이 이야길 예전에 했으면 갱찰서가 맞아 죽었데이. 나야, 내 아부지한테 들었거덩. 그걸 여 사람도 아닌 자네가 우째 아나? 여그 바다에 장어가 우째 이리 많은 줄 아나? 아부지 때에는 장어가 그리 많지 않았다고 그러더군. 육니오 사변이 있기 전 많은 사람이 장어 잇갑으로 던져지고 나자, 머, 지금은 벽다구도 안 남아 있것지만, 장어가 야행성 물고긴데, 지금은 아니지만, 통발이 아니더라도 그물에 그득그득 담겼지. 장어는 물고기치곤 아주 단순하거등. 과거 먹잇감이 풍부했다는 선대 기억이 후대에 전해져 지금도 예전만큼은 아니더라도 딴 바다에 비하믄 많이 잡힌다 카이. 그래서 돌장어라 안 하나?"

사람들은 정 선장이 애써 말한 장어와 수많은 사람을 수장시킨 관계를 못 알아듣는 듯했다. 와자한 웃음이 깔리고 정혁의 의도와 다른 대답에 주민들은 이곳 장어가 사람 고기를 먹어 참 맛나다는 말로 결론을 맺었다. 정혁은 그들과 따라 웃으며 술 몇 잔을 더 부어 넣었다. 그 바보 같은 웃음이 쨍하고 깨졌다. 미경의 우악스러운 소리가 일순 분위기를 얼렸다.

"저 사람은 술 마시면 안 돼예. 이리 오소, 빈속에 뭔 술이고? 빨리 갑시다. 집에 죽 차려 놨어예!"

사실 정혁은 아까부터 이 자리를 피하고 싶었다. 원래 그랬는데, 미경이 마누라행세를 하려 들자 고집센 아이가 생떼를 부리듯이 버텼다. 미경이 다가와 정혁을 번쩍 들었다. 방자한 웃음이 술판에 낭자했다.

미경은 정혁을 식탁에 앉히고 커튼을 걷었다. 아무리 나잇살이나 들어 뻔뻔해서 그런지 다 늙은 남녀가 무엇을 하든 무슨 상관이냐며 주민이 밖에 있는데도 창이란 창은 화장실 쪽창마저도 활짝 열었다. 미경은 멀거니 보고만 있는 정혁에게 숟가락을 쥐여주었다. 정혁이 무슨 말을 해야겠다는 생각을 하는 순간, 동시에 쩌렁쩌렁한 미경의 목소리가 실내를 들썩였다. 미경은 정혁을 말썽꾼 남편 취급을 해 괜히 부끄러웠다.

"니 눈에는 저들이 사람으로 보이드나? 깡그리 빙신이다, 카이. 몸 빙신은 선해져도 뇌가 썩어 뿔면 그건 짐승이 오히려 착한 기라. 저들은 권력층 입맛에 길들여진 그저 표밭인 기라. 가만히 보믄 우리는 하늘이 정해준 수명을 사는 기 아이다. 마음대로 조정되는 약한 이는 자체에서 나온 악으로 마지못해 살다가 불쌍하게 죽는지도 모린다. 가난한 인간들은 늙어 몬 죽는다. 병들어 죽지. 그런 인간들과 모아놓고 가당찮게 무슨 보도연맹 학살을 털어놓나? 와? 개과천선해 혁명이라도 일으킬까 봐?"

미경의 끝부분 억양이 높아졌다. 한심하다는 투였다. 정혁은 죽그릇을 밀어 놓고 요에 큰 대짜로 누웠다. 원래 민중이란 게 그런 거다!

어둠이 밀물에 맞추어 슬그머니 밀려오고 있었다. 눈을 떴지만, 정혁은 움직이기 힘들었다. 누운 자리 그대로 썩은 물을 게워내자 투박한 손이 정혁을 안아 올려 세숫대야에 입을 댔다.

"참말로 니 이러다 죽겠다. 니 죽으면 묻어 줄 사람은 있나? 내야 전화 걸면 마산에서 오빠야가 오지만, 참말로 니 불쌍타. 약 먹자. 내 걸어서 버스타고 마산까정 가 약 사왔다. 아이구야, 네 시간이나 걸리데. 앞으로 저 사람들과 어울리지 마라. 저들은 사람이 아이다 카이. 죽 먹은 다음 약 먹자. 그리고 오늘 밤은 나오지 마라."

정혁은 미경의 돌봄에 사십 년 전에 돌아가신 어머니 품을 느꼈다. 다른 생각이 있어서가 아니라 정혁은 미경의 가슴을 더듬었다. 그리고 두둥실 떠올랐다.

꿈도 없는 잠은 이곳에 온 이래 처음이었다. 악몽은 아니지만, 심리 바다에 깊숙이 잠겨있는 사자(死者)의 방문을 받지 않는 첫날이었다. 없는 기운이 솟았다. 정혁은 소설의 뼈대를 만들었다.

무작위로 골라낸 한 마을 사람들을 몰살했어도 역사에 남을 참극일 것이다. 그런데 이승만과 그 수하들은 총칼이 오가는 전쟁이 아님에도 먼저 수십만의 인명을 반공으로 몰아 살상했다. 피부색이 다른 것도 아니었다. 산에는 골로 가고 삼면이 바다인 곳에선 수장됐다. 맨정신이 아니더라도 파리가 아닌 사람을 어찌 마구 죽인단 말인가? 다른 의문으로는, 수적 우위에 있음에도 왜 저항 한 번 못했을까? 거짓 희망 때문에? 혹시 그들이 같은 종족이라서 살려줄까 봐? 도대체 왜?

정혁은 이런저런 생각을 좇으며 집 안 청소를 했다. 설거지해 놓은 그릇과 접시는 눈이 부실 정도로 깨끗했으나 머릿속은 그 반대였다. 살기에 가까운 식욕이 생겼다. 정혁은 쌀을 씻어 앉혔다.

그렇게 며칠이 지나갔다. 술을 마시고 싶었으나 오만 상념으로 절제했다. 미경이 찾아올까 봐 처음으로 문을 잠갔다. 미경의 감정 섞인 도움은 감사함과 불쾌함이 반반 섞여 받아들이기 어려웠다.

정혁은 되지도 않는 글을 밤낮으로 썼다 구겨 버리고 배가 고프면 있는 쌀로 밥을 지어 먹었다. 투정할 여유가 없었다. 맥없이 죽어간 사람의 반대편에 투쟁하는 사람이 있었다. 그들은 고분고분히 당할 수만 없어 산으로 갔다. 영하 이십 도의 혹한의 겨울을 지리산에서 지내며 악착같이 투사로서 죽지 않으려 애썼다. 먹는 날보다 굶는 날이 많으며 버렸던 의미는 뭐였을까? 정혁은 이런 생각을 하니 지금 상황이 불편하진 않았다. 개철이와 이웃의 계속되는 초대를 계면쩍은 웃음으로 얼버무리며 밀어냈다.

원고지로 한 오십 장이나 썼을까. 더는 메워지지 않았다. 행간의 여백은 죽은 자의 고통으로 범벅됐고 미쳐 빠져나오지 않는 그들의 아픔이 제멋대로 돌아다녔다. 생각은 분명한데 말로 꺼내지지 않았다. 노래로 남은, 철사줄로 꽁꽁 묶인 그들의 행렬이 눈에 보인다. 야만의 시대로는 설명되지 않았다. 정혁은 그 고통을 느끼려 철사로 두 손목을 묶었다. 눈물이 나왔다. 권력의 사주를 받고 죽이는 자와 일방적으로 죽은 이들을 회의 석상에 불러놓고, 왜 그랬냐고 이유를 듣고 싶었다. 죽은 자는 죽어서 말이 없고 죽인 자는 떠올린 기억을 눌러 앉혀 말이 없다. 술은 문(門)이 됐다. 바람이 불고 검은 비가 쏟아졌다.

통곡하는 바다. 말하라. 왜 당신은 죽어서까지 침묵하는가. 일찍 죽고 늦게 죽는 시간 차가 있지만, 지금은 모두 귀신이 되어 한자리에 모여 있다. 파도의 너울에 비통하게 죽어간 자의 뼈다귀 무더기가 오르락내리락했다. 그 모습이 살려달라 몸부림치는 거 같고 눈을 비비고 보면 맞춰지지 않는 뼈다귀가 서로의 인력에 얽혀 덩실덩실 춤추는 거 같기도 했다. 눈길이 닿는 곳까지, 그 너머까지 수천수만의 엄청난 수의 귀신들이 서글픈 웃음으로 무리 춤을 추었다.

냉기와 음기가 가득 찬 비가 정혁의 몸을 빈틈없이 때리는데 정혁은 오히려 뜨거워졌다. 당신은 왜 죽었습니까? 알지만, 어리석은 질문이었다. 나를 죽인 자의 모습은 확실히 기억하는데 역사의 현장에 있던 자는 솟아오르는 엄청난 부력을 더한 무게로 찍어 누른다. 왜 죽었냐고 물으니 귀신 중 하나가 그건 나도 원인도 이유도 모르겠다고 대답했다. 죽인 자는, 나는 부림을 받는 자였어! 라고 외쳤다. 나라도 알아야겠다고 말했다. 널려있는 귀신 중 하나가 소리치는데 알아들을 수 없었다. 피 울음을 조각조각 모아놓으면, 그 울음들이, 자기들은 이 심리 바다, 중음의 세계를 벗어날 수 없다고, 이 바다 가 자기들을 놓지 않는다고 말한다. 정혁이 그들 가까이 다가섰다.

어둠에서 나온 엄청난 힘이 정혁을 잡았고 웅장한 바다가 정혁을 잡아당 기는 힘이 팽팽했다. 미경이었다. 미경이 정혁의 뺨을 갈겼다.

"정신 차리라, 이 색꺄! 내가 수상해서 나와 봤는데 이 모양이네. 니 참말 로 죽고 싶나? 억울하게 죽어간 원혼을 챙겨주고 싶다매!"

아, 조금만 더 있었으면 그들의 답을 들었을 터인데, 이 쌍년이 막고 있다. 정혁은 뿌리치려 했으나 마법으로 묶인 쇠사슬로 엮여 있어 뿌리치려 하면 그 힘마저 보태져 정혁의 손목과 목을 조였다.

"뭐, 민중? 씰데없는 소리 마라. 원래 민중은 가축이라 안 했나! 옛날부터 권력의 입맛대로 사육되고 도축되어 왔어. 갈빗살이 처먹고 싶으면 갈빗살 만, 엉덩이 살을 먹고 싶으면 엉덩이 살만 발라내고 나머진 그들의 사냥개인 먹이로 던져졌지. 가소롭데이. 여기서 민중의 한을 찾아낼 수 있더나? 닌 평 생 못 찾을 거다. 아니 엉뚱한 걸 건져 딴 놈처럼 그걸 민중이라 하겠지."

정혁도 미경의 뺨을 쳤다. 더 치바라! 내 오늘 니한테 죽어보자. 미경은 옷 이 거추장스러운지 걸친 것들을 뜯어 버렸다. 그 후 모습은 금강역사의 현 신이었다. 그녀는 경상도 마을 입구마다 보이는 수문장 느티나무처럼 처량 해 보이기도 했고 모진 바람이 불어야 거대해 보였다. 아니, 옛 제주에 살았 다던, 바다와 바람의 신인 영등할매였다. 그 여신이 민중을 돕다가 외눈박이 거인들에게 죽임을 당한 후 온몸이 찢겨, 머리는 소섬에 사지는 한수리에, 몸통은 성산에 넌 역사(力士)였다.

부으면 그대로 쇠몽둥이가 되는 용광로의 열기로 몸은 뜨겁고 거죽은 음기로 떨렸다. 미경이 위태로운 정혁을 안았다. 바닷가에 모인 귀신들은 미경이 정혁을 해칠까 봐 두려워 떨었다. 미경은 심리 바닷가에 쓰러진 정혁의 제2의 피부를 벗겨냈다. 정혁은 반항했다.

"소양 옳다. 비하하는 게 아니야. 애초 조선 민중은 글러 먹었다. 자기 살을 파먹다가 배가 안 차면 자기 부류를 잡아먹는 약자의 야만성을 유전적 내림으로 받은 종족이다. 니가 뭐, 그런 인간들의 한을 풀어보고 싶다고? 어리석은 짓 마라."

미경의 몸에서 김이 났다. 바람과 비는 둘의 몸을 식히려 했으나 오히려 담금질을 가속시켰다. 미경이 정혁을 안고 자기 안으로 집어넣었다. 정혁은 있는 힘을 다해 저항했지만, 영등할매에게는 가소로운 짓이었다. 어림없는 버둥거림이었다. 아니 미경의 흡인력만으로 정혁은 주술에 홀린 듯 기운을 빨렸다. 정혁은 심해로 가라앉았다.

"이 인종들은 이성계가 고려를 처먹을 때부터 민중은 독재의 주술에 걸린 거라. 그의 수하인 승냥이 떼가, 백 개 처먹다가 그중 한 개만 던져줘도 이승만과 박정희나 전두환은 신으로 보인다. 희대의 대통령인 노무현이 왜 살해당했는데? 족보도 없는 상고 출신이, 권력에 밀려, 악소문에 불과한 언론에 밀려 죽었는데 왜 살인이 아니고 자살이냐구."

미경의 말이 다 옳은 건 아니었지만 일리가 없는 것도 아니었다. 미경은 정혁을 둘러맸다. 이 모든 장면이 거친 비바람에 뗏마가 상할까 봐 나온 정 선장에게 목격되었다. 미경은 신경 쓰지 않았다. 정 선장이 침을 퉤 뱉었다.

정혁을 둘러매고 거주지로 들어왔다. 미경은 수건 몇 장을 꺼내 지친 정혁을 고려청자 닦듯이 조심스레 닦았다. 곧이어 미경은 방안의 습기를 내쫓으려 온도를 높였다. 오래된 보일러가 거인의 거친 숨을 뿜으며 실내 전체를 울렸다. 그리고 미경은 포도주 한 병을 단숨에 벌컥벌컥 들이켰다. 미경은 새 병을 따 정혁에게 한 잔 권했다.

"너 여기 있으면 죽는다. 까분다고 까발려질 경위가 아니고 쓴다 해도 증인이 사라진 망상일 뿐이다. 내일 당장 떠나! 떠나지 않으면 내가 널 죽일끼다."

말로 하면 글로써 뽑아낼 줄 알았다. 써 놓은 글이 통곡을 하며 돌아다니고 빙의된 혼들이 진실의 일부라며, 더 밝혀져야 한다고 항변했다. 정혁은 오히려 나락으로 떨어졌다. 여기서 멈춰야지 않을까? 과거 민중의 억울한 죽음은 지금도 권력자들의 편의를 위해, 앞으로도 있을 현재형이었다.

정혁은 손을 들고 이 자리를 모면할 핑계를 만들었다. 다만 속으로, 이 땅을 딛고 선 사람들에게 일일이 손가락으로 가리키며, '당신이 표적이다.'라고 말하고 싶었다. 미경이 정혁을 다그쳤다.

"갈꺼가?"

정혁은 정신이 명료해져 고개를 끄덕였다. 거구의 여자인 미경은 옷을 입지 않은 채, 지축을 울리는 걸음으로 문을 활짝 열고 나갔다. 그리고 순번을 기다리고 있는 수장된 자가 들어왔다. 그들의 발자국에 바닷물이 찍혔다. 그들은 살아 있었을 때처럼 입을 다물고 소파에 나란히 앉아 애처로운 눈길로 정혁을 잡았다.

당신은 슬픈 역사요. 내 가슴에 새겨두고 늘 들여다보겠소. 되풀이되는 우리의 죽음을 글로 쓰겠소. 오늘은 몹시 피곤하오. 그만 가시오. 내 사랑하는 아버지시여!

그날 새벽, 정혁은 잔뜩 기가 죽어 심리를 떠났다.

애벌레의 꿈

비극은 이렇게 시작됐다. 양치기 소년과 늑대 우화에서, 심심해 몸서리치던 소년이 '늑대가 나타났다'라고 동네에 대고 고래고래 악을 쓴다. 우화에서는 세 번까지 용서했으나 현실은 더했다. 맞고 사는데 능숙한 백성들은 잊기도 잘하고 용서를 쉽게 하는 종족이라 수천 명을 죽이는 독재자도 용서하는 판에 교활한 악동의 거짓말은 그러려니 했다. 세월이 흘러 개떼만 봐도 습관적으로 늑대가 나타났다는 양치기 소년의 외침에 물릴 무렵 사람들은, 소년은 물론 양의 탈을 쓴 탐관오리의 말도 믿지 않게 됐다. IMF란 어마어마한 폭탄이 한반도에 떨어졌다. 그 살상력은 심리적으로나 물리적으로 엄청났다. 하지만 정치꾼의 솔직한 거짓말에 질린 선량한 서민은 눈을 동그랗게 뜨고 또 그러려니 했다. 수십 년 동안 뭐 빠지게 쌓은 알량한 재산은 단숨에 말라비틀어져 갔다. 또는 코앞에서 남편과 아들이 풍랑 속으로 사라지는 꼴을 지켜보며 발을 동동 굴렀다.

아엠 에프. 나는 총 맞았다. 그 파급을 채 알기 전 구조조정이니 대량실업이 교두보를 확보한 후 한라에서 철원까지 산이란 산봉우리는 느닷없이 모가지가 날아간 사오십 대 등산객이 점령했고 특히 서울 북한산은 엘리트 해고자들이 자살하기 좋은 곳을 찾기 위한 정보교환 쉼터였다.

이제 이 나라는 돈만 있으면 처녀 불알도 살 수 있게 됐다.

개나 소나 함부로 들어가는 대학을 엄마 등골을 빼 졸업한 나는 가고 싶은 직장은 많았으나 오라는 곳이 없어 황당했다. 백수로 일 년 하고도 팔 개월을 넘기자 시나브로 녹슬어가는 자신이 거울에 비쳤다. 이렇다 할 계획은 없었다. 언젠가부터 미경은 실없어 보이는 나를 의식적으로 멀리하려 했다. 그래도 주위 친구 중 사정은 내가 제일 나았다. 빌빌거리고 희망이 없다는 점은 비슷했으나 내겐 전속 암컷이 있었다. 미경의 평균 외모가 C급이고 고딩 시절 은둔형 외톨이여서 아무도 손대지 않았던 생명체였는데, 성욕이 용솟음칠 때마다 못 이기는 척 한 번씩 만나줬다. 그런 적선이 실업자에 놈팡이가 되자 빛을 발했다. 친구들 가운데 다섯 손가락을 사용하지 않는 놈은 나뿐이다. 미경은 직장도 있었다. 얼굴과 성격은 영 아니건만 이래 봬도 돈 버는 여자였다. 미경은 충만한 성욕을 풀어주고 여관비는 물론 밥까지 샀다.

애원과 죽고 싶다는 반협박, 호소로 버무린 긴 통화를 끝내자 전력 질주한 마라토너에게나 올 법한 극심한 피로감이 전신을 조여왔다. 더럽게 치사했으나 승낙은 받은 셈이었다. 한때 그녀는 이 년 동안 입었던 군복처럼 지겨웠다. 전에 미경은 내가 갖은 짜증을 내도 꼬리를 사리며 모로 기는 개처럼 다가왔었다. 뽕나무밭이 쓰레기장이 된 지금은 처지가 바뀌었다. 원래 미경이와 결혼 생각은 쥐뿔만큼도 없었다. 지금은 미경이 아니면 결혼은 상상의 영역이다.

다음 날 아침. 이불에서 벗어나자 가슴이 뻐근했다. 확실한 스케줄이 있고, 근 두 달 만에 미경의 포동포동한 살에 닿을 수 있다는 사실로 가슴이 떨려왔다. 배꼽 밑에 고여 있는 정액은 스치기만 해도 쏟아질 지경이었다.

밤색 와이셔츠에 주름이 잡힌 단벌 양복을 입었다. 면접. 세상에 유일하게 거짓말이 통하는 여성, 엄마에게 숱하게 써먹은 방법이지만 매번 통했다. 오만 원. 다음날 늦은 오후. 미경과 빠른 식사를 마치고 거리를 걷다 손가락으로 여관을 가리키자 미경이 신경질을 내며 고개를 저었다. 무시당했다. 당황하고 주눅이 들어 말도 못 하고 마냥 걷자 미경이 한 번 봐준다는 식으로 여관을 향해 씩씩하게 걸어갔다. 나는 목욕과 전희 과정을 생략하고 더구나 옷

단편소설 深里

도 제대로 벗지 못한 채 허겁지겁 한번 했다. 온갖 치사한 감정에 더해진 이 기분을 뭐라고 해야 하나. 이가 상할 정도로 꽉 다물고 화를 꾹 눌렀다. 기대와 다른 섹스 그리고 이분 삼십 초의 허접스러움. 소리라도 지르면 나아질까. 한참 엎어져 있는 나를 미경이 가만히 흔들었다.

"화났어? 내가 요즘 너무 피곤해서 그래. 나, 자기 사랑하는 거 알지. 그런데 일자리 알아보고 다니는 거야?"

미경의 물음에 고개를 끄덕였다. 하지만 나와 비슷한 처지의 인간들은 진작 포기한 지 오래다. 이럴 바엔 비싼 대학은 왜 갔을까? 차라리 그 등록금을 모아 장사라도 했으면, 아니 그 기간을 낭비하느니 사 년간 공장을 다녔으면 머릿속에 똥 덩어리는 차지 않았을 것이다. 미경의 오만한 자세를 보고 쪼그라든 성기를 보니 한심하다 못해 눈물이 다 나온다.

"자기 내 부탁 하나 들어줄래?"

미경의 목소리 끝이 밝아졌다. 무엇을 요구하던 미경의 음색에 따라 내 기분이 좌우됐다.

"화내지 말고 끝까지 들어야 해. 요즘 그렇잖아. 정혁 씨 말고 많이들 놀잖아. 아버지를 잘 만난 것도 아니고, 우리 장래도 생각해야지. 그래서 말인데 정혁 씨 당분간만이라도 운전기사로 취직 안 해볼래?"

"뭐 운전기사?"

기껏 고래 힘줄 같은 돈을 들여 대학을 나왔더니 운짱을 하라고. 미경의 한심해하는 표정을 보니 화는 금방 사라졌다.

"끝까지 들으랬잖아. 그리고 뭐 어때. 죽을 때까지 다니라는 것도 아니고 기다리다 지쳐 엉뚱한 생각 하느니 잠시 운전기사를 해 잠시 버티자는 건데 그게 그렇게 화가 나는 일이야? 뭐, 없던 일로 하자, 됐어?"

한 번 더 해야 하는데 미경이 벌떡 일어나 옷을 입고 화장대에 앉았다. 삼류대 졸업장, 그거 고교 삼 년 개근 상장만 못 하고 잘못 풀리면 출세에 걸리는 빨간 줄이 간 신원증명서와 같다. 미경이 등을 긁어주며 말했다.

"그럴 줄 알았어. 고마워. 뭐 어때 당분간이잖아. 그러다 보면 살만한 직장이 짠하고 나타나겠지. 참, 정혁 씨 무슨 과였지? 시각 디자인이던가?"

미경은 두 번 더 하기를 허락했다.

며칠 후 운전기사로 취직을 했다. 엄마에겐 내 졸업장으로 잘 풀려야 들어갈 제약 회사 영업직이라고 속였다. 월급은 용돈으로 쓰기에는 조금 과하고 생활비로 터무니없이 적은 급여를 경리 부장이 부르자 그 정도면 충분하다고 큰소리로 대답했다. 그리고 원래 근로 조건과 다른 여러 가지 일을 했다. 사장 운전사 겸 창고 관리자 겸 조경사 보조 등 일인 다역을 해야 했다. 거울을 보니 웃음이 나온다.

"박 기사, 십 분 후 차대요."

옮기던 박스를 바로 발밑에 내려놓고 차 시동을 건다. 돈 많은 인간은 조금만 기다리게 해도 눈깔을 치켜뜬다.

얼마나 더 버틸 수 있을까. 경리 부장 말로라면 길어야 두 달이다. 회생 가능성은 없다. 작년까지 이런 상황이 닥칠 거라고 꿈에도 생각 못 한 일이다. 어제 오후 경리 부장이 거절이고 나발이고 할 수조차 없는 제안을 했을 때 백주에 벌거벗겨져 거리에 놓인 듯 수치스러웠다. 원래 아버지 회장님의 생전 그는 둔하고 무능력한 욕받이였다. 아니 욕먹기 위해 태어난 놈이었다.

"사장님! 더 어떻게 해볼 수 있는 상황이 아닙니다. 지금 채무액을 갚는다는 건 상상할 수 없습니다. 아니 사장님이 갖고 계신 모든 걸 내놓으신다 해도 현 채무액의 삼 프로밖에 처리되질 않습니다. 당장 수혈하지 못하면 끝장입니다. 지금 이 나라에 돈이 말라가고 있죠. 선택지는 하나 남았습니다. 귀 좀 잠깐만, 부도를 내기 전에 사장님 앞으로 된 재산의 반을 특정 개인에게 양도해 놓는 것입니다. 다들 그렇게 합니다."

역시 돌대가리지. 나라고 그 정도 생각 못 했겠는가. 아수라 소굴인 이 땅에 누굴 믿으며 또 패자에게 엄격한 법이 그리 허술하겠는가.

"끝까지 들어보시지요. 바로 그 특정 개인이라는 게 일종의 금고 역할을 하는 겁니다. 그 금고가 사장님의 가상 남편입니다."

점입가경이다. 그 제안이 몇 년 전에는 유효했다. 이제 다 아는 꼼수여서 믿을만한 놈이 없다는 점이다. 늑대가 아닌 인간은 없다.

"가상이란 말을 덧붙였듯이 진짜 결혼하시라는 게 아닙니다. 호적에 줄이 그어지기야 하겠지만 뭐 어떻습니까? 요즘 이혼, 허물이 아닙니다. 사장님 같으신 매력 있는 여성에게 오히려 커리어가 되는 거 아닙니까?"

경리 부장의 지루한 설명으로 감이 잡힌다. 남편 이름으로 페이퍼 컴퍼니를 만들어 재산을 은닉한 다음 백지 위임장을 그대로 되돌려 받는다. 그 후 무기명 채권으로 변환시켜 제3국 은행 금고에 넣어두면 어느 귀신도 모른다는 말이렷다. 자신감을 회복한 그는 넥타이를 곧추세운다.

"그러실 줄 알고 제가 다 준비해 뒀습니다. 더구나 신랑은 장님입니다. 일이 끝나면 뒷수습까지 제가 싹 처리해 드리겠습니다. 이런 수고를 위해서 다만 음, 음."

나는 건더기를 너는 떡고물을 처먹겠다는 거지.

"얼마?"

"아, 예. 저에게 큰돈입니다만 사장님한테는 아주 적은 돈입니다. 약 일 퍼센트 정도면---"

최소한 억 단위군. 넉넉잡아 삼억을 제시한다. 아랫것들에게 사족을 달면 같은 종으로 착각하게 된다. 그는 비밀 유지에 고개를 조아린 횟수만큼 강조한다. 이 인간을 믿을 수 있을까. 기발한 아이디어와 경리 부장 태도는 이가 맞지 않는다.

일주일이 흐른 후 경리 부장이 어디로 동반하기를 요구한다. 이상철. 나이

사십 오세. 본은 연안(延安). 결혼 경력 없음. 결격 사유 없음. 상아로 새겨진 도장을 파서 집과 파주에 있는 땅과 주식을 양도한 다음 그 가짜 남편 위임장까지 포함해 서류를 몽땅 되돌려 받는다. 이제 명목상 내게 남은 것은 아버지의 역사와 허울뿐이다.

역시 돈이다. 예전의 나와 지금 내가 같지 않다. 진작 뭐라도 했어야 했다. 거기에 추가된 것으로는 영화에 나오는 비련의 주인공처럼 젊지도 늙지도 않은 여자 사장을 손아귀에 넣었단 말이다. 아니, 실은 한 번 했다. 이대 나오고 돈이 많은 여자인지라 호락호락하지 않았다. 약간 찝찝하다면, 할 때와 달리 처지가 바뀌지 않았느냐 하는 의문이 드는 점이다. 하 여사는 미경과 다르게 질리지 않는 다른 차원의 짐승이다. 내 모든 감각은 하 여사에게 뻗쳐 있고 성기는 항상 전시상황이다. 흐물흐물한 퇴폐적인 뱃살과 먹빛 젖꼭지에서 악마적인 하 여사의 끝 모를 정염을 읽는다. 하 여사는 오히려 내게 섹스의 기교에 대한 신기술을 가르쳐주었다. 두 팔을 바닥에 짚어. 체중을 내 몸에 싣지 마. 무거우니까 딴생각이 나잖아. 자, 다시! 이게 아니지 않나? 무엇으로도 연결되지 않는 상황에 돌 지경이었다.

저번 일요일 잠시 미경을 만났다. 취직 후 밝아진 미경의 손짓에 암컷의 잔잔한 욕망이 전해졌다. 여관비는 내가 내지 않았다. 하여간 여자들이란. 미경을 상대로 하 여사에게 배운 신기술을 연습하자 미경의 눈빛이 달라졌다. 이제 상관없다. 여러 가지 기술을 시연하며 만족해하는 미경의 표정을 찬찬히 보았다. '어때?'하고 미경이 오히려 묻자, 미처 행간의 의도를 파악하지 못했다. 미경은 항상 한 박자 늦는 내 표정을 보고 설명을 덧붙였다.

"아이, 이거 말고 지금 하는 생활 말이야."

"참을 만해."

미경은 나의 얌전한 성기를 쓰다듬으며 나른하게 말을 이었다.

단편소설 深里

"언젠가 웃으며 이 일을 추억할 날이 있을 거야. 우리 언제 결혼하지?"

네 말대로 의젓한 직장이 생기면, 이라고 했었지만, 이제 그 상대가 너는 아니다. 미경과 가까스로 헤어져 숙소로 돌아왔다. 집에는 장님인 하 여사 남편뿐 아무도 없었다. 그는 있어도 없는 사람이다. 그는 누구에게나 살아 있는 정물로 취급받아왔다. 그들은 서로 금붕어처럼 말을 하지 않으며 부딪치지 않는다. 장님인 남편은 오십여 평으로 나뉜 거실을 운동 삼아 끊임없이 왔다 갔다 했고 지쳐야 의자에 앉았다. 그 모습은 시골의 한적한 대합실에 공손하게 앉아 있는 초라한 여행객을 떠올렸다. 하 여사가 나오면 자신의 방으로 스르륵 움직여 갔다.

하 여사는 나를 자신의 집 골방에 입주시키며 그를 남편이라 소개했고, 그의 지시와 사찰까지 내 업무에 포함된다고 했다. 하 여사는 단 한 번의 눈길도 남편에게 주질 않았다. 타인이나 벌레를 바라보는 시선도 아니다. 장님인 그 사내는 자신의 처지를 알고 있는 듯했다. 늘 송구해 하고, 기척에 몸 둘 바를 모른다. 좌우지간 굿이나 보고 떡이나 먹으면 그만이다.

이곳에 온 지 한 달이나 넘었을까. 회사에 빚쟁이가 잔뜩 쳐들어온 날 하 여사가 궁지에 몰려 안타까울 정도로 측은해 보였다. 뭐랄까? 비 맞은 중은 아니고, 소박당해 시어머니에 의해 문밖으로 질질 끌려 나오는 박복한 여인의 모습이라고 하면 비슷할까? 측은지심이 발동하여 '이거 너무하는 거 아니니까?'라고 거들자, 울고 싶은데 잘됐다는 식으로 몇몇이 멱살을 잡았다. 치고받는 거라면 순위권에 있는 놈이라 참을 이유가 없었다. 기회였다.

"지미 씨파, 나 막가는 놈이야. 누군 망하고 싶어서 이러는 줄 알아? 우리 누님이 기다리면 다 해준다고 하잖아? 좀 기다리면 대통령이 세금 내래?"

그날 밤 우울해하던 하 여사가 술 마시고 싶다고 했다. 아는 곳이 없냐고 묻자 아는 곳이 돼지 곱창집뿐이어서 머뭇거렸다.

테헤란로 호텔 르네상스. 내가 나고 자라온 서울이면서 단 한 번도 발 디딘 적이 없던 곳. 착란의 조명, 돌도 아니고 타일도 아닌 바닥은 함부로 밟아도 괜찮은 건지. 그리고 저 웨이터와 웨이트리스는 탤런트에 지망했다가 떨어진 인간들만 어디서 모아왔는지, 실제이면서 꿈인 곳이었다.

자기 영역에 들어오자 발칙하게도 그녀의 동공에 내가 없었다. 하 여사는 세상에서 가장 편한 자세로 소파인지 침대인지 모를 가구에 몸을 묻었다. 가랑이를 쩍 벌렸는데 음란해 보이기는커녕 감히 쳐다보기 송구스러웠다. 하 여사는 술잔만 기울였다. 한참 혼자 마시다 술을 하사했다. 나는 술을 마시지 않는다. 아버지의 미친개 같은 주정에 질렸고, 무엇보다 직접 피해자인 어머니가 당한 인생과 그 무게만큼 자신의 모든 희망을 내게 거는 끈적거림의 원천이었다. 그렇다고 하 여사가 내민 잔을 어찌 거절할 수 있으랴.

가득 따라진 두 잔의 조니워커 블랙으로 중간이 뚝 끊기고 장면이 바뀌었다. 거품이 일고 있는 커다란 남색 욕조에 하 여사가 약이 오른 성기를 푸들 대가리를 쓰다듬듯이 만지며 깊은 시름에 잠겨 있다. 가만히 있었다. 하 여사의 손길을 거부하지 못했다. 총애받는 무수리 기분이 이랬을까. 하여간, 나는 하 여사 손짓대로 목욕탕과 침대에서 두 번 했고, 처음이자 마지막인 술 힘을 빌려 내 방식대로 탁자에서 한 번 했었는데 그게 끝이었다. 더 달릴 수 있는데, 탄력받은 기차를 멈추게 한 쌍년도 하 여사였고 욕망의 불씨를 지핀 것도 하 여사였다. 시퍼런 사내여도 불알 두 쪽뿐인 현실은 후천적으로 불안과 욕구 수동성을 갖는다. 다음 날 아침 하 여사는 나를 본래 자리로 되돌려 보냈다. 변한 건 아무것도 없었다. 그날 이후 선뜻 우쭐했다가 하 여사의 가소로운 눈빛을 보고 바로 제정신을 차렸다. 송충이 주식은 별수 없는 솔잎이다. 나는 그냥 비정규직 제비였다.

어제고 오늘이고, 회사 돈줄은 바싹 마르고 있었다. 첫 직장인데 한 달이 지나도 월급은 나오지 않았고, 부도난 회사에 다닌 경험이 있는 기술자들은 손해를 감수하며 다른 곳으로 떠났다. 늙고 무능력한 직원만 회사의 삼십 년

역사를 이야기하며 애사심과 의리로 버텼다. 그렇다고 처도 비등 되는 불만이 재워진 것은 아니었다. 높은 제품 불량률과 불안에 찌든 웅성거림이 패색을 짙게 했다. 개는 음식을 절제시키면 비굴해지지만, 인간은 굶으면 사나워진다. 월급은 두 달째 밀렸고 직원들 얼굴은 가뭄에 단비를 기다리는 농부처럼 그늘졌다. 다행인 것은 하 여사가 주기적으로 쥐여 주는 돈의 총량이 월급을 훨씬 상회했으므로 형편은 그중 나았다. 미경은 내 씀씀이에 수상쩍은 눈치를 보였다. 신경 쓸 일이 아니었다.

하 여사 지시는 명료하고 무게가 실렸다. 항상 그랬지만 차와 나는 동일체이고 임전 태세에 일말의 하자가 없다. 삼십 분이 지나도 하 여사는 내려오지 않았다. 사장실에 올라가 보니 하 여사는 잠자는 백설 돼지처럼 소파에서 새근새근 자고 있었다. 이 여자의 이런 모습이라니. 보기만큼 무거운 여자였다. 힘들게 업어 차에 태웠다. 집에 다다랐을 무렵 예의 흔들림 없는 목소리가 뒤에서 들려 사고 날 뻔했다.

"정혁 씨 차 돌려요."

씨라니, 게다가 동격 취급을 하듯 존댓말을 썼다. 뱃놈들을 수장시킨 사이렌 목소리가 저럴까? 또 호텔 르네상스. 나는 이 근처만 지나가도 이탈리아 종마가 된다.

하 여사는 호텔방문을 열면서 함부로 코르셋 차림이 된다. 나는 공격 자세를 갖춘다. 하 여사는 나의 성급한 행위에 노련하게 제동을 건다. 계속 노는 친구들이 이런 나를 봤다면 부러워할까, 아니면 버러지로 볼까? 모르겠다. 열심히 해야 한다는 생각만 난다.

언제나 그렇듯 섹스가 끝나면 음계의 도돌이표인 처음으로 되돌아온다. 하여사는 아랑곳하지 않고 제멋대로 침울해한다. 어질게 흐트러진 하 여사의 적나라한 모습에서 애써 인간 모습을 찾아보려 하는데 그게 잘 안 된다. 눈에 벅찬 하 여사의 거대한 흰 궁둥이를 소리 나게 때린다. 하 여사가 게슴

츠레한 눈으로 나를 노려본다. 몸은 요동치고 눈은 환락 가운데 똑바로 박혀 있다. 그 눈이 나를 주눅 들게 만든다. 하 여사는 작고 단단한 성기 취향이 있다. 다시 일으켜 세운 성기가 성에 위태롭게 꽂힌 깃발처럼 휘날린다.

두 판하고 박 기사를 먼저 보냈다. 가정이 아닌 거처는 쉴 곳이 아니다. 과거 허울이 켜켜이 쌓여 있고 여전히 못된 공주를 돌보는 세 마리 하인들. 호텔은 패닉룸처럼 안전하다. 박 기사에게 수표 두 장을 찔러주는 것으로 선을 분명히 그었다. 이 놀이가 거래의 일종임을 알고 있을 것이다. 좀 더 센 자극은 없을까?

아버지는 작은 나라를 점령하는데 정열적인 왕이었다. 자신의 왕국이 자식에게 대대로 승계되기를 바라는 순수 재래종 폭군이었다.

"돈? 그거 말이야. 창고를 수십 개 지어도 모자라. 꼬마 장군이 대통령 할 적에 돈을 무지 벌었어. 둘 곳이 없어 쌀가마니에 돈다발을 넣어 보관했거든. 어느 날인가 방에서 구역질 나는 냄새가 스멀스멀 떠다니는 거야. 너희들 돈 썩는 냄새 맡은 적 없지! 고기 썩는 냄새는 저리 가라야. 사람들은 나를 보고 그렇게 많은 돈이 썩어나가도록 가지고 있는데 맘 편히 살지 않고 지랄 맞게 사업을 하느냐고 궁금해하지. 그럼 내가 돈에 환장해 사업을 하는 거냐?"

우리도 그게 궁금했다. 아버지 회장님은 혈압도 심상치 않은데 늘 핏대를 세우며, 왜 골치 아프게 왕 노릇을 하는 걸까?

"나라고 왕 회장 못 되라는 법 있냐? 그 양반처럼 왕국은 아니더라도 사람들을 개처럼 다루고 소나 말로 부리며 호령하는 맛과 회의하며 고함을 지르고 욕하는 재미가 쌍년들 배 타는 것보다 꿀맛이더라구. 가만있어도 똥처럼 쌓이는 돈이 무슨 의미가 있겠냐?"

그래서 아버지 회장님은 뇌경색으로 쓰러진 장 회장 사업체를 통째 사들였다. 물론 제값을 치른 건 아니다. 장 회장이 악어 눈물을 흘려도 그것조차 허점으로 파악해 반의반 값도 주지 않았다. 부자는 번갯불에 콩을 구워 먹는다. 회장님은 폐허와 흡사한 성을 리모델링했다. 파란만장한 길은 돈으로 바르고, 이 나라에서 가장 똑똑한 놈을 채집하여 포진한 후, 아부에 천부적인 자질이 있는 수뇌의 가꾸어진 말로 새로 뽑은 직원에게 비전을 제시하며 애사심을 세뇌시켰다. 지금이나 예전이나 별로 달라진 건 없지만 아버지 시대는 부패 악취가 등천했다.

아버지 회장님은 왕 자리에 등극하자마자 굳이 비상 회의를 만들어 자신의 힘을 만끽했다. 크리스털 재떨이를 던져 서울대 나온 임원들 대가리를 신나게 깨트리고, 공장을 순회하다 까닭 없이 신경질을 내며 임원들 조인트를 운동 삼아 깠다. 신나는 나라의 행복한 왕으로 살다가 가장 째지는 순간 퇴기 마담의 경지에 오른 방중술로 인해 복상사했다.

나는 아버지 시대를 고스란히 물려받을 줄 알았다. 돈 흐름이 선회하기 시작한 건 왕 중 왕이 죽고 나서 조짐을 보였다. 군웅이 할거하고 정의 탈을 뒤집어쓴 좌와 우가 얼어 죽은 거지 속옷에서 이처럼 나오자 돈술이 막혔다. 아엠 에프. 모두가 에프를 맞기 전 지옥문이 열렸다. 대상포진처럼 번져가던 피부병이 내 시대에 와서 심장을 잠식했다.

나락. 이 단어 뜻을 이리 절절하게 느끼는 사람이 이 나라에 몇이나 될까? 두렵다. 무서워 잠이 오지 않는다. 자본주의에서 돈은 피다. 피가 돌지 못하면 죽는 것이다. 지금 벼랑에 서 있다. 한발만 더 나가면 지옥으로 떨어지고 만다. 이 판국에 가정이 필요한 것이 아니다.

이 떨림은 무엇인가. 경리 부장 계획이 완벽하게 실행될지는 가봐야 안다. 아버지 회장님 어록이 아니더라도 검은 머리 짐승은 믿어선 안 된다. 아, 이 야기를 나눌 사람이 없다. 다시 박 기사를 부른다. 그놈이 아니더라도 대용품은 지천에 있다. 당장 소문이 나지 않는다는 이점과 싱싱한 맛에 그를 활용하게 한다. 박 기사는 뇌가 있어도 없는 척하는 노예여서 명령을 거역하지 못한다. 조명을 역광으로 하고 자지는 곧추세워. 배는 집어넣고. 시선은 꿇어. <u>흐흐흐.</u>

어쩌다 거울을 보고 경악할 때가 있다. 나도 내가 변한 모습이 두렵다. 끝 모를 터널에 들어선 기분이다. 무작정 앞으로 나아가는데 그게 출구인지 의심되는 곳이다. 멈춰지지 않는다. 경리 부장이 자신의 흉계를 일주일 식당 차림표처럼 짰다. 배우가 모자란다며 한숨을 쉬었다. 힘 좋고 어수룩하며 잘생긴 놈이 TV 말고 없을까? 라고 묻자 홀로그램으로 나타난 얼굴이 정혁이었다. 그는 방패막이로 태어났고 경험상 맞춤한 희생양이었다.

일 년 전이라면 생각도 못 할 일이다. 아빠가 아리랑치기를 당해 입원하지 않았으면 정혁은 그저 킬링타임용 심심풀이로 남았을 것이다. 대체 한심한 강도는 아빠의 어딜 보고 먹잇감으로 삼았을까? 피도 눈물도 없는 데다 뇌까지 없는 놈이었을 게다. 아빠 주머니에 그날 받은 일당이 들어있었고, 의식을 잃어 가면서도 그 돈을 빼앗기지 않았다. 그냥 줘버렸으면 앞니 두어 개 빠지는 거로 끝났을 것이다. 병원에서 본 아빠 모습은 늘 입었던 낡은 작업복이 아니었으면 알아보지 못했다. 의사가 엑스레이를 비추며 도도하게 말했다. 골반과 갈비 세 대가 금이 가긴 했지만, 다행히 내출혈은 없네? 뭐 이런 더러운 놈이 다 있을까. 다행이라고?

일주일 단위로 쏟아내는 병원비 청구에 숨이 막혔다. 집에는 삼백만 원은 커녕 십만 원도 없었다. 해파리 촉수처럼 뻗쳐왔던 경리 부장을 떠올린 건 당연했다. 그는 울음이 섞인 설명을 다 듣지 않고 수표 열 장을 브래지어 위에 펼쳐 꽂았다.

"우리 한번 잘 해보자. 불쌍한 너의 아버지 호강 한 번 시켜보자!"

나는 뻐꾸기 생리를 닮은 엄마가 누군지 모른다. 아빠의 토끼 눈을 보면 물어볼 엄두가 나지 않았다. 아빠는 나를 고등학교까지 가르치고 입히고 먹이는 일만으로 벅찬 생을 지나는 중이었다. 사십 중반에 나를 만들었으니 아빠 육체는 세월 무게를 지는 것으로 관절에 무리가 왔을 것이다.

아빠는 해탈한 도인처럼 바라는 게 없는 사람이다. 하루 세끼를 넘기면 감사 기도를 드렸고 온몸이 쑤셔도 한 달을 버티면 축복으로 알았다. 아빠는 모른다. 아빠의 힘듦과 자신도 모르게 뱉어내는 신음을 옆에서 고스란히 들어야 하는 고충이 사람을 얼마나 미치게 하는지를. 내 몸에 온통 가시와 저주가 자라고 있는데 아빠의 밥상머리 교육은 여전했다. 여자는 무조건 착하고 정숙해야 한다고. 내 딸은 태생이 천사여서 바깥 공기만 쏘여도 오염된다며 노상 걱정이었다. 천사로 살 거니 걱정하지 말라고 했다. 나는 이미 알고 있었다. 자본주의에 성은 고가의 환금성이 있다는 것을. 지금 내가 꾸미고 있는 계획을 알면 아빠는 돌연사할지도 모른다.

경리 부장과 주기적인 성거래는 젊은 여자의 허영을 채워 주었다. 내가 입고 있는 옷은 아빠가 한 달 내내 벌어도 살 수 없는 것들이다. 교환 조건은 까다로운 편이었다. 그는 내 요구를 채워 주었고 나는 그의 창의적인 체위로 잠시 몸살을 앓았다. 그놈의 기상천외함은 끝이 없었다. 상업고등학교를 졸업한 지 겨우 삼 년 만에, 그의 말에 의하면 타고난 섹스 머신이 되었다. 돈을 과자처럼 주는 경리 부장이 진심으로 좋아졌다. 우리는 그렇게 한통속이 되어갔다.

아빠의 골반이 어느 정도 붙을 무렵에도 그놈 요구를 들어주고 있었다. 경리 부장 배 위에서 나름 열심히 봉사활동을 하고 있는데 그가 느닷없이 중지를 명했다. 늘 보던 얼굴이 아닌 무언가를 듬뿍 담아 자신의 원대한 청사진을 펼쳤다. 그는 이 짓을 하면 생각이 더 잘 떠오르는 모양이다.

상상하기조차 쉽지 않은 금액이다. 그 숫자가 장부상 느낌은 오는데 지각으로 연결이 안 됐다. 그가 주겠다는 금액은 그의 계획이 완성된 후 만들어질 금액 일부였지만 세 번은 환생해야 거머쥘 수 있는 덩어리였다. 그의 배에서 최선을 다했다.

지금까지 이놈과 잠자리 횟수를 정혁이와 비교하면 열 배는 넘는다. 정혁은 서투르지만 힘이 있고 느낌이 있었다. 반면 경리 부장과 하는 건 서류 정리하듯 사무적이고 지루했다. 관록과 테크닉은 아무래도 힘을 넘어서지 못함을 알았다. 노력과 서비스에 대한 대가가 선불로 지급되지 않았더라면 벌써 경리 부장의 성기를 뽑아버렸을 것이다. 그러나 오늘부터는 다르다. 정혁은 힘만 좋은 애송이에 지나지 않는다. 아빠 팔자와 다를 게 없다. 나는 이 시간부터 이놈과 섹스 파트너가 아니다. 그저 섹스는 덤으로 제공되는 거고 그냥 파트너이다.

박정혁. 그런 뻔뻔한 돌대가리에 양심의 가책을 느낄 이유는 없다. 가슴이 벅차오르고 황금 해일은 온몸을 성감대로 휘감았다. 이놈 계획대로 되면 앞으로 폼 나게 사는 것이다. 억, 억, 억. 개자식 배에 오르면서 그렇게 소리쳤다.

당좌 어음 결제를 중지시키고, 부도 시기를 내일로 결정하자고 경리 부장이 소리 죽여 말하자 예정에 있음에도 눈앞이 깜깜해 왔다. 아버지가 일군 삼십 년 터전이 역병처럼 번진 연쇄 부도로 이렇게 먼지로 사라지다니. 조금 더 버틸 수 없겠냐고 묻자 그렇게 되면 며칠 안으로 출국 정지 명령이 떨어질 거라는 답변이 즉각 왔다. 그가 다 알아서 처리할 것이다.

지금 내 앞에 비행기 표가 놓여 있다. 하와이. 항상 여름인 나라. 정열적인 나부의 음부처럼 수온이 최적인 나라. 허울뿐인 남편 이름으로 등기된 문서와 도장, 한동안 쓸 수 있는 달러가 금고에 웅크리고 있다. 소란이 망각과 함께 진정된 후 이 더러운 나라로 돌아오면 한구석에 다시 자리 잡을 수 있을 것이다.

술 마시고 싶다. 그리고 다른 것도. 애완견인 박 기사를 부른다.

단편소설 深里

풀이 죽은 하 여사 목소리와 관계없이 임전 태세가 완료된다. 호텔 르네상스가 아니어서 귀가 예민한 하 여사 남편이 목에 가시처럼 걸렸다. 불쌍한 엄마가 수청드는 딸 옆방에 있는 기분이다. 성기가 의지를 따르지 않고 유독 정신을 못 차린다. 처음 있는 일이었다.

하 여사가 술을 권했다. 아이를 윽박지르듯 이를 꽉 물고 한 잔쯤은 괜찮다고 혀를 찬다. 이번엔 아니다. 하 여사가 취하길 기다린다. 성욕만큼 술이 센 여자다. 하 여사가 다가온다. 취한 듯 보이지만 흐트러진 건 몸뿐이다. 인형 눈깔을 연상하게 하는 저 눈은 신분 차이를 확실히 느끼게 한다. 하 여사의 자세는 전혀 요염하거나 색정적이지 않다. 그녀는 징그러운 성기를 가지고 있다. 그런데도 몸은 하 여사 손길에 따라 봉기 되고 연주된다.

목이 마르다. 젠장, 바닥에 떨어져 있는 십만 원짜리 수표 몇 장이 싼값에 재능을 떨이로 판 기분이다. 따져 보면 한 판에 십만 원이 넘는다. 시급으로는 이 나라 최고지만 밑지는 느낌이다. 몇 번이라도 할 수 있다. 웃음이 작은 비눗방울이 되어 터졌다.

냉장고를 열어 마른 갈증을 가라앉혔다. 오늘은 승리한 기분이다. 하 여사가 함부로 가랑이를 벌린 채 시체처럼 널브러져 있다. 술에 떡이 된 하 여사에게 의무를 다하지 않아도 되니 하루 일당을 거저 챙긴 기분이다. 일그러진 얼굴과 참혹한 흉터처럼 보이는 성기가 보기 싫어 하 여사를 뒤집어 놓았다. 이 여자의 궁둥이를 세게 때리고 싶다. 아프리카 코끼리의 뒤태가 생각나 낄낄 웃음이 나왔다.

누가 뺨을 때리고 어깨를 흔드는 충격에 깨어나긴 했다. 눈곱만큼도 공손해 보이지 않는 다룸에 기분이 상했지만, 지금은 감정에 치우칠 상황이 아니었다.

"엄청 퍼마셨군."

분명 이 후유증은 술을 몇 잔 마셨을 적에 생겼다. 하지만 어제 한 잔 술을 겨우 마셨을 뿐이다. 취하지 않았다. 입에서 풍기는 술 냄새가 어제 기억을 부정하고 있다. 사내의 강퍅한 쇳소리에 간신히 눈을 떴지만 늘 보던 방안 풍경이 어제와 달랐다. 기울어진 액자와 열린 장롱, 벽면과 바닥에 고여 있는 피. 그리고 엉망진창인 하 여사 살덩이는 푸줏간에 걸려 있는 돼지 정육을 연상하게 했다.

"정신이 들어?"

정신이 들지 않았다. 구역질이 치밀었다. 이래서 술을 마시지 않는다. 한 새끼는 윽박지르고 다른 놈은 어른다. 친절한 사내가 등을 두들겼다. 똥물까지 쏟아냈는데 머릿속은 안개가 잔뜩 끼었다.

"일단 이놈을 연행해! 혈액 채취부터 먼저하고."

그리곤 그만이었다. 몇 시간 후 간신히 정신이 들어 착한 척하는 강 형사로부터 사건 개요를 들었다. 바닥이 내려앉고 심장이 입 밖으로 나오는 줄 알았다. 목구멍은 왜 이리 아픈 건지.

"하 사장을 왜 죽였어? 돈은 어디다 감췄어? 공범 있어?"

내가 왜 하 여사를 죽인단 말인가. 고마운 하 여사를 살리면 살렸지 죽일 이유가 코딱지만큼도 없지 않은가? 그 여자는 도깨비방망이다. 한 판 하면 최하 십만 원씩 나오는.

어쨌든 그들이 정리한 대로라면 나는 살인을 했다. 하 여사 사망 추정 시간에 발가벗고 있었고 옆에는 범행 흉기로 추측되는 수석이 뒹굴었다. 방은 누구도 침입한 흔적이 없고 문은 안으로 잠겨 있었다. 내가 멍청한 살인강도로 추정되는 이유로는, 범행에 성공하자 기쁜 나머지 지나친 음주로 도주하지 못했을 거라는 멍청한 가정이 성립됐다. 어쨌든 여자의 질에서 정액이, 살해 흉기에 지문이 검출되어 빼도 박도 못 할 증거가 됐다. 하 여사를 내가 죽였을까? 물론 기억은 나지 않는다. 죽이고 싶었을까? 나는 순진한 종이었을 뿐이다.

베란다 밖으로 바다가 똑똑히 보이는 호텔. 무료한 파도가 쓸데없이 밀려왔다가 제풀에 돌아가기를 한없이 반복한다. 미경은 벌거벗은 채 창밖을 내다보고 있다. 정혁을 돈 많은 유한부인 살인사건 용의자로 완벽하게 몰아넣은 것에 대한 죄의식은 없다. 입에 띤 웃음이 좀체 가시지 않는다. 사내가 몸을 뒤척이다가 물을 찾는다. 건성으로 매달린 사내 성기가 한쪽으로 넘어간다. 미경은 풀기 죽은 사내의 그것을 가리려 이불을 덮어준다.

사내 역시 입가에 미소를 잔뜩 머금고 있다. 미경이 들고 온 주스를 병째 들이킨다. 무엇으로든 바뀔 수 있는 저 표정과 모든 것을 우연으로 보이게 만드는 치밀한 계획은 차가운 뱀을 만지듯 소름이 돋았다. 실제 저 사내에 대해 알고 있는 건 이름 석 자뿐이고 나머진 숨 쉬는 것조차 거짓말이다.

"이 통장에 적혀 있는 숫자 말이에요. 전혀 돈 같은 느낌이 들지 않아요. 한번 꺼내 보고 싶어요."

박 부장이 모로 누웠다. 흙더미가 쏠리듯 배 전체가 침대 바닥을 덮는다.

"나도 그러고 싶군. 삐라를 뿌리듯 뿌려 보고 싶고. 방안을 잔뜩 돈으로 어지럽혀 놓고 그 위에서 한 번 더 했으면 좋겠어. 재미있겠지?"

"주고받을 거 다 했으니까 이만 가겠어요. 주의 줄 사항 있나요? 그런데 남편 역할을 맡은 장님 말이에요. 장님 아니죠?"

"호기심 많은 고양이는 조기 사망하지. 궁금해하지 마. 분배받은 돈은 마음껏 쓰라고. 앞으로 만날 수 없을 텐데 우리 한 잔 더 할까? 아버지는 어떠셔!"

미경이 고개를 젓는다.

"싫어요. 그 술에 뭐가 들었는지 모르는 일이고."

박 부장의 웃음소리가 방안 전체를 꽉 채운다.

박 부장은 미경의 말에 귀 기울이지 않고 돌아눕는다. 섹스 후 알맞은 피로가 무척 좋았다. 미경이 나가자 정적이 한 켜 두 켜 쌓인다.

올가미 10

여기가 어디지?

어제, 한창 피어야 할 벚꽃이 때아닌 오월 초순에 수은주가 치솟는 바람에 게으른 놈 대가리에 비듬 떨어지듯 꽃잎이 우수수 날렸다. 넘어가도 좋은 현상에 TV 뉴스는 오월치곤 백 년 만에 찾아온 기상이변이라고 지껄여 멍청한 아내가 겁을 먹었다. 코웃음을 쳤다. 잘 처먹고 잘 싸다가 이제 와 그게 국민에게 책임지라고 암묵적으로 협박 할 소리인가? 고통만 분담하라고?

반소매를 입고 출근했다. 복부 지방 탓으로 사랑에 미친년처럼 달라붙는 더위가 싫었다. 그런데 지금은 냉동실 안에 있는 듯 춥다. 5월이 분기탱천하는데 춥다. '생각은 춥다'로 꽉 차 있다. 옆을 보니 사지가 빨랫줄로 묶여 있다. 움직일 때마다 플라스틱 줄이 살 껍데기를 파고들어 깜짝 놀랄 만큼 아프고 불편하다. 팬티도 입히지 않은 채 벗겨져 있다. 부끄러우며 심한 모욕감으로 자지는 역대 최악으로 줄어들었다. 거기에다가 늘 상대에 위협적이었던 몸은 쌓인 지방 탓으로 잘 삶아진 통개처럼 먹음직스레 보인다. 많은 시간이 흐른 거 같은데 얼마나 더 우스꽝스러운 꼴로 누워있어야 하는지 알 수 없다. 춥다, 정말 춥다. 지구 종말이 와 나만 살아 폐허에 내동댕이쳐진 느낌이다. 아니 실제 그렇게 보이는 건물에 도살 직전 돼지 꼴로 묶여 있다. 이건 인권에 대한 문제다. 뇌리에 인권이 떠오르자 코웃음이 나왔다. 지금까지 인권을 개무시하고 살아왔다. 대체 존중해야 할 인권이 어디 있단 말인가. 물론 나를 빼고 한 생각이다.

시멘트 기둥은 푸석해 살짝 건드리기만 해도 무너져 내릴 것으로 보였고,

한쪽 귀퉁이에 뒹굴고 있는 드럼통과 지주 파이프는 삭아 전체적인 풍경은 을씨년스러웠다. 후려치듯 바람이 불자 녹과 시멘트 먼지가 기도 속으로 파고들었다. 가만히 있으니 아득히 먼 곳에서 차 소리가 들린다. 몇 시간이 지난 건가? 며칠이 흐른 건가. 무엇보다 머리가 깨어질 듯 아파 생각이 이어지지 않는다.

이게 어떻게 된 거지. 어느 부분에서 잘못된 것인지 복기해보자. 자정을 넘긴 시간이었지. 술을 마시긴 했어도 도를 넘긴 건 아니다. 몇 번 시도로 승객 둘이 실린 택시를 잡았지. 늙고 지쳐 보이는 세월의 때가 잔뜩 묻은 여자가 앞자리에 앉아 졸고 있었고 뒷좌석의 건장한 사내가 창밖을 응시하고 있었다. 거기에 내가 탔다. 자리가 없는데 기사가 한 사람을 더 태우기 위해 이정표처럼 서 있는 사람 앞에 섰다. 기사가 방향을 물었고 손님을 태웠지. 건장한 세 남자를 태우기에 대한민국 택시가 너무 좁았어. 내가 대학 시절에 역도부 주장이었으니까. 양옆에 탄 두 사내는 나보다 젊고 체격이 만만치 않았지. 그 두 놈의 좌우 어깨에 끼인 꼴이 마치 바이스로 조이는 듯해 숨을 쉬면 눈깔이 튀어나온 금붕어 같았어. 내일모레면 사십이야. 돌이킬 수야 없겠지만 운동을 조금만 하면 그 시절이 마냥 그립지 않겠지. 그리곤 그 생각을 서둘러 지웠어. 언젠가부터 다짐하는 일은 기망행위와 다르지 않았어. 사는 게 너무 피곤해. 방향을 잘못 잡은 건지 아니면 누구 말대로 인성에 문제가 있는 건지 모르겠어. 이런 생각을 하고 있었지.

그런 불평을 하다 짜증이 났었지. 몸과 마음이 다 불편했고 차라리 걷고 말겠어. 약간의 술기운과 5월의 시원한 밤공기가 충동질했지. 택시 기사에게 내리겠다고 하자 차가 멈췄고, 돈을 꺼내려 손을 주머니에 넣으니 왼쪽 옆 사내가 손을 잡음과 동시에 오른쪽 사내가 역겨운 냄새가 나는 무언가로 내 입을 틀어막았지. 저항하려 했으나 왕년의 내가 아니었고 그들은 바위였어. 그리곤 이 꼴이 됐다. 아, 그럼 납치된 것이다.

이 판국에 납치됐다는 사실에 웃음이 나왔다. 미스 강이 술에 취해 강호동이 살짝 다이어트 하면 나와 비슷하다고 했다. 웃음이 또 나왔다. 코믹영화의 빈번한 소재가 된 멍청한 자식이 실수한 것이 틀림없다. 물론 그놈들은 사과하지 않을 테지만 풀려나기는 할 것이다. 이불이나 좀 덮어줘! 소리를 질렀는데 소리가 나오지 않았다. 입이 테이프로 칭칭 감긴 것을 깜빡했다.

어쨌든 황당한 일이 벌어졌다. 모자란 놈의 착오든 실수든지 간에 이런 상황은 어느 정도 시간이 흐른 다음에나 해결될 것이다. 대개 조직은 실수를 수습하기보다는 회피하거나 끄는 경향이 있다. 힘이 발언권을 가지면 나약한 을은 태아만큼 결백하다 할지라도 무조건 잘못했다고 빌어야 한다.

혹시 이러다 저체온증으로 죽을 수도 있지 않을까? 이렇게 떨다간 나중에 온몸의 뼈들이 주저앉지 않을까 걱정될 만큼 춥다. 주위를 둘러보니 쥐새끼 한 마리도 얼씬거리지 않는다. 개시부터 망조가 든 이런 건물은 대개 입지가 좋지 않아 벌건 대낮에도 사람이 찾지 않을 것이다.

춥다. 환장할 정도로 춥다. 이건 고문이다. 벗겨놨으면 하다못해 신문지라도 덮어주는 교양쯤은 있어야 하는 거 아닌가. 비명을 질렀지만, 소리 기능을 못 했다. 나를 방치해 놓고 까마득히 잊어버린 듯이 아무도 들여다보는 놈이 없다. 움푹 들어간 배를 보아선 최하 네다섯 끼는 굶은 것 같은데 이렇게 만든 놈들은 코빼기조차 보이지 않는다. 재수 없는 후속 시나리오가 불쑥 떠오른다. 무심한 세월에 방치되어 있다가 계절이 바뀐 어느 날 비행 청소년에게 미라로 발견된다.

불운이 시시때때로 일어나는 나라이다. 출근하다 맨홀에 빠져 죽기도 하고 더 재수 없으면 고층 빌딩에서 자살하는 놈에 깔려 죽거나 편의점에서 미친놈의 느닷없는 칼부림에 죽어 자빠지는 황당한 사건은 이제 일반화돼서 당사자가 아니고는 놀라지 않는다. 내가 지른 비명은 스스로 듣기에도 죽어가는 자의 입에서 새어 나오는 신음으로 들렸다. 누가 이 소리를 들을 것이며, 들었다 하더라도 이런 으스스한 곳에 찾아올 것인가. 고통이 전신을 기어 다녔다.

영하 날씨가 아닌 것이 그나마 다행한 일이다. 군에서 느낀 거지만 추우면 시간마저 얼어붙는다. 아, 5월인데, 사정없이 꽃피는 5월인데 이렇게 춥다니. 개~새~끼! 만약 풀려나면 이놈들을 반드시 잡아 뜯어 먹을 것이다. 얼핏 본 얼굴이지만 시간이 갈수록 또렷이 두 놈을 기억할 수 있다. 아, 하느님 정말.

깜빡 잠이 들었던가. 누군가 바늘로 찌르는 듯한 착각에 정신을 들었다. 마르고 작은 사내가 장난을 치듯 진짜 바늘로 몸 여기저기를 콕콕 찌르고 있었다. 나도 모르게 신경질과 화가 동시에 튀어 나왔다.

아, 아퍼 아프다니까, 이 새끼야.

난쟁이는 아니나 난쟁이보다 약간 큰, 작고 마른 사내 눈은 사흘 굶주린 설치류의 악마적 살기를 띠고 있었다. 작다고 착한 게 아니다. 아울러 이 상황을 벗어나려면 공손해야 하는 사실도 알아챘다.

죄송합니다. 나도 모르게 그만 이것 좀 풀어주십시오. 뭔가 잘못됐다는 걸 확인했을 거 아닙니까? 얼른 풀어주세요. 신고나 보복 같은 건 하질 않겠습니다. 하늘에 계신 우리 어머니를 두고 맹세하죠. 이래 뵈도 한 때 놀았던 사람입니다.

작은 사내는 힐끗 본 다음, 별 개새끼 다 보겠다는 듯 아랑곳없이 바늘을 꽂았다. 입에 장난기를 가득 물고 어린이로 돌아가 놀다 지루해진 인형을 작살내기로 작정했는지 몸 곳곳을 찌르기 시작했다. 발가락을 쑤시면 머리카락이 동시에 솟구쳤고, 허벅지 안쪽을 찌르면 꼬리뼈 위에 있는 척추가 함께 무너져 내렸다. 성감대 전체가 치명적인 급소였다. 숨이 막히고 비명이 식도에 컥컥 걸렸다.

잠시 기절했나 보다. 얼굴에 물이 적셔 있고 이불 홑청 비슷한 천이 덮여 있었다. 고작 홑청이었는데 봄볕을 안은 것처럼 따뜻했다. 비로소 아내와 두 살배기 아들이 떠올랐다. 따스함, 그리움, 사랑 이런 정서가 없는 우리 가족은 앞니가 몽땅 빠진 듯 불편했다. 이 곤경을 벗어나기만 하면 아내한테 잘하리라. 그런데 아내는 며칠째 들어오지 않는 나를 궁금해하고 있을까? 이곳저곳 수소문해 행방이 묘연하다는 사실을 깨닫고 신고진 않았을까. 고개를 저었다. 아내는 그 정도로 현명한 여자가 아니다.

아, 빌어먹을, 실수했다는 사실을 알았으면 놓아주어야지. 나는 당신을 몰라. 제발 풀어 달라고, 수상쩍은 곳으로 딸려온 강아지처럼 울어댔다. 한주먹감도 안 되는 사내가 다가왔다. 사내 손에 바늘이 없어 안도의 숨을 내쉬었다. 작은 사내는 생사의 갈림을 꼴리는 대로 정하는 양심 없는 판사보다 무시무시했다.

선생님 나 좀 풀어주십시오. 내겐 처와 아들이 있습니다. 그들은 내가 집에 오기를 눈 빠지게 기다리고 있습니다. 그리고 출근을 안 하면 회사에서 짤리죠. 큰일 아닙니까? 요즘같이 먹고 살기 힘든 세상에---

사내가 주먹을 휘둘렀다. 어떻게 보면 어리광을 부리는 연인의 토닥임을 약간 초과하는 세기였다. 왕년에 주먹 꽤나 썼다. 간혹 맞으며 구타자로 하여금 만족하지 못하는 비명을 지르는 놈이 있는데, 대개 이런 자들은 대가리는 텅 비어 있으면서 겉멋만 가득 찬 밥통이다. 두어 대면 끝날 일을 때리는 놈이 지쳐 쓰러질 때까지 몽둥이를 휘두르게 한다. 사내를 즐겁게 하려고 감창 비슷한 비명을 질렀고 다 죽어가는 연기를 했다. 폭력엔 이성이 없으며 오직 관성이 작용한다.

"아가리 닥쳐. 날 자세히 봐!"

???

"어때."

작고 보잘것없이 생긴 사내는 이발 후 거울에 비친 자신의 모습을 비추는 포즈를 취했다.

무엇을 말입니까?

사내의 비위를 거스르지 않기 위해 갖은 애를 쓰고 있는데 뭔가 사내를 계속 화나게 하는 일이 있는지 연약한 주먹을 함부로 휘둘러댔다. 비굴한 비명을 지르면서 무엇이 못마땅했을까 생각해 봤지만, 도무지 내 대가리로는 떠오르지 않았다. 선생님, 사장님, 힌트 좀 주세요. 어려운 퀴즈를 내시면서 힌트를 주셔야지 무턱대고 때리시기만 하면 어떻게 합니까.

"내 얼굴을 잘 보란 말이야."

얼굴을 쳐다보는 게 힌트란 말인가. 이 새끼는 힌트란 말의 뜻을 모르는 모양이다. 보라구? 우리 세계에 어울리는 얼굴도 아니고, 찢어진 눈에 간사한 지성이 번득이는 인상도 아니었다. 사십은 넘긴 것 같다. 저런 부적절한 몸뚱이로 그 세월을 버텼으니 대한민국 민주주의가 좋긴 좋은 모양이다. 하여간, 평범 이하여서 기억하기 쉬운 특색인데 기억 저장고에는 없었다.

어디서 뵌 분 같은데 기억이 잘 나지 않는군요. 그런데 왜 그러시죠.

사내는 아무 대꾸 없이 열심히 치기만 했다. 나도 답답하긴 마찬가지였다. 돈은 인간을 시나브로 비굴하게 만들지만, 폭력은 순식간에 인산을 푸줏간에 걸린 개나 돼지로 변모시킬 수 있다. 폭력 앞에 위대한 인간은 잘 훈련된 비굴한 개가 된다. 우리 조상이 말하지 않던가. 매에 장사 없다, 라고.

작은 사내가 지치자 미친 평온이 왔다. 당장 내 안전은 사내 의지에 달려 있다. 사내 감정에 얼마나 절실히 호소하느냐에 따라 방면이 결정된다. 뭐든지 폭력의 방향키가 가리키는 곳을 향해 바짝 엎드려야 한다. 조서를 꾸미되 상황은 만들어지고 논리는 사실을 가장해야 한다. 당신이 꾸민 이야기는 모두 진실이다. 자, 말하라. 무엇을 고백하면 되는가!

사내 시선을 궁지에 몰린 쥐가 고양이를 바라보는 눈으로 애처롭게 붙잡았다. 햄릿이 성 주위를 걸어 다니며 방백 하듯 사내는 때론 크게 때론 작게 말했다.

"나를 부정하는 게 아니라 모른다고. 너를 척 보는 순간 한눈에 네 놈을 알아보았는데, 그것도 십 사 년 동안 널 한시도 잊지 못했다는 사실을 깨달았는데, 어떻게 날 몰라?"

사내 목소리는 감정 기복이 심해 갈피를 잡기 어려웠다. 예수를 세 번씩이나 부정하는 베드로도 아니고, 난 진정 이 너를 모른다. 하지만 놈 표정은 확신하고 자신을 간절히 기억해주길 바랐다. 사내 말에 온 신경을 모았다. 그러다 걸린 말이, 십 사 년 전이라면 상병으로 군에 있던 시절인데, 내무반에 저렇게 작은놈이 있었던가. 저놈의 키나 체중으로 보아선 군에 갈 수 없었을 텐데. 십 사 년이라! 모진 변비 끝에 간신히 힘을 주어 한 덩어리를 내지르듯 갖은 애를 쓴 끝에 기억 한구석에서 먼지를 뒤집어쓰고 있는 그림 한 장을 찾아냈다. 아, 맞아. 저놈 때문에 포상휴가를 갔었지. 그건 에피소드일 뿐이야. 솔기가 뜯어진 기억에 색이 입혀져 복원됐다.

아, 씨팔, 겨울이었다. 최전방 겨울은 피 끓는 청춘이 아니면 견딜 수 없을 정도로 모질고 폭력적이었고, 야간 초소 근무는 모든 것을 그리움으로 바꿔놓았다. 군대에 소속됨으로 가족이란 단어가 얼마나 의미가 깊은 형용사인지 다들 깨달았다. 영하 20℃는 늘 서로에게 송곳니를 드러냈다. 인근 부대에서 간첩을 잡았다는 비보가 전해졌고 그 부대는 바로 축제에 들어갔다. 그 간첩이 우리 부대를 거쳐 잡혔다는 억지 가정이 성립되자 훈련을 가장한 기합과 경계근무 강화로 바깥 사회에 대한 그리움을 더욱 짙게 했다.

나도 간첩을 잡고 싶다. 벅찬 포상과 동면과 같은 휴가를 받고 싶었다. 그 당시 모든 군바리 희망은 간첩을 잡는 것이었다. 그때였다. 전방 오십 미터 앞에 나뭇짐을 꾸리는 사람이 보였고, 그와 동시에 내가 생각해도 천재적인 아이디어가 겹쳐졌다. 세상에 이런 생각이 똥만 들어있는 내 머리에서 떠오르다니.

옛날, 이 산은 선조란 무능력하고 의심 많은 괴물이 군림하고 있었을 당시 임꺽정이란 유명한 산적이 진을 쳤던 곳이다. 산적이나 쓸데없이 이 산을 지키는 군인이나 뭐가 다르단 말이냐. 이 무시무시한 산에 다가온 백성이 문제지. 진정 내가 한 짓이 아니다. 목표물이 먹잇감으로 간주되면 눈이 뒤집히는 들개였다.

그 나무꾼에게 포획물을 향한 거미처럼 달려들어 수하를 요구했다. 일이 잘되려고 그랬는지, 곧 제물이 될 불쌍한 자는 늙은이가 아니었다. 수하를 하며, 머릿속은 전광석화 같은 계획이 행동으로 이어졌다. 하여, 작고 버러지 같은 나무꾼에게 소리쳤다. 물론 방향은 군 막사를 향해서.

"손들어 너 간첩이지!"

정체를 묻는 단도직입이고 황당한 질문에 사내는 몹시 놀라 다물지 못하는 아가리를 간신히 모았을 때, 혹시나 다문 입이 열리면 화근이 될 가능성을 제거하기 위해 개머리판을 휘둘렀다. 그는 말하려 했으나 숙련된 주먹이 허락하지 않았다. 이 모든 게 연결된 한 동작이었다. 사내가 널브러지자 허공에 대고 M16을 자동으로 갈겼다. 노획물을 밟은 채 상기된 얼굴로 동삼을 캐낸 심마니처럼 소리쳤다.

간첩을 잡았다. 으하하, 나도 간첩을 잡았다.

무장한 부대원들이 제물을 빙 둘러싸 구경을 했다. 소대장이 기절해 있는 사내를 후송하도록 지시했다. 쓴 입맛을 다신 중대장이 나를 노려봤다.

"이상해. 냄새가 나. 너무 말랐어!"

정색하고 따졌다. 완벽한 연기를 하지 못하면 신세를 조질 수도 있는 모 아니면 도였다. 들키면 쿠데타이고 혼신의 힘을 다해 부정하면 거짓도 진실이 된다. 사람들이 정치꾼을 믿는 것은 모리배의 철두철미한 뻔뻔함과 뒤에 보복이 숨겨져 있기 때문이다.

무슨 말입니까? 중대장님?

나는 분명 '말씀'이라 하지 않고 의도적으로 '말'이라 했다.

빨리 이놈을 헌병대로 끌고 가서 취조해 보십시오. 늦으면 말 바꿀지 모릅니다. 내가 간첩을 잡았단 말입니다. 으하하.

잡도리한 내무반 부대원은 억지로 믿는 눈치였고, 고문관으로 찍혀 집중적으로 맞아본 적이 있던 병들은 환호성을 질렀다. 우라지게 쥐어 터졌던 몇몇이 다가와 아부에 가깝게 축하의 말을 건넸다. 그리고 다음 날이 소리치며 달려들었다.

대대장이 부른다는 전언을 듣고 말 순서를 가다듬었다. 할 말을 챙기고 심호흡을 했다. 대대장은 씁쓸한 표정으로 언성을 높였다.

"야 이 색꺄. 민간인을 그 지경으로 패면 어떻게 해. 갈비가 네 대에 허리 골절이야. 머리는 시티를 찍었는데 별 이상은 없을 거라는군. 야, 인마. 그래 대학물까지 먹었다는 놈이 그리 무식해. 너 같으면 저렇게 마르고 도토리만 한 놈을 간첩으로 보내겠냐?"

아니 정말 간첩이 아니란 말씀입니까?

눙친 질문에 대대장이 중대장 조인트를 까며 말했다.

"어이 중대장, 도대체 중대원을 어떻게 교육시켰기에 민간인과 간첩을 구별 못 하나? 만약 그 민간인이 병신이라도 되면 그 책임 누가 질 거야 엉? 씨발, 군 생활 종 칠뻔했네! 어쨌든 경계근무 강화하는 의미로 쟤한테 삼 일간 특박과 포상하라는 연대 지시야. 에이, 저런 새끼는 영창을 보내야 하는 건데."

사내에 대한 기억을 끄집어내자 눈앞이 깜깜해졌다. 앞으로 스토리가 얼마나 어렵게 펼쳐질지 암담했다. 모르쇠가 최고다. 사내가 바늘을 꺼내자 의도와 다른 말이 술술 나왔다.

아이고 선생님. 그때는 정말 간첩인 줄 알고 그랬습니다. 그 당시 비상 근무 체제였단 말입니다. 제 눈깔이 삐어도 한참 삐었습니다. 아무튼, 제 잘못입니다. 용서해 주십시오.

사내는 천천히 바늘을 골라 내 몸 이곳저곳을 게으르게 꽂았다.

잘못했습니다. 한 번만, 한 번만 용서해 주십시오. 아, 따가워 이 개새꺄.

아니 선생님 제발 한 번만 봐주십시오.

　상상에서 현실로 재현된 꿈의 만찬을 마주한 사내는 내가 지르는 비명에 처연했을 뿐만 아니라 손을 마주 비비며 어느 부분이 가장 맛있는 부위인지 잘 아는 미식가였다. 그는 장난기 가득한 얼굴로 뜸 들여가며 바늘을 꽂았다. 사방이 노래지며 살을 저며내는 아픔이 맹수처럼 달려들었다.

　온몸이 따갑고 오므라드는 추위로 눈이 떠지자 사내 손에 담배가 들려 있었다. 생오줌을 누었나 보다. 물큰한 지린내와 야멸찬 어둠이 기괴한 웃음을 가득 문 채로 주위에 몰려 있다. 사내는 구경꾼이자 야차였다. 전신의 피부가 아우성을 쳤다. 파블로프 조건반사처럼 폭력 또한 같은 작용을 한다. 시작 전 공포가 먼저 밀려오고, 폭력이 진행되면서 사고는 마비된다. 굳이 종교가 아니더라도 죽음이 얼마나 편안한 안식인지, 한계에 다다르면 인간의 존엄이 얼마나 하찮은 것인지 깨닫게 된다. 백 대를 맞겠느냐 목을 매겠냐는 선택지가 맞아본 놈에게 주어진다면 누구든 올가미에 목을 넣을 것이다. 하느님 아버지, 말로 하십시오. 원하는 건 다 들어 주겠습니다.

　선생님 그때는 몰라뵙고 그랬습니다. 정말입니다. 간첩님인지 알고.

　끝까지 오리발을 내밀어야 한다. 아무리 강한 놈도 폭력 앞에서 무기력해진다. 이실직고하면 죄가 가벼워질 거라는 믿음이 첫 번째고, 무자비한 폭력을 뿌려대는 놈이 자기와 같은 피가 흐르고 성선설에 기초한 휴먼일 거라는 기대가 그 두 번째이다. 폭력의 천성은 자비가 없다는 점이다. 항복을 선언하는 순간 폭력은 오히려 기폭제가 되어 가학적인 즐거움을 얻는다. 이건 철칙이다. 뭐가 진실인가. 나는, 목사가 아니라 목사 할아비라도 야구 방망이로 신의 부재를 세 번 이상 부정하게 만들 수 있다. 사내가 담배를 디밀자 죽음의 압력에 눌려 비명이 삐져나왔다. 사내 웃음소리가 소름 끼쳤다.

　"자, 피워. 난 담배 피울 줄 몰라."

　담배가 불안을 이완시켰다. 사내는 주위를 저벅저벅 걸으며 말했다.

"내가 간첩인 줄 알았다 이거지. 정말 그랬나."

예. 정말입니다. 하늘에 맹세코…….

"닥쳐 이 새꺄! 다 알고 있어. 네가 개머리판을 휘두를 때 눈빛을 보고 뭘 하려는지 알았어. 내가 맞으며 앞마을 갈매리에 산다고 하자 너는 일부러 아가리를 치고 목을 밟았잖아. 그리곤 소리쳤지. 뭐라고 했는지 기억나나?"

기억은 납니다만 정말 간첩인 줄…….

말이 끝나기 전에 사내의 연약한 주먹이 뺨에 닿았다. 약해진 매는 일종의 휴식이다. 비명을 지르며 생각할 여유도 생겼다. 그러나 이 난관을 어떻게 헤쳐나가야 할지 아무 생각도 떠오르지 않았다. 아, 어떻게 좀. 사내는 쉽게 지쳤다. 길고 먼 거리를 오직 기록만을 생각하며 달려온 마라톤 주자처럼 결승점에 주저앉았다. 그가 신경질을 내며 말했다.

"다시 한번 말할게. 지금부터 답변에 거짓이 묻어 있다면 너를 실컷 가지고 놀다가 토막을 낼 거야. 지금이라도 반성하고 진실을 말하면 바로 풀려나는 거야. 나도 하늘에 두고 맹세하지. 알았어?"

예!

"너 나 때릴 때 간첩이 아닌 줄 알았지?"

아닙니다. 저는 정말.

말을 잇지 못했다. 바늘이 성기 근처에 꽂혔다. 세상에, 거기가 제일 아팠다. 방언이 터지듯 진실이 빠져나왔다.

맞씀니다. 저는 그때 선생님이 간첩이 아니라고 생각했씀니다.

머뭇거리다 말을 애처롭게 이었다.

당시 너무 추워서 집에 가고 싶어 그랬습니다. 진실을 말하면 풀어줄 거라는 절대 믿음을 걸고 나온 대답이었다. 사내는 미친 듯 웃었다. 따라 웃는 내 웃음이 비굴했다.

"너 내가 거짓말한 거 알아? 사실대로 말하면 풀어주겠다는 말, 거짓말이

단편소설 深里

야. 속았지?"

사내는 다시 웃었다. 데굴데굴 구르면서 웃는 꼴이 지옥에서 갓 출소한 영락없는 악마였다. 사태를 바꾸기 위해 다급하게 말했다.

아닙니다. 선생님이 정말 간첩인 줄 알았습니다.

"입 닥쳐. 난 알고 있었어. 이해할 수 없었던 것은 왜 그랬을까? 야. 우리 아버지도 죽기 전까지 그게 궁금했었어. 우리가 만나보길 했나? 무슨 철천지 원수였냐? 정말 고작 휴가 때문에 그랬니?"

사내 웃음은 울음으로 바뀌었다. 다시 웃다가 울기를 되풀이했다. 정상이 아니다. 사위가 어두워졌다. 사내는 더러운 바닥에 퍼질러 앉아 움직이지 않았다. 그 모습에 가파른 살기가 등등했다. 똥구멍이 저릿저릿하도록 무섭다.

이 지경이 돼야 알겠지만, 폭력 앞에 죽음은 아무것도 아니다. 세포 하나하나를 일깨우는 공포와 신경줄을 뜯어내는 통증은 죽음조차 우습게 만든다. 그 후 눈으로 보면서 사고할 수 없고 생각과 몸은 의지대로 움직여지지 않는다.

지구 자전이 느껴진다. 시간이 고통의 정점에 멈춰있다. 아침이 왔으나 눈앞은 깜깜했다. 한낮이어도 온몸이 사시나무 떨리듯 했으며 쾅쾅 뛰는 심장은 어떤 다짐이나 위로로도 진정 되지 않았다. 고작 사흘간 포상휴가를 즐겼을 뿐인데 그 대가로 죽음이라니 이건 너무 억울하지 않은가. 울음이 절로 나왔다. 사내가 다가왔다. 손에 소주병이 잔뜩 들려 있었다.

"지금 너를 가장 고통스럽게 죽일 거야. 먼저 네놈이 왜 죽어야 하는지 이유를 알려줄 거야. 그래야 죽더라도 억울하지 않을 거 아냐. 이 나라에 원귀가 왜 많은지 알아. 그건 자기가 왜 죽어야 했는지 몰라서 그래. 내가 정규교육은 아니지만, 법무부 학교에서 많이 배웠어. 거기에 삼천리 방방곡곡에 아무 이유 없이 죽어간 후손들이 많아. 많아도 너무 많아. 우리에게 역사는 악마의 동화야! 지도자가 바뀔 때마다 권력 유지 수단으로 국민이 죽어 나가지. 그다음 묻히고 언론으로 잊힌다고. 넌 다행인 줄 알아! 네 죄를 알고 죽는 거니까."

용서를 구했다. 눈물을 철철 흘리며 용서를 간절하게 빌었다. 어떤 보상이든 다하겠다고 말했다. 사내가 입을 막았다.

"나는 그때 서른 살이었지. 어머니는 힘든 노동으로 일찍 돌아가셨고 아버지와 단둘이 그 땅에 대대로 살고 있었어. 사대 독자였는데 장가도 못 간 채로 말이야. 가난했거든. 어떤 년이 시집오겠어? 땅 몇 떼기뿐인 집에 그것도 산골짜기에 말이야. 어쨌든 늦은 점심을 먹고 나무하러 갔다가 네 놈에게 봉변을 당했지. 일진이 나빴다고 치기에 손상이 너무 컸어. 삶 전체가 망가졌거든. 너한테 맞은 후유증으로 허리를 못 썼지. 한 달은 거의 뒷간 출입도 못했고, 한 삼 년을 천정만 보고 지냈지. 게다가 보상은커녕 사과 한마디 듣지 못했어. 깡그리 내 잘못이래. 민간인 통제 구역에서 나무를 해 이런 불상사가 벌어졌고 오히려 총 맞지 않은 걸 다행이라고 대위가 말했을 때 아버지는 정말 고맙게 여기시더군. 그 후 논 여섯 마지기와 밭 천 평을 약값으로 밀어 놓고서야 간신히 기어 다닐 수 있었어. 너, 시골에서 땅이 없는 게 어떤 건지 알아? 한겨울에 발가벗겨져 있는 거와 같아. 내가 낫자 아버지가 진이 빠져 화병으로 눕더군. 사대 독자인데 결혼도 못 하고 오 년을 반병신으로 자빠져 있는 자식이 사람 구실을 할 수 있을까 한이 되신 거지. 삼 개월 동안 아들만 부르다 눈 뜨고 돌아가셨어. 어떻게 하겠어? 참, 나. 당시, 네 생각이 나더라고. 네 놈을 찾아 복수하겠다는 생각이 아니라 그냥 원망이지. 마치 하늘을 원망하듯 말이야. 나 되게 순진했어, 그지?"

사내가 정겹게 물었다. 눈을 감았다.

"탈탈 털어 아버지 장례를 치르고 며칠이 지나자 그야말로 먹고사는 게 당장 급하더군. 고향에서 할 일이 없었어. 땅이 있어, 뭐가 있어? 품앗이하려 해도 허리가 땅기고 결려서 할 수가 없었어. 그때 내 나이가 몇인지 알아? 서

　　　　　　단편소설 深里

른여섯이었어. 고향에서 장가 못 간 놈은 나 혼자였다고."

사내가 어깨를 잡아 흔들었지만, 눈을 뜨지 않았다.

"무작정 서울로 올라온 때가 하필 겨울이었어. 버스를 타고 한 시간 반이면 오는 동네인데 난생처음이야. 그냥 한번 와 보기엔 삶이 고단했고, 라디오로 들어도 심상치 않은 곳이라 판단해 가본 적이 없는 곳이지. 고향에서는 근근이 살아도 고아라는 느낌이 없었는데 서울에 도착하자마자 저수지 얼음 구덩이에 던져진 것처럼 온몸이 마비됐어. 원래 내가 머리가 좋지 않은 줄 알았는데 바로 깨달았어. 석가는 칠 년 수도 끝에 대오각성했다잖아. 난 서울에 발을 딛자마자 대번에 깨달은 거야. 이제 죽었구나! 서울이라 해서 비쩍 마른 내가 할 일이 있겠어? 두 끼 먹을 거 한 끼 먹으면서 어떻게든 겨울을 나 보려고 전략을 짰는데 그게 여기선 통하지 않더라고. 나중에 눈알이 뒤집히더군. 너 눈알이 뒤집혀 본 적 있어?"

사내가 다시 어깨를 잡아 흔들었지만, 눈을 꽉 감았다.

"고향 추위를 생각하면 여긴 봄이나 마찬가지인데 왜 그리 혹독하게 느껴졌는지 지금 생각해도 잘 모르셨어. 아마 배고팠기 때문일 거야. 도서히 못 참겠더군. 음식점에 가서 쩐 없이 김치찌개 백반을 시켰어. 이 덩치에 공깃밥을 세 그릇이나 추가해 먹고 오리발을 내밀었지. 귀싸대기 몇 대를 맞았는데 배가 부르니까 아프지 않은 거야. 이상하지 그치?"

눈을 뜨지 않았다. 사내가 따귀를 때렸다.

"아프지. 나는 이것보다 세게 맞았는데 하나도 아프지 않았어. 참 좋은 방법을 터득했다고 생각했지. 이틀 굶다 배가 너무 고프면 무조건 허름한 음식점을 찾아 밥을 먹고 흥부처럼 매품으로 살았지. 나중에 무전취식 상습자로 걸려 구류 살았어. 봄이 왔어. 봄이 오자 생각이 조금 나아지는 거야. 서울 물이 조금 든거지. 처음 도둑질 한 곳이 서울역이야. 사흘 내리 굶어 담 안 넘는 놈 없잖아? 가방을 훔쳐 달아났는데 되게 떨리더군. 봄이 채 가기 전,

달리기를 잘하는 용감한 서울 시민에게 잡혔어. 처음에 나도 너처럼 잡아뗐
는데 형사가 다 알고 있으니 불면 죄를 가볍게 해 주겠다는 이빨에 그만 넘
어간 거야. 그래서 깠지. 기억하는 걸 다 불었거든 부족하다는 거야. 나중에
하지 않았던 것까지 안고 넘어져야 했어. 한 바퀴 반을 돌았지. 너 교도소 가
본 적 있어?"

없습니다. 면회 가본 적도 없습니다.

"거기 괜찮아. 토끼 같은 놈에게 권장할만한 교육 프로그램이야. 나는 말
이야. 노상 터지고 사는 국민은 거기 가서 배웠으면 좋겠어! 하여간, 겨울엔
피난처로 아주 싸게 먹히더군. 처음에는 몰라 고생 좀 했는데, 맞으면 죽을
것 같이 말았으니까 건드리지 않더군. 그러다 누치라는 꼴통에게 후장을 대
주고 기술을 전수 받았지. 그땐 스승이었어. 그놈이 나보고 천부적인 몸매를
타고났다고 했어. 잘 풀렸다면 과천 경마장 기수로 딱이라더군. 나를 주물럭
거리면서, 작고 마른 몸에 고양이 근육은 신이 내린 도둑놈이란 거야. 타고
난 재능에다 담력과 지능만 갖추면 국회의원이 뭐가 부럽냐는 거지. 바로 이
론부터 공부했지. 처음에는 적게 시작하라 하더군. 마치 바늘 도둑이 소도둑
되듯이. 담타기, 문 열기, 자물쇠 따기 그리고 빈 집 털기를 끝으로 졸업했
지. 얼마나 열심히 공부했던지 여섯 계절이 휙 지나가더군. 배울 게 많았지
만, 졸업과 동시에 빵에서 나왔어! 아, 이 자신감이라니. 세상이 다 내 걸로
보이는 거야. 도둑놈 심보지. 애효, 이론과 실전은 괴리가 있더군. 바늘 도둑
질부터 시작하라는 스승 말을 명심했어야 했는데, 그만 파란 하늘과 참새의
지저귐에 깜빡 한 거야. 출소하던 그 날 저녁 금은방을 털다 바로 잡혔어. 가
중처벌로 세 바퀴 반을 돌았지. 너, 교도소 한 번도 못 가봤다고 했지?"

예, 구경도 못 했습니다. 비디오로는 봤습니다.

"이번엔 제대로 된 선생을 만났어. 나를 불쌍하게 봤는지 자신의 기술 모
두 전수해주셨어. 아마 칠 급에서 프로 팔 단이 된 거지. 스승에게 시집간 딸

이라도 있으면 이혼시켜 사위로 삼고 싶어 하셨지. 나중에는 사회에 나와 보살펴주시고 직접 현장 실습도 시켜주었어. 다음부터 먹고 사는 데 지장이 없었지. 돈도 어느 정도 모았는데 널 데려오느라고 다 써버렸어. 택시 안에 그놈들 생각나지!"

고개를 끄덕였다.

"아주 무서운 놈들이야. 비싸지만 에이에스가 확실해. 내가 널 분해하면 뒤처리를 말끔히 끝내주기로 약속했지."

사내 목소리는 나른했다. 말에 든 살벌한 내용을 빼면 사내 목소리는 한적한 오후 봄볕에 조는 노인들의 수군거림으로 들렸다.

"우리 같은 종족은 시간 강박증이 있어. 과거는 처절하고 현실은 끝없는 수렁이고 미래는 위태롭지. 하루 놀면 불안해 미치는 거야. 너 사흘 굶어봤어? 몇 날 며칠을 위와 장에 아무것도 넣어주지 못하면 몸한테 미안해 눈물이 나. 얼마나 오래 비었는지 한숨을 쉬잖아, 그 메아리가 울려 똥구멍으로 바로 빠져나오는 거야. 그런 날 꿈을 꾸면 지은 죄도 없는데 온갖 것들이 쫓아와. 바로 그런 꿈을 꾼 다음 날 연립수택을 털다가 널 보았지. 그날은 왠지 찜찜했어. 교수가 그랬거든 뭔가 느낌이 이상하면 그냥 자빠져 자든지 아니면 쉬운 일을 택하라고 했지. 연립주택이 제일 쉬워. 반면 돈이 안 돼. 창문을 따면 바로 거실이지. 거미처럼 움직여야 해. 벽면에 붙어있는 결혼사진을 스치듯 봤는데 심장이 발작하듯 뛰고 두 발이 들러붙은 것처럼 떼어지질 않는 거야."

나도 심장이 요동쳤다. 사내는 튀어 오르고 나는 나락으로 떨어졌다.

"나 고민 많이 했다. 그냥 가야 하느냐 아니면 확인할까 갈등했어. 확인하는 쪽으로 기울자 엄청나게 떨리더군. 절대 금기 사항이야. 사람에게 뿜어져 나오는 기가 자는 놈을 깨운다고 선생이 가르치셨거든. 그 경고를 무시하고 안방 문을 열었어. 돼지가 자빠져 있더군. 한 발 더 대담하게 네 얼굴에 플래

올가미 • 10

시를 비춰 확인했지. 당시 내 손에 칼이 없는 걸 다행으로 알아. 있었으면 그 날로 끝냈지. 도둑놈은 흉기를 들어선 안 된다고 하셨지. 본분이 어떻고, 인 명이 어떻고 하는 가르침을 받았거든. 어쨌든 강도는 비전공이잖아. 바로 나 와 심각한 고민에 빠졌어. 잊어버릴 것인지, 아니면 이자 없이 원금만 받을 것인지. 간단한 선택인데 결정하기 어렵더군. 잊기엔 너무 억울하고 받기에 는 처리비용이 만만치 않았거든. 동전을 던졌어. 얼굴이면 살려주고, 뒷면이 면 너를 치기로. 뭐가 나왔는지 알아?"

나는 끌리듯 대답했다. 냉기에 덮인 사내 웃음소리에 소름이 돋았다.

뒷면이군요!

사내가 내 주위를 빙빙 돌았다. 이놈은 나를 죽이기로 작정했다. 전방 겨 울은 끔찍한 살의로 가득 차 있었다. 내가 야수였을 때 그 가운데 네가 뛰어 든 거라고. 북풍한설이 부는 겨울 한 가운데 군대란 얼음 구덩이에 있었다 고. 너만 억울한 게 아니야. 이 땅에 태어난 인간은 다 억울하지. 안 그래?

"아니야 얼굴이 나왔어. 그런데 그 얼굴을 돌려놨어. 돌아가신 아버지 원 혼이 하도 불쌍해 널 용서할 수 없었어. 죽이기로 했어."

아니 얼굴이 나왔는데 나를 왜 죽입니까? 살리셔야지요. 한 번만 용서해 주십시오. 무엇이든 시키는 대로 다 하겠습니다. 살려만 주시면 평생 은혜로 알겠습니다. 제발 살려 주세요.

사내가 손사래를 쳤다.

"자식, 죽이기로 했다고. 대학 나온 놈이 말귀를 못 알아듣나. 네가 나라면 살려주겠니? 고작 휴가를 얻기 위해 개도 아닌 사람을 반쯤 죽여 놓고 그게 한이 되어 아버지까지 죽었는데, 그러다 하느님 도움으로 나를 만났으면, 너 같으면 살려주겠냐고? 나는 너를 발견하기 전까지 하느님을 믿지 않았어. 있 다고 치더라도 똥이나 처먹으라고 욕을 했었지. 신이 있던 거야. 너는 나에 게 신을 욕하게 한 불경죄를 짓게 했어. 그거 한 가지만으로 죽어 마땅하다고 안 그래?"

무엇으로도 사내 결심이 바뀌지 않을 것을 깨닫자 악이 바쳤다.

좋다, 이 자식아. 죽일 테면 죽여라. 내가 죽어서 가만히 있을 줄 아냐? 두고두고 네 꿈속에 나타나 씹도 못 하게 할 테다. 얼른 죽여, 죽이라고 이 개새꺄!

사내는 데굴데굴 구르면서 웃었다. 봉지에서 소주 두 병을 꺼냈다.

"난 술도 못 마셔. 자, 빨리 마셔. 고통을 덜게 될 거야. 너에게 베푸는 마지막 아량이라 생각해. 만약 네가 나라면 이러지 못할걸. 아마 너는 나를 산낙지 씹어대듯이 대가리부터 잘근잘근 씹어 먹었을 거야."

입을 벌리지 않았다. 사내가 바늘을 꺼내 허리에 꽂았다. 다시 바늘을 손에 들고 흔들었다.

"좋게 말할 때 마셔. 고통이 심할 거야. 안 마시겠다면 할 수 없지. 많이 아플 거야! 아주 천천히 죽일 거니까."

본래 쓰임과 전혀 다른 용도의 바늘이 이렇게 무서울 수 있을까. 바늘은 창이나 칼, 도끼보다 무식한 무기다. 소주가 입에 부어시는 대로 기도를 타고 넘어갔다. 며칠 굶은 빈속에 채워지는 알코올은 마약처럼 몸을 띄웠다. 바늘을 쳐든 악마가 보였고 격렬한 통증이 몸 곳곳에 파고들었다.

깜깜했다. 불붙는 갈증과 어지러움으로 서 있는지 아니면 누워있는지 분간이 안 됐다. 등이 따가워 나도 모르게 손이 올라가자 묶였던 끈이 풀렸음을 알았다. 누가 나를 조정하듯이 움직였다.

자동차 경적과 여자의 앙칼진 비명이 들렸으나 이미 죽었으니 나와 전혀 무관한 것으로 느껴졌다. 출동한 경찰이 망연히 걷고 있는 나를 부여잡고 뭐라고 했는데 한마디도 알아들을 수 없었다. 발가벗었다는 사실을 깨달을 때까지 억울해 큰소리로 엉엉 울었다.

하루살이 하루

11

되어가는 대로 사는 삶이 뭐 그리 행복하겠냐마는, 정혁은 이리 치이고 저리 치이면서도 그렇게까지 비참하다고 생각해 본 적이 없다. 고등학교마저 잘리고 허구한 날 쌈질이나 하는 큰아들을 생각하면 멀쩡했던 골치가 지근거렸고 그래도 희망인 둘째 아들 학원비가 양쪽 어깨를 내리눌렀다. 정혁은 그것도 그러려니 했다. 아내만 곁에 있으면 황소처럼 일할 자신이 있었다.

월세 내기 급급한 알량한 카센터를 하며 간판은 '행복 카센터'로 달았다. 이 모든 희망은 아내가 있어 가능했었다. 생각대로 된다면 아들 둘을 도로 아내 자궁 안으로 밀어 넣거나 몰래 새우잡이 어부로 팔아넘기고 싶었다.

한창 작업장에서 폐차하는 게 나을 구형 코란도 타이밍 벨트를 교환하고 있는데 전화가 왔다. 하필 너트를 고정하는 순간이었다. 차 밑에서 기어 나와 전화를 받았다.

생판 처음 뜬 번호여서 짜증이 났다. 어쨌든 전화는 받아야 한다. 정혁은 한숨을 뱉으며 통화 버튼을 눌렀다. 전화 한 통이 식구들 한 끼 식사로 연결되는 수가 있고, 빚은 똥창을 밀고 올라오는 중이다.

정혁은 연습했던 대로 목청을 가다듬어 아내의 웃는 얼굴을 떠올리며 쾌활한 목소리로 관등 성명을 댔다.

"네, 행복 카센터입니다. 무엇을 도와드릴까요, 고객님."

침착하기보다 지루하고 게으르며 사무적인 목소리가 툭 하고 불거졌다. 정혁은 그의 첫마디에서 '의'자가 소리로 나오기 전에 무슨 일이 벌어질지 감지했다. 동물적인 감각이 아닌 생활 패턴이었다. 머리가 묵직해 왔다.

　　　　　　　　　단편소설　深里

"아, 여기 의정부경찰선데요. 박승리 보호자 되시죠?"

보호자? 정혁은 무슨 일이 생기면 아버지가 아니고 보호자로 골라 불리는 상황에 화가 났다. 그쪽으로 시달려 온 머리가 빠르게 회전했다. 단골인 양주 파출소가 아니라 경찰서란 사실에 이번은 좀 크다는 생각이 들었다. 대응의 한 방편으로 정혁이 침묵하자 철부지 순경에서 승진한 지 얼마 안 되는 것으로 판단되는 형사의 잔망스러운 목소리가 서둘러 쏟아졌다.

"박승리 아버지 박정혁 씨 아닙니까?"

부정하고 싶은 혈연이지만 어쩔 수 없었다. 네, 맞습니다.

"댁 아이가 집단폭행에 연루되어 연행됐습니다. 주범으로 추정되고 있으니 빨리 오셔, 박승리를 진정시켜 주셨으면 합니다. 이놈이 지금 뭘 잘했다고 난리예요, 사무집기를 부수고, 이러면 공공 시설물 손괴에 공무 집행 방해죄가 추가되는 중범죄거든요. 아무튼, 조사 진행 상황을 아버지 되는 처지로 알아야 할 것이고 마무리를 지어야지 않겠습니까? 언제 오시겠습니까?"

형사의 빈정거린 존대에 친절은 사나운 개가 뜯어먹고 난 뒤 뼈에 붙은 살 정도로 붙어 있을까 말까 했다. 판에 박힌 말투는, 그린 자식을 만들어 사회에 불우한 환경을 조성한 장본인이란 깔봄 투가 역력했다. 아들의 폭력 성향은 유전병일지 몰랐다. 어쨌든 아비로 감당해야 했다. 집단폭행의 주범이란 죄명이 아들에게 새롭기는 했으나 언젠가 그쪽으로 번질 미래이긴 했다. 정혁은 인지한 사실을 분명히 하기 위해 형사와 같은 속도로 대답했다. 예, 여기가 지금 화성입니다. 게다가 지금 작업 중이고, 말이 채 끝나기 전 꿀리는 패에 약세를 잡아챈 형사가 악을 썼다.

"이 양반이 지금 뭐라고 씨부렁거리는 거야? 당신 아들이 사람을 죽일 뻔했어. 아니 지금 피해자가 병원에 있는데 죽을지도 모른다고. 그런데 아버지가 돼놔서 속 편하게 그딴 말을 하슈. 어쨌든 한 시간 안으로 오슈. 그렇지 않으면 나도 박승리가 어떻게 되건 몰라. 알았어요? 박승리 보호자씨?"

정혁이 침묵하자 전화는 알아들었다 치고 거미줄에 힘겹게 매달린 물체처럼 툭 끊어졌다.

머릿속에 번개가 치고 폭우가 내리고, 도랑이 넘쳐 정신을 차릴 수가 없었다. 생각은 씨줄과 날줄로 엉켰다. 렌치를 잡은 손이 떨렸다.

아들놈이 징역을 살든 사형을 당하건 해체해놓은 차는 맞춰 놓아야 했다. 낡은 코란도 차 주인은 정혁이 매달려야 할 동아줄이었다. 거들먹거리는 새 차나 중고 수입차는 피곤하기만 하고 무심결에 생긴 흠집으로 배상하는 경우가 생겨 다음부터 아예 받지 않았다. 오히려 가난한 주인의 낡은 차들이야말로 정혁이 쏟는 정성을 알아주었다. 그들은 차 바꿀 돈이 없고 차가 생계 수단이어서 꼼꼼하게 손 보면 치하의 말은 덤으로 받고 일당을 벌 수 있었다. 게다가 오래된 차는 가난한 집구석처럼 말썽이 잦았다. 정혁은 자기 일을 천직으로 여겼다. 그리고 나중에 승리가 철이 들면 차 정비 일을 가르쳐 볼 생각을 하고 있었다.

넋 나간 상태에서 몸에 밴 습성으로 차 부품을 허둥지둥 맞추고 윈도 브러시에 〈말끔히 수리됐습니다. 사장님. 제가 급히 출장 수리를 하러 가야 해서 연락을 못 드리네요. 부품비와 공임은 나중에 받겠습니다. 타이어 마모가 다 돼갑니다. 안전 운행하십시오, 사장님〉라고 쓴 메모를 붙여 놓았다. 부품비라도 받아야 하는데 못 받아 찜찜했다. 하루를 근근이 사는 가난한 사람에게 나중은 탓이 된다. 정혁에게도 붙은 습성이었다.

옷을 갈아입을까 하다가 명령대로 허겁지겁 왔다는 표시로 정혁은 씻지 않고 차림 그대로 나섰다. 화성시에서 의정부까지 좋이 100km이다. 막히지 않는 시간대에도 한 시간 이십 분이 좋이 걸렸다. 좋아진 세상인지 몰라도 지금 시각은 넥타이를 맨 놈이나 노가다 꾼도 다 둥지로 돌아가려 눈에 핏발이 선 오후 여섯 시다. 최소한 두 시간 반은 좋이 걸릴 것이다. 거리에 쏟아진 차에 따라 시간은 늘어나거나 줄어드는 게 도시 시간대이다.

정혁은 불행의 전조가 보이거나 전력이 바닥나면, 생각만 해도 기분이 좋은 아내를 떠올렸다. 습관적으로 아내 이미지를 떠올리면 그 느낌에 빠져 엉킨 매듭이 느슨해졌다. 아내는 정혁의 신앙이자 불쌍한 성모였다. 나를 만난 게 미경이 팔자라면, 대체 팔자라는 각본은 누가 짠 것인지 따져보고 싶었다. 보이지 않는 힘과 의지를 멀찌감치 서서 행사하는 그 누군가 느껴진다.

정혁은 미경을 열여덟 살에 만나 십 칠 년 동안 함께 하며 한탄의 세월을 녹여냈다. 경제 여건상 담배는 열통이 터져야 피우고 술은 아내가 하사하지 않으면 마시지 않았다. 아내는 일주일 치 해독제였다. 정혁은 한때 아내의 순수함에 선천적 박약이나 정서적으로 문제가 있지는 않은지 의심을 한 적도 있었다. 하지만 함께 사는 동안 아무리 살피고 따져도 이상이 있는 부분을 밝혀내지 못했다. 너무 조여진 상태도 아니고 과부하 걸린 미친년은 더더욱 아니었다. 그냥 날개가 퇴화한 선녀임이 틀림없었다. 함께 살면 살수록 사랑이 샘 솟았다. 더럽고 치사하고 구차한 삶을 꾸려나가며 마지못해 사는 게 아닌 것은 아내 존재 자체만으로 모든 걸 견뎌낼 수 있었다. 아들은 그 대가로 치러야 할 형벌이었다.

큰아들 승리는 좋지 않은 쪽으로 남달랐다. 돈이 없어 전문가에게 성격 결함이 있다는 판정은 못 받았지만, 아기 때부터 심하게 생떼를 부리거나 스스로 제어되지 않는 성질에 넘어가는 일이 자주 있었다. 매가 약인 대증요법은 안타까운 눈빛을 한 아내가 늘 아들을 끼고 있어 별로 써 보지 못했다. 정혁은 아버지의 더러운 성격을 감안해 아들의 반항과 습관성 폭력 성향은 순전히 자기 쪽 내림이라 믿었다. 아들의 삐뚤어진 심성과 행동은 자신이 아내를 만나기 전 열일곱의 모습과 판박이였음을 발견하곤 더는 손대지 않았다.

큰아들은, 선녀와 똑같은 성품을 지닌 엄마 유전자와 자식 뒷바라지에 목숨을 거는 정혁을 생각하면 이가 맞지 않는 바탕이었다. 어쨌거나 아들은 자신을 닮아 예비 범죄자로 커갈 거라 단정하고 지레 포기했다. 다만 한가지 소원으로는, 앞으로 아들이 행여 자신처럼 미경과 비슷한 품성의 여자를 만나기라도 하면 구제받을지도 모른다는 일말의 기대를 했다.

정혁의 아버지는 폭력 전과자에 구제 불능의 알코올 중독자였다. 아버지는 술에 취하면 늙은 앵무새처럼 아무 말이나 함부로 지껄였고 토씨 하나 바꾸지 않고 엄마 과거를 재탕하며 가늠쇠가 고장 난 주먹을 휘둘러댔다.

"다방에서 냄비 닦던 년을 개과천선하라고 데려다 놓았으면 고마운 줄 알아야지. 이 씨발년아, 너, 나 없을 때 개철이한테 한 번 줬지. 맞아, 안 맞아? 이 개년아?"

동네 사내들의 공용제인 엄마의 구력도 만만치 않았다. 급소로 짐작되는 부분을 골라 가격하는 아버지 주먹을 반사 동작과 할리우드 액션으로 맞받아치며, 내지르는 독설로 아버지를 지치게 했다. 아버지는 술에 곯고 세월에 파묻힌 늙은 당나귀처럼 이내 잠잠해졌다. 아버지가 기면증을 앓는지 갑자기 조용해지면 잠을 자는 것이다. 엄마는 그 순간을 절대 놓치지 않았다. 엄마는 아버지 멱살을 틀어쥐며 악다구니를 썼다.

"그래 죽여라, 이 개색꺄. 오늘 나 못 죽이면 넌 사람도 아니다. 내가 개년이지! 뒷골목에서 퍽치기나 하던 놈을 사람 만들어 보려던 이 손모가지를 칵 끊어 버리고 싶다. 죽여, 어서 죽여. 정혁아, 너 나가서 동네 사람들 죄 데리고 오너라. 살인 나는 꼴 좀 보이게."

정혁은 집을 나오기 전까지 아버지와 엄마의 진저리나는 혈전을 이틀에 한 번꼴로 봐야 했다. 지금이야 그러려니 하겠지만, 아버지 폭력과 엄마 악다구니로 사방이 조여들고 세상 끝이 넘실거렸다. 정혁의 십 대는 늘 천둥이 치고 모진 바람이 불었다. 이렇게 집에서 다져지니 약한 놈으로 분류된 것들이 보이면 입맛을 다셨다. 미경을 만나기 직전까지 늘 악몽이었다.

정혁은 아버지로부터 단련된 맷집과 엄마에게 물려받은 깡다구와 말발로 초등학교를 마치기 전, 이웃들 눈에 사람으로 보이지 않았다. 집보다 학교가

먹잇감이 풍부했고 거리가 편했다. 사랑? 좆같은 소리하지 마라. 당시 세상
은 온통 까만 단색이었다.

핸드폰 벨이 과거를 되짚는 버릇을 흩어 놓는다. 전화번호를 보니 한 시
간 반 전에 그놈이다. 경찰? 홍, 권력과 가장 가까이 있는 계급이다. 돈 있고
빽 있는 놈들만 무료로 지키는 사나운 개다. 그들은 내 아들 승리 같은 부류
를 사회 암적인 존재로 지목했지만, 정혁에게 있어 그들이야말로 긁기 어려
운 부분에 붙어 흡혈하는 악성 진드기에 지나지 않았다. 정혁은 서둘러 사과
를 한다. 차가 무지 막히네유. 서둘러 출발했는디 변비 걸린 똥구멍 모냥 막
히는디 어쩌 주. 정혁은 순수 서울 변두리의 달동네 출신이다. 사투리를 쓰
는 놈은 멸시해도 된다는 포졸의 불문율이 있는데 그걸 잘 이용하면 구렁이
담 넘어가는 식으로 어느 정도 모면하는 효과가 있어 잘난 놈만 보면 사용하
는 준비된 말투였다.

"아, 그러니까, 진즉 출발했어야지. 빨리 오라구."

딴에는 친근감 표시로 대뜸 반말이다. 하여간 정혁의 말투는 무식하고 어
리석은 하층민으로서 효과가 있을 것이다. 무시딩하면 허점이 보이고 연습
삼아 세게 깨무는 이빨에 인정이 섞이는 법이니까. 다행히 아내에게 연락이
가지 않았을 것이다. 아내는 핸드폰이 없다. 아무리 핸드폰의 눈부신 이점을
설명해도 지금 형편과 쓰고 난 후에 토해 놓아야 할 비용이 모든 기능을 뭉
개게 했다. 당신은 내가 어디에서 무얼 하는지 궁금하지도 않아?

"궁금해. 근데 하느님과 당신을 믿어. 세상이 당신같이 잘생긴 남자를 가
만 놔두지 않겠지만 뭘 어쩌겠어. 해도 이미 벌어진 일이고, 내가 할 수 있는
일은 없어. 승리만 해도 그러잖아."

아내의 단순한 듯 보이면서 복잡한 속은 알 수 없었으나 사랑으로 느낄 수는
있었다. 이 지긋지긋한 세상을 늘 등 뒤에 불붙듯이 살고 있었지만, 세상 사람
은 모두 짐승이고 사람답게 사는 사람은 아내와 자신뿐이라고 믿었다. 아내와

함께 사는 이상 언제 죽더라도 천당 갈 자신이 있었다. 내세는 반드시 있어야 했다. 다음 생에는 서로 역할이 바뀌어 나와 아내를 업신여기는 자도 한번 당해봐야 안다. 그렇지 않으면 신도 용서할 수 없다.

지금, 아내는 식당에서 두 번째 신발로 갈아신고 중반 라운드를 넘어서고 있을 것이다. 잔뜩 지쳐 무심한 눈으로 밥을 나르고, 연기가 서툰 배우가 감독에게 대본으로 머리를 맞듯이 주인으로부터 갖은 야단을 들을 것이다.

정혁이 미경이란 로또에 당첨된 것이 고작 18세였다. 늘 미치기 일보 직전의 삶을 살고 있을 때였다. 정혁은 잘 벼린 칼을 갖고 있었고 누구든 거슬리면 찌를 태세가 되어 있을 때, 돼지우리에 진주 격인 미경을 신의 배려로 마주한 것이다.

17살 미경이 엉뚱한 눈을 하고 정혁의 앞에 나타났을 때 그렇고 그런 여자애로 보였다. 미경은 날뛰는 정혁을 신기한 눈으로 바라보았다. 작용 반작용으로 성기가 곤두섰다. 미경은 희한하게도 처음이었고 반면 정혁은 지치고 지겨울 정도로 손가락이나 발가락을 총동원해도 모자랄 정도로 경험이 많았다. 백주에 공허의 햇살이 꽉 채운 옥상에서 벌어진 일이었다. 하고 나서 후회하지 않았던 점으로 보면 정혁에게도 첫 경험인 셈이었다.

육 개월 후 비쩍 마른 미경이 봉긋한 배를 안고 정혁 앞에 다시 나타났다. 얄미울 정도로 맑은 날씨였는데, 오지도 않는 비에 후줄근해 보이는 여자였다. 뭘 어떻게 해달라는 건 아니었고 집에서 쫓겨났으니 그저 갈 곳이 없다고 말했다. 미경의 눈빛은 여전했다. 슬픈 눈도 아니고 정혁이 쥔 손의 빵을 묘한 눈길로 보며 방법을 물었다. 이상하게도 그다음 기억이 없다. 버려진 창고에서 조용하고 슬픈 짐승을 보듬고 살았다는 기억 밖에는.

정혁은 그곳에서 나고 쓰레기 더미로 폐기될 줄만 알았던 부조리한 전쟁터에서 미경과 함께 시장이라도 가듯 슬며시 빠져나왔다. 실컷 얻어터지고 나서 생각이 바뀌고 행동으로 옮긴 일이 아닌 일종의 종교적 끌림과 비슷한 경험이었다. 아이는 반드시 낳아야 했다. 왜? 위대한 여자에 실린 위대한 생명체였으니까. 예수도 그러하질 않았던가.

예전 의정부와 동두천 사이에는 무명용사의 무덤처럼 황량하고 하루치 일당이면 한 달을 살 수 있는 월셋집이 즐비했다. 정혁과 미경은 그곳에 스며들었다. 정혁에게 주어진 일은 누구나 쉽게 다가설 수 없고 꺼리는 일이었다. 똥지게를 지고 시금치밭에 뿌리는 일과 직접 잡지는 않았지만 개 농장에서 털 그슬리는 보조업무를 주로 했다. 미경은 열심히 무와 배추를 심고 뽑았다. 동네 사람들에게 어린 것이 열심히도 산다는 칭찬을 태어나서 처음 들었다. 정혁은 매일 눈물이 났다. 반면 미경은 아무렇지도 않은 눈으로 그런 정혁을 토닥였다. 남쪽에 벚꽃이 흐드러진 봄에 아이를 낳았다. 출산 과정을 배운 것은 아니었다. 미경은 시리도록 이를 꽉 물었고 정혁은 마른 눈물을 흘리며 미경의 양 무릎을 잡았다. 세상에, 거기서 아기가 나왔다. 본능이 시킨 위대한 임무였다. 새벽 시간 해가 떠오르듯 짧은 찰나였는지 모른다. 아들이었다. 위대한 여자가 위대한 아들을 낳았다. 아기는 그악스레 울며 아주 조금씩 자랐다.

정혁에게 첫아들의 탄생은 놀라운 의미였다. 미경은 승리만 낳은 게 아니라 정혁을 재탄생 시켰다. 물을 포도주로 바꾼 기적은 예수만 한 것이 아니었다. 미경은 정혁의 삶 전체를 바꾸었다. 승리 이름에 둘의 염원을 담았다. 늘 처맞고 꿀리기만 한 삶이었다. 너의 탄생이 분기점이 될 것이다. 아기의 이름은 미경의 자궁을 열고 나옴과 동시에 신의 환호성을 빌어 입에서 튀어나왔다. 그 후 삼 년 후 또 다른 생명체가 미경의 배에서 자랐다. 정혁은 그때도 미경을 사랑하는 행위를 우주의 신비로 연관 짓지 못했다. 아이 탄생은 운명이었다. 둘째 아기는 승리가 그악스레 우는 소음 속에 태어났다. 아기는 승리 울음에 질려 나오기를 머뭇거렸다. 정혁은 다음날 보건소에 가서 공짜로 정관 수술을 받았다.

그래도 둘째는 원래 첫아들을 낳으면 부를 이름으로 아내를 떠올린 '태양'
이었다. 아내가 태양이라는 의미였고 '승리'는 정혁이와 아내가 세상에서 하
도 구박만 받아서 순간 떠오른 이름이었다. 태양이 아내 자궁에서 솟아올랐
다. 정혁은 자신에게 엄청난 임무가 주어졌다고 믿었다. 자신이 초등학교에서
배워 아는 위대한 인물 이순신 장군으로 키워야겠다고 야무지게 다짐했다.

열심히 살았다. 아, 아무리 열심히 살아도 공들여 쌓은 탑은 쉬 무너지고 고
작 스물셋인데 관절염이 생길 정도로 일을 쉬지 않고 했음에도 식구 입에 삼
겹살을 넣어주기조차 쉽지 않았다. 승리는 방기됐다. 승리는 햇빛만으로 자
랐고 그의 동생인 태양은 미경이 등에 기생했다. 만약 당시 미경의 눈빛이 일
반 여성의 한숨과 타령조였다면 신문 사회면에 단체로 나왔을지도 몰랐다.

징그러운 길이다. 일주일에 한 번 혹은 이 삼 주에 한 번 밑반찬을 가지러
다니는 길이지만 도무지 정이 붙지 않는 길이었다. 아내를 떠올리지 않으면
분노 장애가 유발되는 길이다. 엄마가 집이라는 TV 광고에 자신도 모르게 눈
시울을 적셨다. 구리시까지 가는 순환고속도로에만 한 시간 반이 유실됐다.

정혁이만 아는 길은 아니지만, 퇴계원에서 의정부로 빠지는 옛길로 돌았
다. 그 길에 간신히 오르자 전화벨이 울렸다. 보나 마나 조선 시대부터 백성
등치는 아전으로 대물림한 그놈이다. 정혁은 특유의 불쌍한 목소리로 전화
를 받았다. 뜻밖에 미경이여서 심장이 툭 떨어졌다. 미경이 울부짖었다. 미
경이 울면 정혁은 덩달아 눈물이 나왔다.

"여보, 승리가 사람을 죽였나 봐? 어떡해 우리 아들, 지금 어디야."

정혁은 음산하게 개새끼라고 읊조렸다. 형사는 자초지종을 얘기한 것이
아니라 덮어놓고 겁박을 했을 것이다. 가난한 놈은 무조건 버러지 취급을 하
는 노골적인 하급 공무원 행태에 화가 치밀어 올랐다. 아직은 판정 난 게 없
고, 승리에 대한 오랜 경험으로 봐 성질이 더럽기는 해도 그 정도까지 막돼

먹지 않았을 거라고 말해도 미경은 살인을 목격한 증인처럼 진정하지 못했다. 미경에게 남은 것이라곤 두 자식뿐이고 의지할 곳은 정혁뿐이었다.

정혁이 형사를 바꾸라고 미경이 놀라지 않게 천천히 말했다. 형사가 전화를 받자 말투를 바꾸어 욕을 했다. 야, 이 씨발놈아. 왜 말을 그딴 식으로 해서 심장병이 있는 환자를 놀라게 하는 거야. 한 십 분이면 가는데, 너 거기 가만있어. 도끼로 대갈통을 부수어 놓을 거니까! 말투에 살의 진정성을 느낀 형사가 기어가는 목소리로 답을 했다.

"아, 그게 아니라니까! 선생, 천천히 조심해 오셔. 내가 부인을 진정시켜 놓을 테니. 글쎄, 아무 일도 아니라는데 싸모님이 저러네."

아내가 걸린 판이라면 세상 전부를 상대로 싸우라고 해도 정혁은 마다하지 않았다. 정혁은 미친놈처럼 액셀러레이터를 밟았다. 두 번의 신호를 지키지 않는 바람에 대형사고를 일으킬 뻔했다.

의정부경찰서는 마름의 별장처럼 으스대며 들판 한복판에 떡하니 지어져 있었다. 그 위압에 밀려 나머지 건물들은 경찰서를 향해 지레 엎드려 머리를 조아렸다. 정문에 허수아비처럼 서 있는 어린 경찰이 사람을 골라 용건을 묻자, 이빨을 드러내며 사납게 으르렁거렸다. 나 여기 강력계에서 오라고 했어!

강력반 사무실에 들어서자 정혁의 눈에 미경이만 보였다. 미경은 잔뜩 겁에 질려 수전증 환자처럼 손을 떨고 있었다. 정혁은 그런 미경을 안고 손을 움켜쥐었다. 정혁은 목표물을 정하려고 상대를 하나씩 살폈다. 깍두기 형의 머리가 정혁에게 자리를 내주었다. 조폭과 형사는 한치도 다르지 않다. 다만 법 테두리에 앞에 선 것은 형사이고 뒤에 선 것은 조폭일 뿐이라고 정혁은 생활 수칙으로 정했다.

그리고 한참 뜸 들였다. 정혁이 아내 손을 잡고 아무 말도 하지 않았다. 계산해보니 아들 승리로 인해 파출소를 들락인 게 열 번은 넘는 거 같다. 세어보지는 않았지만, 말로는 법이 형평성을 발휘해 가난한 자의 편을 들어준다

하루살이 하루 • 11

고 해도 자신이 어렸을 때보다 더 많은 거 같다. 가난한 정혁에게 아들 승리는 애물단지였다. 이 연출을 대체 언제까지 계속해야 할 것인지, 정혁은 자기 인생이지만 그것이 궁금했다. 가라앉은 말소리가 들렸다.

"박 승리와 나머지 세 놈이 한 명을 조져 놓았어요. 지금 피해자가 병원에 있는데, 걔 아버지가 네 놈의 강력한 처벌을 원하고 있어요. 돈이 많은 집안이어서 넘어갈 생각이 없어! 이건 가해자 부모님들이 해결해 주셔야지!"

밀랍처럼 굳은 정혁의 표정을 살핀 다음 형사가 다시 말을 이었다.

"더 큰 문제는,"

말을 멈췄다. 항상 이런 식으로 겁을 주는 것이다. 긴장의 현을 빠짝 잡아당겨 상대에게 없는 거짓말이라도 하게끔 유도하는 것이다. 미경의 얼굴이 노래졌다.

"가해자 측 세 놈 중 두 놈이 자기네는 아무 잘못이 없다고 뻗대고 있어요. 자기들은 옆에서 구경한 죄 밖에 없다며 범행 대부분을 박승리에게 뒤집어씌우고 있고, 증인은 없고, 박승리는 억울하다며 자해를 해서 걔도 지금 병원에 있어요. 처음에는 합의하든 말든 조서만 꾸려 넘기면 되는 단순 사건인 줄 알았는데 피해자와 가해자가 엉켜 우리도 골치 아픕니다. 지금 병원에 있는 박승리도 상태가 별롭니다."

일단 아내가 안정을 찾자 정혁은 여러 가지 계산을 했다. 아내만 건재하면 승리야 곤경을 겪겠지만, 자신이 저지른 일이니 죗값을 치러야 할 것이고 언제나 그렇듯이 세월의 때를 묻히면 치유될 것이다. 미경이 아프면 식구 중 누구도 돌아갈 곳이 없게 된다. 게다가 이순신에게 간신히 남은 열두 척의 배처럼 미경과 정혁은 잘 돌봐야 할 둘째가 있다. 승리는 천형이고 태양은 암흑 속 빛이다. 정혁이 한숨을 내쉬었다. 경찰직 공무원은 무너져 내리고 있는 미경을 보고도 아무렇지 않게 하던 짓거리를 계속하기로 했다. 그들에게 윤간은 일상이자 속성이었다.

단편소설 深里

형사는 사회 복지사가 아니어서 웃는 얼굴을 할 이유는 없다. 그런데 말이다. 부잣집 동네에 경찰관은 착하고 말 잘 듣는 아파트 경비원처럼 보이는 건 왜일까?

정혁은 고분고분해지기로 작전을 변경했다. 경험상 미운 자식이 매를 더 맞는다. 형사는 고위층 동네에 상주하는 경찰에 비해 수준이 매우 낮은 탓인지 말이 왔다 갔다 했다. 골라 듣고 알아서 파악해야 한다.

"단순한 폭력이 아닙니다. 어딜 어떻게 때렸는지 외상은 심각하지 않는데 트라우마가 상당해요. 오줌을 먹이고 자지에 상처를 냈어요. 좌우지간 요즘 애들은, 참, 그걸 본 부모가 가만히 있겠냐고. 박승리 아버지도 처지를 바꿔 생각해 보세요. 부모 입장에 자식새끼 자지가 보통 자집니까?"

희한한 일이다. 그저 때리고 맞은 것이 아니라 오줌을 먹이고 거기에 상처를 냈다고, 그것도 내 아들. 정혁은 아무리 자기 아들이지만 그랬다면 사형에 처해야 한다고 생각했다. 눈앞이 깜깜해졌다. 정혁은 아들의 죄를 무엇으로도 씻지 못할 유죄라 판단했고, 아내 미경은 바삐 사느라 돌보지 못해 승리가 말썽을 부렸다고 지금까지 그렇게 자책했다. 사실 말보다 주먹이 빠른 아들이 그 정도로 잔인하다고 생각하지 않았지만, 범행 사실이 있는 그대로 드러난다면 입이 열 개여도 할 말은 없었다.

"문제가 심각합니다. 박승리를 조회하니 전력이 화려하더군요. 파출소가 영자네 술집도 아니고, 한 달간 청소년 쉼터에도 있었더군요. 지금까지 쌓인 마일리지로 중형을 선고받을 수 있는 데다 피해자 선처가 없으면 형사 재판으로 넘어가 장기 보호 관찰형을 받을 것이고, 십 구 세가 되면 남은 형기를 일반 교도소로 이감되어 치를 겁니다."

형사 말은 단순히 겁주는 수준을 벗어났다. 형사가 말을 끝내기 전 미경이 비틀거렸다. 고작 열일곱 살에 저런 형벌을 받으면 나머지 생은 보나 마나다. 정혁이 두 손을 모으고, 형사님, 방법을 알려 주시면 따르겠습니다. 아내가 심장병이 있으니 무서운 말씀은 저한테만 살짝 하시죠. 정혁은 형사에게 이번 한 번만 살려달라고 간절하게 말했다. 형사는 신의 신탁을 받은 주술사처럼 위엄을 갖추고 모가지에 힘을 주었다.

"아까 말했다시피 두 분이 피해자 부모를 만나 손이 발이 되도록 비세요. 싹수없는 자식을 둔 것도 중죄입니다. 그다음 걱정은 그때 가서 하도록 하시고. 그럼 병원으로 가실까요?"

형사는 안내견 역할을 충실히 해냈다. 경찰서 입구에서부터 승리가 있다는 병원까지는 차로 5분 거리였다. 미경의 손은 진땀으로 축축했다. 얼마나 심장이 벌렁거리는지 그 진동으로 가슴이 들썩였다. 가난한 엄마의 수명은 자식에게 달려 있다.

병실 문을 열자 처참한 광경이 쏟아지듯이 덤벼들었다. 이건 악몽이야. 사지를 묶인 아들이 눈의 흰자위를 들어내며 발버둥 쳤다. 아들 입에 재갈이 물려 있다. 정신이 몸을 제어하지 못하는 상태였다.

제정신이라면 눈을 가리지 않았으니 엄마와 정혁이 온 것을 아들이 모를 리 없다. 승리는 몸부림을 멈추지 못했고, 그 버둥거림으로 두 팔목에 상처가 벌어져 있다. 승리는 그 고통조차 못 느끼고 있었다. 미경이 울부짖었다.

"내, 내 아들이 왜 이러는 거죠? 얘가 우릴 알아보지 못하네요!"

형사는 미경의 말에 자기가 둔 수를 되짚는 모양이었다. 그가 밖으로 나갔고 정혁과 미경이 아들을 진정시키려 껴안았다. 동공이 확장됐고 눈동자 반은 흰자위를 들어내 끔찍했다. 내 아들이 맞긴 하는데 정신이 달아나 있어 도살장의 설맞은 소를 연상하게 했다.

문이 급하게 열렸고 기생오라비처럼 보이는 흰 가운의 사내가 승리 눈꺼풀을 뒤집어 플래시를 비추었다. 그리곤 뒤따라온 간호사에게 정체 모를 주사를 주문했고 칠판을 긁는 목소리로 형사 체통을 깎았다.

"아, 씨발. 두 시간 전에 처방해야 했다니까. 재우면 안 된다고 해서 놔뒀는데, 이러면 돌이킬 수 없을지 몰라. 당신은 환자를 방치했다구."

형사가 같은 톤으로 의사에게 따졌다.

"진술을 받으려면 나도 어쩔 수 없었지. 아까는 괜찮지 않았습니까? 그걸 왜 나한테 뒤집어씌우는 거요?"

합리적인 언어로 서로에 책임을 떠넘기는 상황에 우리는 제외됐다. 아들 승리는 의사 돈벌이였고 형사에게는 완벽한 철밥통으로 존재했다. 병실 분위기와 공간에 가득 고인 느낌만으로 승리 상태가 심각함을 알 수 있었다. 승리 엉덩이에 주사를 꽂고 몇 분이 지나자 움직임이 서서히 가라앉았다. 뭔가 빠져나간 눈은 여전히 그대로였다. 의사가 옷자락을 들쳐 가슴에 청진기를 대었다. 가슴이 온통 보라색이었다. 생선 비린내 비슷한 것이 물큰 퍼졌다.

저건 가해자 몸이 아니다. 어떤 저항도 없는 상태에 폭력을 즐기는 자인 자비라는 감정을 찾아볼 수 없는 기계적인 상대에게 고스란히 몰매를 맞은 자국이다. 싸움이라면 전국 등수 안에 드는 아들을 무슨 수로 저렇게 만들 수 있을까. 아무리 상대가 여럿이라 하더라도 몰리기 전 본능으로 낌새를 챘을 것이다. 어쨌든 아들은 움직이지 못한 상태에서 당했다. 당황한 형사는 승리 몸을 처음 본듯하다.

정혁은 미경을 데리고 나가 여러 가지 경우 수를 얘기했다. 미경은 뭇사람들이 파악하는 모자란 여자가 아니었다. 그건 그렇게 보여야 덜 맞게 되는 생활 방편이었고 그래야 사는 게 다소나마 수월했다. 빌어먹을 처세였다. 미경이 정혁의 의견에 정신이 돌아왔다. 엄마는 항상 호랑이에 물려가도 정신을 차린다.

"당신 말이 맞아. 승리가 어처구니가 없긴 해도 저건 아니지. 저 아이는 피도 눈물도 없는 매를 맞았어. 다친 애가 어떻게 가해자가 된다는 거야. 저런 몸으로 어떻게 사람을 때렸다는 거지. 불가능해."

정혁은 미경과 상의해 정리된 의문을 형사에게 차근차근 꺼내 놓았다. 형사가 의도적으로 정혁의 말을 자르려 들었지만, 정혁은 우기다시피 하고 싶은 말을 다 토했다. 형사는 정혁의 경험에서 우러나온 말에 자세를 바꾸기는 했다. 형사는 잠시 간격을 두었다가, 건 짜증을 내며, 이제야 본 승리 가슴에 추리가 아닌 사건을 끼여 맞추기 식으로 펼쳤다.

"글쎄, 서로 치고받았겠지. 상황이 변한 건 아무것도 없어요. 현장에 있는 놈들이 범행 주모자로 당신 아들을 찍었고 병실에 자빠져 있는 피해자도 온전한 상태가 아닙니다. 어쨌든 피해자는 물증으로 존재하고 강력한 처벌을 원하고 있소. 뭘 가지고 둘러 엎을 거요? 물론 나머지 세 놈도 조사는 할 거요. 근데 말이오. 경험상 바뀔 것 같지 않아. 지금 제일 나은 방법은 피해자와 합의를 보시고 집단폭행에 대한 형사 건은 다음에 해결하는 것이오. 일단 승리는 가중처벌 대상이에요. 이 사건이 골치 아픈 이유는 피해자 측과 무죄를 주장하는 두 놈 모두가 악어가죽으로 만든 빽이 있다는 것이오. 아시겠소?"

아니 내 아들 꼴을 보고도 그런 말이 나옵니까? 그럼 승리는 그렇다 치고 다른 놈들 몸 상태는 보셨는지요. 가당치 않다는 쓴웃음을 짓는 형사를 보니 그것도 확인하지 않은 게 분명했다. 형사는 그저 상황을 단순하게 덮고 마무리 지으려는 의도를 확실하게 갖고 있었다. 빌어먹을 놈이다. 형사가 보기에 아들 사건은 얼렁뚱땅 넘어가도 되는 천민의 흔한 사건이었을 뿐이다. 오히려 세 놈 중 두 놈 주장대로 몰고 가면 마무리가 쉬울 거라는 의도를 노골적으로 보였다.

고을 포도청 이방이 그리하자면 어쩔 수 없는 일이었다. 정혁과 미경은 스스로 해결해야 했다. 정혁은 피해자 병실로 찾아갔다. 병실 앞에서 고만고만하게 생긴 다섯 명의 멀대가 웅성거리고 있었다. 누가 위고 누가 대변인 역할을 할 거라는 예상은 번들거리는 낯짝으로 구분됐다. 그중 눈치 보는데 귀신같이 생긴 사내가 통성명도 안 했는데 몹시 반가워하며 다가왔다.

"왜 이제 오십니까? 승리 아버님이시죠. 차암, 힘들게 됐습니다. 저쪽은 아주 철벽입니다. 깡통이에요. 저런 자식 밑에 난 새끼니까 맞고 살지. 참, 나."

그들 표정은 패자부활전에 쭈뼛대며 나온 선수들의 몰아주기 판에 참여한 듯했다. 그들은 모두 한결같은 눈짓으로, 정혁을 향해 얼마를 걸 건지 물었다. 한 오천만 원쯤 던져주면 제 놈이 어쩌지 못할 거라는 게 중론이었다. 그걸 넷으로 나눈다고 해도 지금 사는 전셋집을 빼지 않으면 충당할 수 없는 액수였다. 미경은 그들을 같은 편으로 생각하는 눈치였다. 정혁이 다른 패를 내놨다. 내 아들이 뒈지게 맞았습니다. 웬만한 놈하고 붙어서 진 적이 없는데 무슨 일이 있었는지 몰라도 맛이 갔더군요. 도대체 무슨 일이 있었던 겁니까? 일단 가해자로 구분된 당신 자식을 만나보고 싶습니다. 그런 연후에 보상하든 죽을죄를 받든지 해야 할 거 아닙니까? 그러자 폭력의 생리를 터득하고 있는 통통한 덩어리가 좌중을 압도하며 다가섰다.

"형씨, 늦게 온 주제에 말이 많군. 당신이 짭새야 뭐야. 무슨 자격으로 내 새끼를 만나겠다는 거요? 다들 당신 아들이 시켰다잖아. 그럼 죽으로 쭈그려 있으슈. 지금 걔들도 말이 아니라구."

물러설 수 없는 판이었고 겁이 나지 않았다. 내 앞에 선 너희들은 누구냐? 거들먹거리며 움켜쥔 것을 나누지 않는 존재. 포식하고 난 후 일부분을 흘리며, 그것을 눈치 보며 주워 먹는 나머지를 기생충으로 가늠하는 야수일 뿐이다. 나는 이 세상에서 너희를 두려워하지 않는 유일한 존재이다. 그들은 가진 것의 일부분을 걸지만, 정혁은 미련 없는 생을 걸면 됐다. 이런 판에는 미친놈이 이긴다. 미경이 다가와 말렸다. 형사가 와 사람들을 모았다. 형사는 정혁을 제쳐놓고 미경에게 무슨 말을 했고 그 말을 들은 즉시 정혁에게 다가왔다.

"당신 밥 안 먹었지. 나가서 식사하고 담배도 피우고 한 시간쯤 뒤에 와요. 제발 내 말 좀 들어. 나에겐 태양이도 있고 당신도 있어야 해. 아니면 다 죽이고 함께 죽을래? 당신만 가만있으면 합의 해 주겠데. 알았어? 우린 참는데 도가 텄잖아. 내가 다 알아서 할게. 나한테 맡겨, 알았지!"

어쩜 세상이 이런가? 정혁이 끌고 미경이 밀지 않으면 단 하루도 지탱할 수 없는 삶이었다. 아이를 낳긴 했어도 보란 듯이 키우진 못했다. 아이들은 그저 감춰진 희망이었고 당장 힘을 보탤 사람은 미경뿐이었다. 살아가려면 아들보다 미경이 중요했다. 모든 선택지에 미경은 항상 우선이었다.

억울하다. 이건 뻔한 진실인데, 스스로 덮지 않으면 빚이 대신 우리를 삼킬 것이다. 내 아이는 이제 어떻게 되는 것일까?

병원을 나오자 멈췄던 시간이 다시 돌아가기 시작했다. 정혁이 죽고 식구가 사라진다고 해도 세상은 뻔뻔하게 돌아갈 것이다. 기운이 쭉 빠졌다.

정혁은 하릴없이 거리를 유영하는 사람들 수를 세었다. 긴 최면에 풀린 사람들이 무표정으로 서로의 흉터를 가리며 움직였다. 울고 싶다. 지진이 난 땅 위에 서 있는 것처럼 온몸이 부들부들 흔들렸다. 눈물 구멍이 막혔는지 눈물은 나오지 않았다. 나오지 않는 눈물이 정혁을 더욱 처량하게 했다. 칼? 품고 있어도 소용없다.

정혁이 시계를 봤다. 자정이 넘어가고 있다. 정혁은 내일 일이 걱정됐다. 오늘 타이밍 벨트를 교환한 낡은 코란도 차주로부터 돈을 받지 못하면 영구 미해결 사건 마냥 묻혀버릴지도 모른다. 가난한 사람들은 돈에 대해 염치가 없다. 자야 일할 수 있고 먹어야 움직일 수 있다. 세상은 성경이 오래전 나불댔듯이 일하지 않으면 급식을 하지 않겠다는 준칙을 충실히 지켜왔다.

어쨌거나 이번 태풍으로 상처가 영구히 남을 것이다. 혹시 승리가 정신 차릴지도 모른다. 만만하게 보이지만 워낙 촘촘해 빠져나갈 틈이 없는 세상을 향해 덤벼드는 것이 얼마나 위험한 일인지 지금부터 깨달을지 모른다.

가난한 이들은 도마뱀보다 탁월한 재생능력이 있다. 꺾이고 잘려서 예쁘게 재생되지 못하겠지만 어쨌든 살아남는다. 숙이는 것과 수그러드는 것은 차이가 있다. 자존감이 우리 같은 이에게 가당키나 한 것일까? 이 밤은, 미경과 정혁의 내면 깊숙한 곳에 감춰둔 희망을 갈취하고 나서야 내일 분의 해가 뜰 것이다. 우리가 문드러져도 아무 일이 일어나지 않은 것이다. 정혁은 세 번째 담배를 필터 끝만 남겨 놓고 비벼 껐다.

세상은 누군가의 각본대로 굴러가게 되어 있다. 정혁은 아내 미경이 자신의 곁에 끝까지 남았으면 좋겠다고 생각했다. 그럼 버틸 수 있다. 정혁은 세상을 상대로 싸울 준비를 하고 심호흡을 했다.

단편소설 - 深里

1판 1쇄 발행 2024년 6월 14일

지은이 이종희

편집 문서아 김다인 이새희
마케팅 · 지원 김혜지

펴낸곳 (주)하움출판사   펴낸이 문현광

이메일 haum1000@naver.com   홈페이지 haum.kr
블로그 blog.naver.com/haum1000   인스타 @haum1007

ISBN 979-11-6440-610-4(03810)